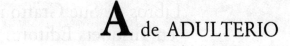

A de ADULTERIO

colección andanzas

Libros de Sue Grafton en Tusquets Editores

A SUE GRAFTON
de ADULTERIO

TUSQUETS
EDITORES

Título original: *A is for Alibi*

1.ª edición: enero 1990
2.ª edición: diciembre 1991
3.ª edición: octubre 1992
4.ª edición: mayo 1993
5.ª edición: junio 1998
6.ª edición: octubre 2001
7.ª edición: mayo 2005

© de la traducción: Antonio Prometeo Moya, 1990
Diseño de la colección: Guillemot-Navares
Reservados todos los derechos de esta edición para
Tusquets Editores, S.A. - Cesare Cantù, 8 - 08023 Barcelona
www.tusquets-editores.es
ISBN de la obra completa: 84-7223-147-X
ISBN: 84-7223-144-5
Depósito legal: B. 3.871-2005
Fotocomposición: Foinsa - Passatge Gaiolà, 13-15 - 08013 Barcelona
Impreso sobre papel Offset-F Crudo de Papelera del Leizarán, S.A. - Guipúzcoa
Impresión: A & M Gràfic, S.L.
Encuadernación: Reinbook
Impreso en España

A mi padre, Chip Grafton,
quien me inició en esta actividad

AGRADECIMIENTOS

La autora desea agradecer la ayuda incalculable que le han prestado las siguientes personas: Steven Humphrey, Roger Long, Alan Tivoli, Barbara Stephans; Marlin D. Ketter, de Investigaciones S. A., y Joe Driscoll, de la Agencia de Detectives Driscoll y Compañía, entidades ambas de Columbus, Ohio; y William Christensen, capitán de la policía de Santa Barbara.

1

Me llamo Kinsey Millhone. Soy investigadora privada con licencia expedida por las autoridades del estado de California. Tengo treinta y dos años, me he divorciado dos veces y no tengo hijos. Anteayer maté a una persona y el hecho me preocupa. Soy simpática y cordial y tengo muchos amigos. Mi piso es pequeño, pero me gusta vivir en espacios reducidos. Casi siempre he vivido en roulottes, pero como últimamente son demasiado cómodas vivo ahora en un pequeño piso de soltera, eso que se suele llamar «estudio amueblado». No tengo animales domésticos. No tengo plantas. Paso mucho tiempo al volante y no me gusta dejar huellas ni recuerdos tras de mí. Riesgos de la profesión aparte, siempre he llevado una vida normal, sana y monótona. Matar a alguien me resulta extraño, una experiencia que no acabo de digerir del todo. A la policía le entregué el informe correspondiente, puse mis iniciales en todas sus páginas y al final estampé la firma y rúbrica de rigor. Redacté un informe idéntico para mis archivos. El lenguaje de ambos documentos es imparcial, su terminología indirecta y ninguno de los dos dice demasiado.

Nikki Fife se presentó en mi despacho hace tres semanas. Tengo un pequeño rincón en la amplia serie de oficinas que ocupa la compañía de seguros La Fidelidad de California, para la que trabajé en otra época. Nuestra relación es en la actualidad muy informal y versátil. Hago unas cuantas investigaciones para la empresa y ésta me cede a cambio dos habitaciones con entrada particular y un balcón que da a la calle principal de Santa Teresa. Tengo un servicio mensafónico que me informa de las llamadas y llevo personalmente mis libros de contabilidad. No gano mucho dinero, pero tampoco gasto más de lo que gano.

Había estado fuera casi toda la mañana y había pasado por el despacho sólo para recoger la máquina de fotos. Nikki Fife estaba en el pasillo, ante la puerta del despacho. No la conocía en persona, aunque estuve presente en el juicio en que hacía ocho años se la había condenado por matar a su marido, Laurence, un célebre abogado de nuestra ciudad, especializado en divorcios. Nikki tenía entonces veintiocho o veintinueve años, una cabellera asombrosa de color rubio tirando a blanco, ojos oscuros y un cutis impecable. Se había engordado un poco de cara, sin duda a causa del elevado porcentaje de almidón de la comida de la cárcel, pero poseía aún el aspecto angelical que había hecho que la acusación de asesinato pareciese entonces tan ilógica. Ahora llevaba el pelo de su color natural, un castaño tan claro que apenas si parecía castaño. Tendría treinta y cinco o treinta y seis años y el tiempo que había pasado en la Cárcel de Mujeres de California no le había dejado cicatrices visibles.

Al principio no dije nada; me limité a abrir la puerta y la hice pasar.

—Usted sabe quién soy —dijo.

—Trabajé para su marido en un par de ocasiones.

Me observó con atención.

—¿Sólo eso?

Comprendí lo que quería decir.

—También estuve presente durante el juicio —dije—. Pero si lo que me pregunta es si estuve relacionada con él de manera personal, la respuesta es que no. No era mi tipo. Lo digo sin ánimo de ofenderla. ¿Le apetece un café?

Asintió con la cabeza, relajándose de un modo casi imperceptible. Saqué la cafetera del archivador y la llené con agua del depósito que había detrás de la puerta. Me gustó que no me expusiera con solemnidad el lío en que iba a meterme. Puse el filtro de papel y el café molido y enchufé el aparato. El gorgoteo resultaba tranquilizador, como el burbujeo de una pecera.

Estaba totalmente inmóvil, como si se le hubieran desconectado los engranajes emocionales. Carecía de gestos nerviosos, no fumaba, no se toqueteaba el pelo. Me senté en la silla giratoria.

—¿Hace mucho que salió?

—Una semana.

—¿Cómo le sienta la libertad?

—Bien, creo —dijo con un encogimiento de hombros—, pero también supe apañármelas dentro. Mejor de lo que podría pensarse.

Cogí un pequeño recipiente de leche vaporizada de la nevera que tenía a mi derecha. Encima de la misma había un par de tazas limpias, que llené cuando el café estuvo listo. Nikki cogió la suya y me dio las gracias en voz baja.

—Se lo habrán dicho muchas veces —añadió—, pero la verdad es que yo no maté a Laurence; y quiero que averigüe usted quién lo hizo.

—¿Por qué ha esperado tanto? Habría podido iniciar una investigación desde la cárcel y se habría ahorrado quizás una temporada.

Esbozó una ligera sonrisa.

—He afirmado mi inocencia durante años. ¿Quién podía creerme? Perdí la credibilidad desde el instante mismo en que se me condenó. Quiero recuperarla. Y quiero saber por culpa de quién me encerraron.

Había creído que tenía los ojos oscuros, pero en aquel momento me di cuenta de que los tenía de un gris metálico. Tenía una expresión apática y algo deprimida, como si se le estuviera apagando alguna luz interior. No se hacía muchas ilusiones, por lo visto. Yo no había creído en su momento que fuese culpable, pero ya no recordaba el motivo de mi convicción. Parecía una mujer exenta de emociones y no me la imaginaba preocupada o interesada hasta el extremo de llegar al asesinato.

—¿Le importaría darme alguna información?

Tomó un sorbo de café y depositó la taza en el borde de la mesa.

—Estuve casada con Laurence cuatro años; bueno, algo más. Seis meses después de casarnos me fue infiel. No sé por qué me lo tomé tan a la tremenda. En realidad fue así como nos conocimos, él no se había divorciado aún de su primera mujer y le fue infiel conmigo. Hay una especie de egocentrismo en el hecho de ser la querida de un hombre casado, digo yo. De cualquier modo no esperaba verme en la misma situación que su mujer, situación que, la verdad, no me gustó nada en absoluto.

—Por eso lo mató usted, según el fiscal.

—Hacía falta un culpable. Y fui yo —dijo con la primera muestra de vitalidad que le veía—. He convivido estos ocho años con homicidas de todas clases y, puede usted creerme, el motivo no es nunca el aburrimiento. Se mata a quien se odia, se mata en un arrebato de ira, se mata por venganza, pero no matamos a quien nos resulta indiferente. Cuando murió Laurence, ya no me importaba un comino. Me desenamoré de él en cuanto supe lo de la otra. Me costó algún tiempo hacerme a la idea...

—¿Es eso lo que aparecía en el diario? —pregunté.

—Al principio tomaba nota de todo. Pormenorizaba todas sus citas clandestinas. Espiaba las llamadas telefónicas. Lo seguía a todas partes. Luego empezó a ser más cauteloso y yo fui perdiendo el interés. Hasta que me importó una mierda.

Las mejillas se le habían puesto coloradas y le concedí unos instantes para que recuperase la compostura.

—Todo parecía indicar —añadió— que lo había matado yo en un ataque de furia o por culpa de los celos, pero a mí ya no me importaba esa historia. Cuando murió, lo único que yo quería era reanudar mi vida. Quería volver a estudiar, tener un trabajo propio. El hacía su vida y yo quería seguir la mía... —la voz se le convirtió en un susurro inaudible.

—¿Quién cree usted que lo mató?

—Eran muchos los que querían verle muerto. Que lo mataran o no es cuestión aparte. Quiero decir que podría formular un par de hipótesis, pero no tengo ninguna prueba. Por eso estoy aquí.

—¿Y por qué acude a mí?

Volvió a ruborizarse un tanto.

—Probé en las dos principales agencias de la ciudad y me dieron con la puerta en las narices. Tropecé con el nombre de usted en una antigua agenda de Laurence. Me pareció que había un poco de ironía en el hecho de contratar a una persona que había contratado él anteriormente. Tuve que hacer algunas averiguaciones sobre usted. Consulté a Con Dolan, de Homicidios.

—Fue él quien llevó el caso, ¿no? —dije con el ceño fruncido.

—En efecto —dijo, asintiendo con la cabeza—. Me dijo que tenía usted una memoria fabulosa. No quiero tener que explicarlo todo desde el principio.

—¿Qué me dice de Dolan? ¿Piensa que es usted inocente?

—Lo dudo, pero como yo ya he cumplido, ¿qué más le da a él?

La observé durante unos segundos. Se expresaba con determinación y lo que decía parecía lógico. Laurence Fife había sido un sujeto difícil. No era precisamente simpatía lo que había despertado en mí. Si ella era culpable, no entendía por qué quería remover todo otra vez. Su calvario había terminado y, salvo por lo que le quedase de libertad condicional, había saldado su deuda con la sociedad, como suele decirse.

—Déme algo de tiempo para pensármelo —le dije—. La llamaré hoy mismo y se lo haré saber.

—Se lo agradecería. Tengo dinero. No me importa lo que me cueste.

—Señora Fife, yo no quiero cobrar por solucionar rompecabezas antiguos. Aunque averiguásemos quién lo hizo, tendríamos que presentar una acusación efectiva y no creo que sea fácil después de tanto tiempo. Me gustaría consultar los archivos, a ver qué encuentro.

Cogió el bolso de cuero, de gran tamaño, y sacó una carpeta marrón.

—He traído algunos recortes de periódico. Se los puedo dejar, si usted quiere. Ese es el número al que me puede llamar.

Nos dimos la mano. La tenía fría y ligera, pero el apretón fue firme.

—Llámeme Nikki. Por favor.

—La telefonearé —dije.

Tenía que hacer fotos de la grieta de una acera, para comprobar una reclamación contra la compañía de seguros, así que salí del despacho poco después que ella, cogí el Volkswagen y me metí en la autopista. Me gusta llenar los coches de trastos y aquel estaba lleno de fichas y libros jurídicos, más la cartera donde guardaba la automática, cajas de cartón y una lata de aceite para el motor que me había regalado un cliente. Le habían tomado el pelo dos artistas del timo que le habían «dejado» invertir en su empresa dos de los grandes. El aceite era de verdad, pero no de ellos; se trataba de aceite Sears con la etiqueta cambiada. Me había costado día y medio dar con ellos. Además de la basura mencionada, llevo un maletín con cuatro cosas por si por una de aquellas no puedo dormir en casa. No trabajaría para nadie que me diese tanta prisa, pero me siento más segura si tengo a mano un camisón, un cepillo de dientes y unas bragas limpias. Supongo que son mis pequeñas manías. El VW es un 68, uno de esos amorfos modelos beige con abolladuras de todos los tamaños. Necesita una revisión, pero nunca tengo tiempo.

Pensé en Nikki mientras conducía. Había abierto la carpeta marrón de los recortes en el asiento contiguo, aunque en realidad no me hacía falta mirarlos. Laurence Fife se había especializado en divorcios y en los juzgados tenía fama de matador. Frío, metódico y carente de escrúpulos, se aprovechaba de todo lo que podía. En California, como en muchos otros estados, los únicos motivos legalmente válidos para divorciarse son las diferencias irreconciliables y la locura irreversible, lo que descarta la posibilidad de recurrir a las prefabricadas acusaciones de adulterio que constituían la columna principal de los abogados y detectives de antaño. Queda en el aire sin embargo el problema de las propiedades y la custodia —dinero e hijos—, y Laurence Fife sabía conseguir para sus clientes cualquier cosa que se propusiera. Casi siempre se trataba de mujeres. Fuera de estrados tenía reputación de matador en un sentido diferente y se decía que había arreglado muchos corazones rotos en ese difícil período que discurre entre la sentencia interlocutoria y la definitiva.

A mí me parecía un individuo astuto, casi sin sentido del humor, pero riguroso; un hombre para el que resultaba fácil trabajar porque sus instrucciones eran claras y pagaba por adelantado. Por lo visto le odiaba mucha gente: los hombres por las tarifas que cobraba, las mujeres porque traicionaba su confianza. Cuando murió tenía treinta y nueve años. Que a Nikki se la hubiera acusado, procesado y condenado se debió simplemente a una sucesión de golpes de mala suerte. Salvo en los casos en que se ve con claridad que ha intervenido un maníaco homicida, la policía prefiere creer que los asesinatos los cometen las personas que conocemos y amamos, y casi siempre tiene razón: una idea que pone los pelos de punta cuando se cena con una familia numerosa. Un montón de asesinos en potencia pasándose bandejas y platos.

Por lo que yo recordaba, Laurence Fife había estado tomándose unas copas con su socio Charlie Scorsoni la noche del crimen. Nikki había acudido a una asamblea de las Juventudes Femeninas. Volvió a casa antes que Laurence, que llegó a eso de medianoche. Tomaba medicamentos para un sinfín de alergias y antes de meterse en la cama engulló la cápsula de rigor. No habían pasado dos horas cuando despertó con mareos, vómitos y doblado en dos a causa de los fuertes dolores que sentía en el estómago. Murió de madrugada. La autopsia y los análisis del laboratorio revelaron que había fallecido por ingestión de adelfas molidas en polvo muy fino e introducidas en la cápsula en substitución del medicamento: no había sido un truco genial, pero había surtido efecto. La adelfa es un arbusto muy corriente en California. Había una en el patio trasero de los Fife, dicho sea de paso. En el frasco se encontraron huellas dactilares de los dos cónyuges. Entre las pertenecias de Nikki se descubrió un diario, algunos de cuyos pasajes revelaron que la esposa se había enterado de las actividades adulterinas del marido, que estaba muy furiosa y resentida y que acariciaba la idea del divorcio. El fiscal del distrito dictaminó con lógica aplastante que nadie se divorciaba de Laurence Fife sin pagar por ello. Ya se había casado y divorciado en una ocasión, y, aunque el caso lo había llevado otro colega, su influencia se había hecho notar. Había obtenido la custodia de los hijos y se las había arreglado para salir adelante en materia económica. Las autoridades del estado de California son muy escrupulosas a la hora de repartir los bienes, pero Laurence Fife sabía manejar tan bien el dinero que incluso un reparto al cincuenta por ciento le daba a él la parte del león. Parecía como si Nikki Fife hubiera tenido mejores cosas que hacer que separarse del marido por la vía legal y hubiese buscado otro medio.

Tenía el motivo. Tenía la oportunidad. El gran jurado

verificó las pruebas y formuló la acusación. Una vez que la acusada estuvo en la sala de autos, todo consistió en ver quién convencía a los doce ciudadanos del jurado. El fiscal del distrito, por lo que parece, se sabía la lección y había hecho los deberes. Nikki contrató a Wilfred Brentnell, de Los Angeles, un manitas de la jurisprudencia que tenía fama de campeón de las causas perdidas. En cierto modo fue casi como admitir su culpabilidad. Todo el proceso discurrió en un clima de sensacionalismo. Nikki era joven. Era guapa. Sus padres tenían dinero. La gente sentía curiosidad y la ciudad era pequeña. Todo era demasiado interesante para perdérselo.

2

Santa Teresa es una ciudad de la baja California, de ochenta mil habitantes, situada inteligentemente entre la Sierra Madre occidental y el océano Pacífico; el refugio ideal para la gente podrida de dinero. Los edificios públicos parecen antiguas misiones españolas, las casas particulares parecen sacadas de las revistas, las palmeras están aureoladas de una fronda parda que da asco, y la bahía, con los cerros grisazulados como telón de fondo y los blancos balandros meciéndose al sol, es tan perfecta como una postal. En el centro predominan casas de dos o tres pisos, de paredes blancas y tejas rojas, elegantes adornos de estuco y enrejados en que se enredan chillonas bunganvillas de color castaño. Ni siquiera las casas de los pobres, que son de madera, se pueden calificar de pobres allí.

La Jefatura de Policía se encuentra muy cerca del centro, en una travesía flanqueada de chalecitos pintados de verde hierbabuena y protegidos por muros de piedra y jacarandas que derraman sus flores de color lila. El invierno de la baja California consiste en un cielo encapotado y lo anuncia, no el otoño, sino el fuego. Después de la estación de los incendios vienen los barrizales. Luego se recupera la normalidad y todo vuelve a ser como antes. Ya estamos en mayo.

Después de encargar que revelasen el carrete de fotos, fui a la Brigada de Homicidios para ver al teniente Dolan. Con está a punto de cumplir los sesenta y todo él respira descuido y desorden: ojeras hinchadas, barba gris de tres días o algo que se le parece, abotargamiento facial y pelo empapado de algún potingue para hombres y peinado sobre el brillante calvero que le corona la cabeza. A primera vista se diría que huele a coche de segunda mano y que se pasa la vida bajo los puentes vomitándose en los zapatos. Lo cual no equivale a decir que no sea eficaz. Con Dolan es muchísimo más listo que el ratero medio. Con los asesinos suele andar empatado. Los coge casi siempre y muy pocas veces se equivoca. Pocos le superan en astucia y rapidez de pensamiento, aunque no sé muy bien por qué: sólo que tiene una gran capacidad de concentración y una memoria clara y despiadada. Supo el motivo de mi visita y me indicó que pasara a su despacho sin decir palabra.

Lo que Con Dolan llama despacho es más bien lo que suelen tener las secretarias en las demás oficinas. No le gusta estar encerrado y la intimidad le importa un pito. Le gusta trabajar repantigado en el sillón y atento a lo que ocurre en torno suyo. De este modo recoge mucha información y se ahorra conversaciones inútiles con sus hombres. Sabe cuándo entran y salen sus detectives, a quién se ha detenido para un interrogatorio y si los informes no se presentan puntualmente y por qué.

—¿Qué puedo hacer por ti? —dijo, aunque en un tono que no revelaba ningún deseo particular de ayudarme.

—Quisiera mirar en los archivos, a ver qué hay sobre Laurence Fife.

Arqueó una ceja de modo casi imperceptible.

—Va contra nuestra política. Esto no es una biblioteca pública.

—No me los voy a llevar. Sólo quiero echar un vistazo. Ya me lo ha permitido usted otras veces.

—Una vez.

—Y yo le he proporcionado a usted información en varias ocasiones —dije—. ¿Por qué esa obstinación ahora?

—El caso está cerrado.

—Entonces no tiene por qué ponerme pegas. No creo

que pueda considerarse violación de la intimidad de nadie.

Esbozó una sonrisa aburrida y falta de alegría y se puso a tabalear con un lápiz en la mesa, disfrutando, supuse, de su poder para despedirme con cajas destempladas.

—Mira, Kinsey, ella lo mató. Y no hay nada más que decir.

—Usted le dijo que se pusiera en contacto conmigo. ¿Por qué tanta molestia si no tiene usted la menor duda?

—Mis dudas —dijo— no tienen nada que ver con Laurence Fife.

—¿Con qué, entonces?

—Creo que en este asunto hay gato encerrado —dijo evasivamente—. Y nos gustaría defender lo que hemos conseguido.

—Ah, ¿*tenemos* secretos?

—Yo tengo más secretos de lo que hayas podido imaginar en toda tu vida —dijo.

—Y yo también —dije—. Pero ¿por qué jugamos ahora al gato y al ratón?

Me dirigió una mirada que podía significar fastidio, pero también otras cosas. Es un hombre difícil de calar.

—Ya sabes lo que pienso de la gente como tú.

—Escuche, desde mi punto de vista, usted y yo trabajamos en lo mismo —dije—. Yo soy siempre sincera con usted. No sé qué pejigueras tendrá con los demás investigadores privados de la ciudad, pero yo procuro no entrometerme en sus asuntos y siento el mayor respeto por su forma de actuar. No entiendo por qué no podemos colaborar.

Me observó con fijeza durante unos instantes e hizo con la boca una mueca de resignación.

—Obtendrías más cosas de mí si te comportaras de un modo más femenino —dijo de mala gana.

—Yo me temo que no. Las mujeres son para usted lo mismo que un grano en el culo. Si me dedicase a coquetear, me daría una palmadita en la nuca y me señalaría la puerta.

No mordió el anzuelo en aquel apartado concreto, pero

cogió el teléfono y marcó el número de Identificación y Archivos.

—Aquí Dolan. Que Emerald me traiga el expediente de Laurence Fife. —Colgó y se volvió a repantigarse mientras me contemplaba con una mezcla de especulación y malestar.

—No quiero oír ninguna queja sobre tu intervención en el asunto. Si recibo una sola llamada, y me refiero a cualquier testigo que se cosidere molestado, a qualquier persona, incluidos mis hombres y los de cualquier otro, tendrás problemas. ¿Entendido?

Me llevé tres dedos a la sien.

—Palabra de *scout*.

—¿Cuándo fuiste tú *scout*?

—Fui *Brownie*** durante casi una semana —le dije con dulzura—. El Día de la Madre nos hicieron pintar una rosa en un pañuelo, me pareció una imbecilidad y lo dejé.

No sonrió.

—Puedes utilizar el despacho del teniente Becker —me dijo cuando trajeron la ficha—. Y no te metas en líos.

Me dirigí al despacho de Becker.

Me costó dos horas revisar el montón de papeles, pero empecé a comprender por qué se había resistido Dolan a dejármelo ver, ya que lo primero que llamaba la atención era una serie de télex de la subjefatura de Los Angeles Oeste a propósito de otro homicidio. Al principio creí que se trataba de una equivocación, que algunos comunicados relacionados con otro caso se habían archivado inadvertidamente en el expediente que no correspondía. Pero los detalles eran contundentes como bofetadas y lo que implicaban me puso el corazón a cien. Libby Glass, de sexo femenino, contable de profesión, de raza blanca, de veinticuatro años de edad, había muerto por ingerir adelfas molidas cuatro días después que Laurence Fife. Había trabajado en Haycraft and McNiece, compañía dedicada a la gestión de empresas que

---

* *Brownie*, miembro de las Girl Scouts entre 8 y 11 años. *(N. del T.)*

24

representaba a los clientes del bufete de Laurence Fife. ¿Qué carajo significaba todo aquello?

Hojeé los informes de los investigadores con la esperanza de recomponer lo sucedido a partir de los escuetos memorandos de las distintas secciones y los resúmenes a lápiz de las conversaciones telefónicas sostenidas entre la subjefatura de policía de Los Angeles Oeste y la de Santa Teresa. Un memorando notificaba que la llave del piso de Libby Glass se había encontrado en el llavero que Laurence Fife guardaba en un cajón de su mesa. Nada añadía una larga entrevista con los padres de la joven. Se había interrogado también a un antiguo novio de la chica, un sujeto maleducado que se llamaba Lyle Abernathy, al parecer convencido de que la joven había estado relacionada sentimentalmente con «un abogado de Santa Teresa» cuyo nombre no constaba; pero nadie había hecho más averiguaciones al respecto. Pese a todo, la relación era de bastante mal agüero y daba la sensación de que la presunta ira celosa de Nikki Fife había podido fijarse no sólo en Laurence Fife sino también en el objeto de los devaneos conquistadores de éste. Pero no había ninguna prueba.

Tomé notas, apunté las últimas direcciones y números telefónicos que se conocían por si me podían ser útiles aun después de tanto tiempo, me levanté y me dirigí a la puerta. Con hablaba con el teniente Becker, pero se tuvo que dar cuenta de lo que yo quería porque musitó una disculpa, satisfecho al parecer de que tuviese una idea de por dónde iban los tiros. Me apoyé en la jamba de la puerta mientras esperaba. Se tomó su tiempo para llegar a mi altura.

—¿Le importaría decirme qué pasó?

Tenía cara de preocupación, pero con una vena de fastidio.

—No pudimos aclararlo.

—¿Cree que Nikki la mató también a ella?

—Habría apostado la vida a que sí —me espetó.

—Deduzco entonces que el fiscal del distrito no compartía su opinión.

Se encogió de hombros y metió las manos en los bolsillos.

—Sé tan bien como cualquiera qué se considera en California una prueba fehaciente y qué no. Me ordenaron dar marcha atrás.

—Todo lo que había en el expediente era circunstancial —dije.

—Exactamente.

No dije nada y me quedé mirando una sucesión de ventanas que pedían a gritos una buena limpieza. No me gustaba aquel pequeño giro de los acontecimientos y quizás él se daba cuenta. Se apoyó en la otra pierna.

—Yo creo que la podía haber empaquetado, pero el fiscal del distrito tenía mucha prisa y no quiso arriesgarse. Mala política. Te morirías de asco si fueras policía, Kinsey. Te echan a la calle, pero siempre vas con la correa al cuello.

—Sigue sin gustarme el asunto —le dije.

—A lo mejor es por eso por lo que quiero ayudarte —dijo con un destello de picardía en la mirada.

—¿No se investigó hasta el final?

—Y tanto que sí. Trabajamos en el caso de Libby Glass durante meses, desde todos los ángulos posibles. Los chicos de Los Angeles Oeste hicieron lo mismo. No dimos con nada. Ni con testigos ni con colaboradores. Ni con huellas que comprometiesen a Nikki Fife. Ni siquiera pudimos demostrar que Nikki conociera a Libby Glass.

—¿Cree usted que mi intervención le puede ser de alguna ayuda?

—Pues no lo sé —dijo—. Puede que sí. Me creas o no, pienso que no eres mala detective. Joven aún y a veces un tanto rara, pero honrada a carta cabal en términos generales. Si encontrases alguna prueba que acusara a Nikki, no creo que te la guardases a estas alturas, ¿verdad que no?

—*Si* es que es culpable.

—Si no lo es, no tienes por qué preocuparte.

—Escuche, Con; si Nikki Fife tiene algo que ocultar, ¿por

26

qué quiere remover el asunto ahora? No creo que sea tan idiota. ¿Qué podría ganar?

—Dímelo tú.

—Mire —dije—, en primer lugar no creo que matase a Laurence, así que le va a costar mucho convencerme de que además mató a otra persona.

Sonó el teléfono desde dos mesas más allá y el teniente Becker, alzó un dedo con los ojos puestos en Con. Este esbozó una sonrisa relámpago al alejarse.

—Suerte —dijo.

Volví a revisar el expediente para estar segura de que no se me había escapado nada, lo cerré a continuación y lo dejé encima de la mesa. Vi a Con hablando otra vez con Becker y cuando pasé junto a ellos ninguno de los dos me dedicó una mirada. El caso de Libby Glass me inquietaba e intrigaba al mismo tiempo. Quizás hiciera falta algo más que resolver un rompecabezas antiguo, quizás hiciera falta encontrar algo más que una pista perdida hacía ocho años.

Eran las cuatro y cuarto cuando llegué a mi oficina y tenía ganas de tomar un trago. Saqué una botella de chablis de la pequeña nevera y cogí el sacacorchos. Las dos tazas de café seguían encima de la mesa. Las enjuagué y llené la que había utilizado yo con aquel vino que me resultaba lo bastante ácido para producirme siempre un ligero estremecimiento. Salí al balcón y contemplé State Street, que discurre en línea recta por el mismísimo centro de Santa Teresa y que al final traza una amplia curva a la izquierda y cambia de nombre. Incluso allí florecían por doquier las buganvillas, los arcos estucados y las tejas a la española. Que yo sepa, Santa Teresa es la única ciudad que ha estrechado su avenida principal, que ha plantado árboles en vez de arrancarlos y que ha puesto unas cabinas telefónicas preciosas que parecen confesionarios para pigmeos. Me apoyé en la barandilla y tomé un sorbo de vino. Alcanzaba a oler el océano y dejé la mente en blanco mientras contemplaba a los transeúntes. Había tomado ya la decisión de trabajar para Nikki, pero antes de concentrarme en lo que había que hacer necesitaba aquellos minutos para mí sola.

A los cinco avisé a mi servicio mensafónico y me fui a casa.

De todos los sitios de Santa Teresa en que he vivido, el mejor es mi habitáculo actual. Se encuentra en una calle normal y corriente que discurre en sentido paralelo al ancho paseo de la playa. Casi todas las casas del vecindario pertenecen a jubilados cuyos recuerdos acerca de la ciudad se remontan a la época en que todo el paisaje consistía en naranjales y hoteles turísticos. Mi casero, Henry Pitts, es un panadero retirado que en la actualidad, con sus ochenta y un años, se gana la vida ideando unos dificilísimos crucigramas cuyo enrevesamiento le encanta comprobar conmigo. También se dedica a preparar gigantescas hornadas de pan que pone a leudar en una antigua cuna infantil, en la galería que hay junto a mis dependencias. Henry hace pan y otros productos cocidos para un restaurante próximo a cambio de la comida y la cena, y últimamente se ha vuelto un hábil atesorador de vales y dice que un buen día comprará $50 de comida pagando sólo $6,98. Sea como fuere, cuando va de compras parece que sólo le regalen pantis, que me da a mí. Estoy medio enamorada de Henry Pitts.

La habitación que ocupo mide algo más de cuatro metros de largo y hace a las veces de sala de estar, dormitorio, cocina, cuarto de baño, armario ropero y servicio de lavandería. Fue antaño el garaje de Henry y me alegra decir que en ella no hay adornos estucados ni tejas rojas a la española ni plantas trepadoras de ninguna clase. Los paramentos son de aluminio y otras materias totalmente artificiales que no se deterioran a causa del clima ni necesitan pintarse. Del estilo arquitectónico más vale que nos olvidemos. En esta caja de cerillas me refugio después del trabajo y desde ella llamé a Nikki para decirle que nos viéramos y tomáramos una copa.

3

Cuando no tengo nada que hacer, suelo ir a un bar del barrio que se llama Rosie's. Es uno de esos sitios donde antes de tomar asiento se mira si la silla está sucia. Los asientos, que son de plástico, están surcados de pequeñas grietas que producen enganchones en la parte posterior de las medias, y en el tablero de formica negra de las mesas hay grabadas a mano palabras como «hola». Por encima de la barra, a la izquierda, hay un pez espada lleno de mugre y cuando los clientes se emborrachan, Rosie deja que le tiren dardos de punta de goma con una pistola de juguete, desviando así la agresividad que de otro modo podría degenerar en violencia ruidosa.

El lugar me atrae por dos motivos. No sólo está cerca de mi casa sino que además no llama nunca la atención de los turistas, lo que significa que casi siempre está medio vacío y que resulta ideal para las conversaciones privadas. Rosie, por otra parte, tiene gracia para cocinar, un creativo sentido de la improvisación que sazona con un toque húngaro. Es con Rosie con quien Henry Pitts intercambia sus artículos de panadería, por lo que disfruto encima consumiendo sus panes y tortas. Rosie tiene sesenta y tantos años y una nariz que casi le roza el labio superior; la frente estrecha y el pelo teñido de un llamativo matiz del óxido férrico, o, mejor dicho, del color de los muebles baratos de secoya. Y tiene tanta habilidad con el lápiz de las cejas que sabe empequeñecer los ojos y hacer que parezcan sospechosos.

Cuando entró Nikki aquella noche, observó el local desde la puerta con aire titubeante. Hasta que me vio y avanzó por entre las mesas para llegar al reservado que suelo ocupar. Tomó asiento ante mí y se despojó de la chaqueta. Rosie se acercó a nosotras sin dejar de mirar a Nikki con incertidumbre. Está convencida de que tengo mis apaños con gente de la Mafia y del mundo de las drogas y sin duda trataba de determinar la categoría en que podía encajar Nikki.

—¿Vais a cenar o qué? —preguntó Rosie, yendo directamente al grano.

Miré a Nikki.

—¿Has cenado ya?

Negó con la cabeza. Los ojos de Rosie fueron de Nikki a mí como si me dedicara a traducir para los sordomudos.

—¿Qué hay esta noche?

—Salteado de ternera. Trozos de ternera, mucha cebolla, pimienta roja y salsa de tomate. Os gustará. Os chuparéis los dedos. Es lo mejor que sé hacer. Con bollos de Henry además, y en otro plato os voy a poner un queso graso excelente y unos pepinillos.

Tomaba nota del pedido mientras lo describía, de modo que no nos dejó mucho margen para aceptarlo o rechazarlo.

—Y os traeré vino. Ya elegiré yo la marca.

Cuando se marchó Rosie, conté a Nikki lo que había encontrado en los archivos acerca del asesinato de Libby Glass, incluido lo de las llamadas que según las investigaciones se habían efectuado por el teléfono particular de Laurence.

—¿La conocías?

Negó con la cabeza.

—El nombre me suena, creo que durante el juicio lo mencionó mi abogado un par de veces. Aunque ya no me acuerdo de lo que se dijo.

—¿No recuerdas si Laurence habló de ella alguna vez? ¿No viste su nombre escrito en alguna parte?

—Nunca vi ninguna cartita de amor, si a eso te refieres.

Era muy cuidadoso para estas cosas. Cierta vez se le mencionó como corresponsable en un caso de divorcio a causa de unas cartas que había escrito y desde entonces en muy pocas ocasiones escribió sobre sus asuntos privados. Cuando se liaba con alguna solía enterarme, pero no porque encontrase notas en clave o números de teléfono en cajas de cerillas y cosas así.

Medité a propósito de aquello durante unos instantes.

—¿Qué me dices de los recibos del teléfono? ¿Los dejaba a la vista?

—No —dijo—. Telefónica los remitía a la compañía gestora de empresas de Los Angeles.

—¿Y Libby Glass llevaba la contabilidad?

—Eso parece.

—Es posible que la llamara entonces por asuntos de trabajo.

Se encogió de hombros. Se mostraba un poco menos distante ahora, pero yo seguía teniendo la sensación de que no tenía puestos los cinco sentidos en lo que sucedía.

—Tenía un lío por ahí, eso está claro.

—¿Cómo lo sabes?

—Por su horario. Por su expresión —se detuvo, para recordar sin duda—. A veces olía a un jabón desconocido para mí. Hasta que se lo eché en cara. Entonces hizo que le instalaran una ducha en el despacho y utilizó el mismo jabón que teníamos en casa.

—¿Se encontraba con mujeres en el despacho?

—Eso pregúntaselo a su socio —dijo con un ligerísimo dejo de rencor—. Es posible que incluso se las follara en el sofá del despacho, no lo sé. La verdad es que había pequeños detalles. Ahora me parece una tontería, pero una vez llegó a casa con el elástico de los calcetines vuelto. Era verano y me dijo que había estado jugando al tenis. Llevaba puesto el pantalón corto de jugar al tenis y había sudado la gota gorda y la pequeña, pero no en una cancha deportiva. Aquella vez sí que armé un escándalo.

—Pero ¿qué decía cuando le acusabas?

—Lo admitía a veces. ¿Por qué no? Yo carecía de pruebas y, además, en este estado el adulterio no sirve como causa de divorcio.

Llegó Rosie con el vino y los cubiertos envueltos en dos servilletas de papel. Guardamos silencio hasta que volvió a alejarse.

—¿Por qué seguías con él si era tan cretino?

—Supongo que por cobardía —dijo—. Sabía que al final me divorciaría, pero había mucho en juego.

—¿Tu hijo?

—Sí. —Alzó un tanto la barbilla, aunque no supe si por orgullo o para ponerse a la defensiva—. Se llama Colin. Tiene doce años. Está en un internado cerca de Monterrey.

—En aquella época quisiste además que los hijos de Laurence viviesen con vosotros, ¿no?

—Sí, es verdad. Un niño y una niña, los dos en edad escolar.

—¿Dónde están ahora?

—No lo sé. Su ex mujer vive en esta ciudad. Se lo puedes preguntar a ella si de verdad te importa. Yo no sé nada de ellos.

—¿Te acusaron los niños de la muerte de su padre?

Se echó adelante con alguna tensión.

—Me acusó todo el mundo. Todos creyeron que era culpable. Y ahora, para colmo, parece que Con Dolan cree que maté también a Libby Glass. ¿No es eso lo que averiguaste?

—Lo que crea Dolan no tiene importancia. Yo no creo que lo hicieras y soy yo quien va a ocuparse de esto. A propósito. Convendría que aclarásemos la parte económica. Cobro a treinta dólores la hora, más dietas de viaje. Quisiera un anticipo de mil. Todas las semanas te enviaré una minuta en que te detallaré el tiempo invertido y el objeto de la inversión. Has de comprender, por otra parte, que mis servicios no son exclusivos. En ocasiones llevo más de un caso a la vez.

Nikki había metido ya la mano en el bolso. Sacó un talonario y un bolígrafo. Aunque estaba al revés, advertí que el cheque que me extendía era de cinco mil dólores. Me asombró la despreocupación con que lo rellenó. Ni siquiera consultó el estado de su cuenta corriente. Me lo alargó y yo lo guardé en el bolso como si yo despachara aquellos menesteres con la misma indiferencia que ella.

Rosie volvió a acercársenos, esta vez con la cena. Nos puso un plato delante y se quedó hasta que empezamos a comer.

—Mmm, está de miedo, Rosie —le dije.

La interpelada se removió un tanto, reacia a ceder terreno.

—Parece que a tu amiga no le gusta —dijo, pero mirándome a mí y no a Nikki.

—Está exquisito —dijo Nikki—. De verdad.

—Le encanta —dije. Rosie paseó la mirada por la cara de Nikki y al final pareció convencerse de que el paladar de Nikki estaba a la altura del mío.

Preferí hablar de bagatelas mientras comíamos. Me dio la sensación de que, ayudada por la sabrosa comida y el vino, Nikki empezaba a bajar la guardia. Bajo la superficie indiferente e imperturbable comenzaban a despuntar señales de vida como si se estuviera librando de una maldición que la hubiera inmovilizado durante años.

—¿Por dónde crees que debería empezar? —le pregunté.

—La verdad, no lo sé. Siempre sentí curiosidad por su secretaria. Se llamaba Sharon Napier. Ya trabajaba para él cuando nos conocimos, pero había algo furtivo en ella, en su actitud.

—¿Estaba liada con él?

—Creo que no. No sé qué era. Casi juraría que no tenían relaciones sexuales, pero creo que había pasado algo. A veces le hacía comentarios sarcásticos, cosa que Laurence no toleraba a nadie. La primera vez que la oí soltar uno, creí que él le iba a pegar un corte, pero no pestañeó. Nunca le dijo una palabra más alta que la otra, y ella ni hacía horas extras ni trabajaba los fines de semana en vísperas de casos importantes. Tampoco él se quejó nunca de ella en este sentido y se limitaba a contratar a una secretaria por horas cuando hacía falta. Era una actitud impropia de él, pero cuando le pregunté al respecto, reaccionó como si yo viera visiones, como si estuviera dando importancia a algo que no la tenía. Además, tenía un aspecto envidiable, el polo opuesto de la secretaria afanosa y eficiente.

—¿No sabes dónde está ahora?

Negó con la cabeza.

—Vivía en Rivera, pero se ha mudado al parecer. Por lo menos no figura en el listín telefónico.

Apunté la última dirección conocida de la secretaria.

—No la conocías mucho, ¿verdad?

Se encogió de hombros.

—Intercambiábamos un par de frases cuando iba por el bufete, pero sobre el tiempo y cosas por el estilo.

—¿Sabes si tenía amigos o adónde iba en su tiempo libre?

—No. Creo que vivía mejor de lo que le permitía su sueldo. Viajaba siempre que se le presentaba la oportunidad y vestía mucho mejor que yo entonces.

—Declaró en el juicio, ¿no?

—Sí, por desgracia. Había presenciado un par de discusiones fuertes y su testimonio no me fue de mucha ayuda.

—Bueno, valdrá la pena husmear un poco —dije—. A ver si doy con alguna pista suya. ¿Hay alguna cosa más acerca de él? ¿Estaba metido en algún embrollo cuando murió? ¿Algún conflicto de índole personal o algún caso jurídico importante?

—Que yo sepa, no. Aunque siempre estaba metido en algo importante.

—Bien, creo que lo primero que voy a hacer es hablar con Charlie Scorsoni y escuchar lo que tenga que decirme. Luego sacaremos las conclusiones pertinentes.

Dejé en la mesa el importe de la cena y salimos juntas. Nikki había estacionado allí mismo el coche, un Oldsmobile verde oscuro de hacía diez años. Me quedé hasta que arrancó y recorrí a pie la media manzana que había hasta mi casa.

Nada más entrar, me serví un vaso de vino y me puse cómoda para ordenar la información acumulada hasta el momento. Clasifico todos los datos anotándolos en fichas de 7×12 centímetros. Casi todas tienen que ver con testigos: quiénes son, por qué están relacionados con el caso, entrevistas, seguimientos. Unas fichas contienen información general y biográfica que tengo que comprobar y otras son notas sobre tecnicismos legales. Me son muy útiles a la hora de redactar los informes. Las clavo con chinchetas en un gran tablón de anuncios que pongo encima de la mesa, las miro y me voy contando el caso tal como yo lo veo. Y así salen a la luz contradicciones llamativas, vacíos inesperados, puntos que he pasado por alto.

No pude llenar muchas fichas para el caso de Nikki Fife y renuncié por tanto a evaluar la información de que disponía. No quería formular ninguna hipótesis prematura para que no influyera en el rumbo general que debía seguir la investigación. Parecía estar claro que se trataba de un caso en que las coartadas no tenían importancia. Si una persona se toma la molestia de sustituir el producto antihistamínico de una cápsula por una sustancia venenosa, lo único que tiene que hacer a continuación es sentarse a esperar. A menos que se quiera correr el riesgo de acabar con cualquier otro inquilino de la casa, hay que asegurarse de que la víctima elegida es la única persona que toma el medicamento en cuestión, aunque hay muchos fármacos que se envasan en cápsulas: los que regulan la presión arterial, los antibióticos, incluso algunos somníferos. La verdad es que importa poco mientras se tenga acceso al frasco. La víctima tardará en utilizarlo dos días o dos semanas, pero al final tomará la dosis que se espera y uno (o una) incluso tendrá tiempo de preparar una pequeña escena de sorpresa y pesar. El plan cuenta con la ventaja de que no hay que estar presente en el lugar de los hechos para disparar, golpear, apuñalar o estrangular a la víctima. Aun cuando haya motivos poderosos para dar el pasaporte, siempre es desagradable (es un decir) ver que los ojos de la víctima se salen fuera de las órbitas y oír sus últimos gritos ahogados. Además, cuando las cosas se hacen personalmente, siempre se corre el impredecible riesgo de que se vuelva la tortilla y sea el verdugo quien acabe en el depósito de cadáveres.

Y ya que hablamos de métodos, debo confesar que el de las adelfas no carecía de mérito. En Santa Teresa las hay por todas partes, a veces de tres metros de altura, de flores blancas o rosadas y con unas hojas delgadas y muy bonitas. No había hecho falta exponerse a una operación tan llamativa como comprar matarratas en una ciudad donde no hay ratas, ni ponerse un bigote postizo para ir a la droguería de la esquina y pedir un pesticida para plantas de jardín que no deje mal sabor de boca. En resumen, para matar a Laurence Fife, y por lo que parecía también a Libby Glass, se había utilizado un producto barato y fácil de obtener y administrar. Ya tenía unos cuantos puntos a los que cogerme y redacté algunas notas antes de apagar la luz. Me dormí bastante después de medianoche.

4

Fui al despacho a primera hora de la mañana y pasé a máquina las primeras observaciones para el expediente de Nikki, refiriendo concisamente para qué se me había contratado y que se me había entregado a cuenta un cheque por valor de cinco mil dólares. Luego llamé al despacho de Charlie Scorsoni. La secretaria me dijo que Scorsoni tenía un hueco por la tarde y concerté una cita para las tres y cuarto, tras lo que dediqué el resto de la mañana a hacer averiguaciones sobre su pasado. Cuando se entrevista a una persona por primera vez, siempre conviene tener en la manga alguna información. Una visita al registro de la propiedad, a la oficina del crédito bancario y a los archivos del periódico me bastaron para trazar un retrato rápido del antiguo socio de Laurence Fife. Por lo visto, Charlie Scorsoni era soltero, dueño de la casa en que vivía, pagaba puntualmente todas sus letras y facturas, apoyaba ocasionalmente con discursos las causas que le parecían buenas y nunca había sido detenido ni procesado; en resumen, un cuarentón de espíritu tradicional que no jugaba, no especulaba en la Bolsa ni se arriesgaba de ninguna de las maneras. Le había visto de refilón varias veces durante el proceso y recordaba que estaba un poco gordo. Su despacho actual quedaba a cuatro pasos del mío.

El edificio en que estaba enclavado parecía un castillo morisco: dos plantas de adobe blanco, alféizares de más de medio metro de anchura y guarnecidos de barrotes de hierro forjado y un torreón en la esquina donde sin duda estaban los lavabos y los mochos. «Scorsoni and Powers, Abogados» estaba en la segunda planta. Crucé una puerta maciza de madera tallada y llegué a un pequeño recibidor con una alfombra tan blanda como el musgo y más o menos del mismo color. Las paredes eran blancas y estaban adornadas con acuarelas abstractas en tonos pastel, y había macetas por todas partes; dos mullidos sofás forrados de pana de bordón ancho y de color verde espárrago formaban ángulo recto bajo una sucesión de ventanucos.

La secretaria del bufete parecía tener alrededor de setenta años y al principio pensé que estaba allí cedida temporalmente por algún instituto de la tercera edad. Era delgada y de aspecto vigoroso, tenía el pelo cortado a lo paje, al estilo de los años veinte, y gafas «modernas» con una mariposa de pasta incrustada en la parte inferior de un cristal. Llevaba falda de lana y un jersey de color lila que probablemente había tejido ella misma, ya que se trataba de una obra maestra a base de puntos de cruz, espigas de trigo, trencillas verticales, puntos de arroz y remates festoneados. Nos hicimos amigas en el instante mismo en que le alabé lo supraescrito —mi tía me había criado en un ambiente dominado por esta clase de hazañas— y no tardamos en llamarnos por el nombre de pila. El suyo era Ruth; bíblico y bonito.

Era una cotorra increíble, llena de vitalidad, y me pregunté si no sería la pareja perfecta para Henry Pitts. Puesto que Charlie Scorsoni me estaba haciendo esperar, me vengué sonsacando a Ruth toda la información que pude sin abandonar los buenos modales. Me contó que hacía siete años que trabajaba para Scorsoni and Powers, desde que éstos se asociaron. Su marido la había abandonado por una mujer más joven (de cincuenta y cinco) y Ruth, abandonada a su suerte al cabo de tantos años, había desesperado de encontrar un empleo, ya que entonces tenía sesenta y dos, «aunque gozaba de un perfecto estado de salud», según sus propias palabras. Era rápida y eficaz y, como es lógico, cada dos por tres asistía a las victorias de las medradoras que tenían un tercio de su edad y una cara bonita en vez de competencia.

—No me queda más que una zona de carne potable y sobre ella me siento —dijo con un gritito de autorreconvención. Di varios puntos a Scorsoni and Powers por su perspicacia. Ruth no tenía más que elogios para ellos. Pero su entusiasmo no me sirvió de mucho a la hora de afrontar al hombre que me estrechó la mano desde el otro lado de la mesa cuando entré por fin en el despacho después de un plantón de cuarenta y cinco minutos.

Charlie Scorsoni era corpulento, pero estaba libre de toda la gordura que yo recordaba. Tenía el pelo espeso y tirando a rojo, con entradas en las sienes, mandíbula firme, hendidura en la barbilla y unos ojos azules ampliados por unas gafas sin montura. Llevaba abierto el cuello de la camisa, la corbata ladeada y las mangas subidas hasta donde se lo permitían los musculosos antebrazos. Estaba repantigado en el sillón giratorio, con los pies apoyados en el borde de la mesa, y tenía una sonrisa de esbozo lento e inflamada de sexualidad reprimida. Mostraba una actitud observadora y preocupada, y me miró de arriba abajo con una atención por los detalles que resultó casi turbadora. Cruzó las manos sobre la cabeza.

—Me ha dicho Ruth que quiere usted hacerme unas preguntas sobre Laurence Fife. ¿Es por algo concreto?

—No lo sé aún. Investigo su muerte y éste me pareció el lugar idóneo para comenzar. ¿Puedo sentarme?

Hizo un gesto con la mano, de indiferencia casi, aunque su expresión ya no era la misma. Tomé asiento, y él bajó los pies e incorporó el tórax.

—Me han contado que Nikki está en libertad condicional —dijo—. Está loca si ahora va contando por ahí que no lo mató.

—No he dicho que trabaje para ella.

—Bueno, no creo que ninguna otra persona se tomara la molestia.

—Tal vez no. Parece que la idea no le pone a usted muy contento.

—Alto ahí, alto ahí. Laurence era mi mejor amigo. Habría puesto la mano en el fuego por él. —Miraba directamente a los ojos y ocultaba un punto de irritación bajo la superficie aparente, aflicción tal vez, rabia mal encauzada. No estaba muy claro.

—¿Conocía mucho a Nikki?

—Creo que bastante. —Los indicios de sexualidad que tan palpables me habían parecido al principio comenzaban a desvanecerse y me pregunté si encendería y apagaría su erotismo igual que una estufa. Porque su actitud se había vuelto cautelosa.

—¿Cómo conoció a Laurence?

—Los dos estudiamos en la Universidad de Denver. Y estábamos en la misma asociación estudiantil. Le gustaba la marcha. Todo lo conseguía como por arte de magia. Hubo que hacer la especialidad, él se fue a Harvard y yo a la Universidad Estatal de Arizona. Su familia tenía dinero. La mía no. Le perdí la pista durante unos años y luego me enteré de que había abierto un bufete propio en esta ciudad. Fui a verle, le pregunté si podía trabajar con él y me dijo que sí. Me convirtió en socio al cabo de dos años.

—¿Estaba ya casado con su primera mujer?

—Con Gwen, sí. Aún anda por aquí y yo debería tener cuidado con ella. Estaba muy resentida al final y me han dicho que cuenta de él cosas muy desconsideradas. Tiene una guardería canina en State Street, por si le interesa saberlo. Yo procuro no cruzarme con ella.

Me miraba con fijeza y me dio la sensación de que sabía punto por punto lo que le interesaba decirme y lo que no.

—¿Qué sabe de Sharon Napier? ¿Estuvo trabajando mucho tiempo para él?

—Ya estaba aquí cuando entré en el bufete, aunque no hacía prácticamente nada. Acabé por contratar otra secretaria por mi cuenta.

—¿Se llevaban bien ella y Laurence?

—Que yo sepa, sí. Se quedó hasta que terminó el juicio y luego se largó. Me cabreó porque le había adelantado dinero a cuenta. Si la ve, me gustaría saber qué es de su vida. Para enviarle una nota o algo así, para que sepa que no me he olvidado de los viejos tiempos.

—¿Le dice algo el nombre de Libby Glass?

—¿Quién?

—Era la contable que se encargaba de los asuntos del bufete en Los Angeles. Trabajaba para la empresa Haycraft and McNiece.

Scorsoni siguió con su expresión inmutable durante unos momentos y al final cabeceó.

—¿Tuvo algo que ver con el asunto?

—La mataron también con adelfas más o menos cuando mataron a Laurence —dije. No pareció que aquello le afectase de ninguna manera. Adelantó con escepticismo el labio inferior y se encogió de hombros.

—No lo sabía, pero lo creeré si usted lo dice.

—¿No la vio nunca en persona?

—Probablemente sí. Laurence y yo nos encargábamos a medias del papeleo, pero casi todos los contactos personales con los gestores y administradores los hacía él. Yo intervenía de vez en cuando y es probable que la tratase en algún momento.

—Me han contado que Laurence estaba liado con ella —dije.

—No me gustan las murmuraciones sobre los muertos —dijo Scorsoni.

—A mí tampoco, pero era un hombre al que le gustaba coquetear —dije con prudencia—. No quisiera insistir en ello, pero en el juicio lo sacaron a relucir muchas mujeres.

Scorsoni sonrió con los ojos puestos en la caja que estaba dibujando en el cuaderno de notas que ostentaba el membrete de la casa. La mirada que me dirigió a continuación fue de astucia.

—Escuche, le voy a decir un par de cosas. Primera, Laurence nunca obligó a nadie. Y segunda, no creo que se liara con una colega. No era su estilo.

—¿Qué me dice de las clientas? ¿No se liaba con ellas?

—Sin comentarios.

—¿Se acostaría usted con una clienta? —le pregunté.

—Todas mis clientas tienen ochenta años, de manera que no. Lo mío son las propiedades inmuebles. Lo suyo eran los divorcios. —Consultó la hora en el reloj de pulsera y echó la silla atrás—. Lamento interrumpir la velada, pero son ya las cuatro y cuarto y tengo que preparar una memoria.

—Lo siento. No era mi intención hacerle perder tiempo. Ha sido muy amable en recibirme a pesar de la poca información que podía darme.

Me acompañó hasta la salida emanando calor por todos los poros de su fornida humanidad. Me sostuvo la puerta para que yo pasara mientras mantenía el brazo izquierdo perpendicular a la jamba. Volvió a darme la sensación de que aquel animal apenas reprimido me comía con los ojos.

—Buena suerte —dijo—. Aunque sospecho que no va a descubrir mucho.

Recogí las fotos de la grieta de la acera, mates y de 20×25 cm, que había hecho para La Fidelidad de California. Las seis instantáneas del boquete eran muy claras. La demandante, Marcia Threadgill, había acudido a los tribunales para exigir una indemnización por daños y perjuicios, alegando haber tropezado en el trozo de acera que se había levantado por culpa de las raíces de los árboles y un asfalto en malas condiciones. El demandado era el propietario del taller artesanal cuyo inmueble comprendía el trecho de acera móvil. La cantidad exigida en aquel sencillo caso de accidente no era cuantiosa, cuatro mil ochocientos dólares, creo, en concepto de gastos sanitarios y de compensación por el tiempo laboral perdido. La compañía de seguros parecía dispuesta a pagar, pero se me había encargado la obtención de una prueba visual por si la demanda carecía de base firme.

La señorita Threadgill vivía en un edificio con terrazas situado en una colina que daba a la playa, no muy lejos de mi domicilio. Detuve el coche seis casas más abajo y saqué los prismáticos de la guantera. Conseguí enfocar su terraza retorciéndome la columna y la imagen que obtuve fue lo suficientemente clara para revelar que la inquilina no regaba los helechos como Dios manda. No sé mucho de plantas de exterior, pero si veo pardo lo que debiera ser verde, yo diría que pasa algo. Uno de los helechos era de esa especie asquerosa a la que le crecen unas patitas grises y peludas que poco a poco acaban saliéndose de la maceta. Cualquiera que poseyera una cochinada así tendría sin duda propensión al fraude y me la imaginé echándose a la espalda presuntamente lesionada un saco de abono de quince kilos. Espié la casa durante hora y media, pero la inquilina no apareció. Uno de mis viejos colegas solía decir que los únicos capacitados para realizar un trabajo de vigilancia son los hombres, porque ellos pueden mear en cualquier recipiente sin salir del coche y evitar así las ausencias innecesarias. El interés por Marcia Threadgill se me estaba pasando y la verdad es que tenía ya unas ganas de mear que me moría, así que dejé los prismáticos y de regreso al centro me detuve en la primera estación de servicio que encontré.

Fui otra vez a la oficina de crédito y hablé con el colega que me deja husmear en los archivos que no suelen enseñarse al público. Le pedí que me mostrara lo que hubiese sobre Sharon Napier y me dijo que se pondría en contacto conmigo. Solucioné un par de asuntos particulares y volví a casa. No había sido un día muy satisfactorio, aunque por entonces casi todos los días me resultaban idénticos: rastrear, comprobar, cotejar, rellenar espacios en blanco; una acumulación de detalles en definitiva que para el trabajo era imprescindible y esencial, pero que carecía de la más mínima emoción. Las cualidades básicas de todo buen investigador son naturaleza perseverante y paciencia infinita. La sociedad, sin darse cuenta, ha preparado a las mujeres para este cometido durante años. Me senté a la mesa y apunté el nombre de Charlie Scorsoni en varias fichas. No me había gustado la entrevista con él e intuía que volvería a tener noticias suyas.

5

Vivir en Santa Teresa, con el clima que tiene, es como vivir en una habitación iluminada por un tubo flourescente que nunca se apaga. La luz es siempre la misma —diáfana y muy luminosa—, pero no hay sombras y domina una adimensionalidad inquietante. El sol brilla ininterrumpidamente durante el día. Lo normal es que tengamos una temperatura de 20 °C y nunca nubes. Las noches son consecuentemente frías. Llueve cuando toca, pero el resto del año es una sucesión de días idénticos y el cielo azul, inmutable y sin una nube, produce un efecto característico, desorientador, que impide recordar en qué estación estamos. Hallarse en un habitación sin ventanas produce la misma impresión: un ahogo inconsciente, como si se hubiera eliminado del aire casi todo el oxígeno.

Salí de casa a las nueve en punto y me dirigí al norte, hacia Chapel. Me detuve a llenar el depósito sirviéndome del surtidor de uso público y pensando, como hago siempre, que ponerme gasolina yo misma es un placer tan sencillo como imbécil. Eran las nueve y cuarto cuando di con K-9 Korners. El pequeño rótulo del escaparate decía que el establecimiento abría a las ocho. La guardería canina estaba adjunta al consultorio de un veterinario, justo donde State Street traza la curva. El edificio estaba pintado de color rosa chillón y una de las alas albergaba una tienda de artículos deportivos; en el escaparate colgaba un saco de dormir y en el interior podía verse un maniquí vestido de excursionista que miraba con ojos vacíos una tienda de campaña.

Entré en K-9 Korners aclamada por los ladridos de innumerables perros. Los perros y yo no nos entendemos. Siempre me hunden el hocico en la ingle y a veces se me agarran a la pierna para practicar no sé qué baile a dos patas. En más de una ocasión, entre bromas y veras, he tenido que alejarme cojeando con un perro que no se soltaba ni a la de tres, mientras el dueño manoteaba inútilmente y decía: «¡Déjala en paz, Hamlet! ¿Qué te pasa?». A estos perros es difícil mirarles a la cara y yo prefiero mantenerme a cierta distancia de todos.

Vi una vitrina llena de productos para el cuidado canino y muchas fotos de perros y gatos en las paredes. A mi derecha había una puerta de dos secciones y por la parte superior, que estaba entreabierta, se veía un pequeño despacho con varios receptáculos adjuntos para los animales. Por el resquicio abierto entreví varios perros, los unos más acicalados que los otros. Casi todos temblaban y miraban con ojos inquietos y suplicantes. A uno le habían puesto un lacito rojo sobre la cabeza, exactamente entre las orejas. En una mesa vi unos pedazos de masa marrón que creí identificar. La encargada alzó la cabeza y se me quedó mirando.

—¿Desea alguna cosa?

—El perro acaba de pisar una de esas cosas marrones —dije.

La encargada miró la mesa.

—Oh, Dashiell, otra vez no. Discúlpeme —dijo. Dashiell siguió encima de la mesa, temblando, mientras la encargada cogía unas toallas de papel y limpiaba con pericia los restos del pequeño accidente de Dashiell. Parecía muy apta para aquel trabajo. Tenía cuarenta y pico años, ojos grandes y castaños y un pelo gris hasta el hombro que llevaba recogido con un pañuelo. Era alta y delgada y llevaba una bata de trabajo de color rojo burdeos.

—¿Es usted Gwen?

Me miró con una rápida sonrisa.

—Sí, en efecto.

—Soy Kinsey Millhone. Investigadora privada.

Se echó a reír.

—Oh, Dios mío, ¿qué es todo esto? —Cogió más toallas de papel, se dirigió a la puerta doble y la abrió—. Pase, pase. En seguida estoy con usted.

Cogió a Dashiell de la mesa y se lo llevó a un cuarto que estaba a la izquierda. Noté que ladraban más perros y que apagaban un acondicionador de aire. A causa del calor, la atmósfera del establecimiento era densa y olía a pelo mojado, a desinfectante y a perfume canino. El suelo, de cuadrados de linóleo marrón, estaba lleno de rizos y mechones, como una peluquería. En el cuarto adjunto vi que una joven bañaba a un perro en una tina elevada. A mi izquierda, varios perros engalanados con cintas esperaban su oportunidad en sendas jaulas. Otra joven esquilaba a un caniche en una mesa distinta. La muchacha me miró con interés. Gwen reapareció con un perrito gris bajo el brazo.

—Este es Wuffles —dijo, medio cerrándole la boca con la mano. El perro le propinó varios lengüetazos en la boca. La mujer echó atrás la cabeza riéndose e hizo una mueca—. Espero que no le importará que termine esto de una vez. Tome asiento —dijo con amabilidad, señalándome un taburete metálico que había cerca. Me encaramé en él pensando que ojalá no tuviese que sacar a relucir el nombre de Laurence Fife. Por lo que me había contado Charlie Scorsoni, le iba a estropear el buen humor. Se puso a cortar las uñas de Wuffles mientras lo tenía apretado contra el pecho para evitar los movimientos bruscos—. Es usted de aquí, ¿no? —dijo.

—Sí, tengo una oficina en el centro —dije, sacando automáticamente la documentación. Se la puse delante para que la viera bien. Le echó una mirada, aceptándola al parecer sin ninguna muestra de desconfianza o preocupación. Me quedo de piedra cada vez que la gente se fía de mi palabra.

—Tengo entendido que estuvo usted casada con Laurence Fife —aventuré.

—Sí, es verdad. ¿Ha venido usted por él? Hace años que murió.

—Lo sé. Pero el caso ha vuelto a abrirse.

—Vaya, qué interesante. ¿Y quién lo ha abierto?

—Nikki. ¿Quién si no? —dije—. La Brigada de Homicidios sabe que estoy en ello y cuento con su cooperación, por si le interesa saberlo. ¿Podría hacerle unas preguntas?

—Naturalmente —dijo. Hablaba con cautela, pero con un dejo de interés asimismo, como si la investigación le despertase la curiosidad, pero no por fuerza la desconfianza.

—No parece usted sorprendida —le dije.

—Pues lo estoy. Creía que el caso se había cerrado definitivamente.

—Bueno, acaba de reabrirse y cabe la posibilidad de que yo no saque nada en claro. No tenemos por qué hablar aquí, si no quiere. No quisiera interrumpirla.

—Por mí no hay inconveniente, siempre que a usted no le importe que esquile a unos cuantos perros mientras tanto. La verdad es que no me puedo permitir ninguna interrupción. Hoy tenemos mucho trabajo. Dispénseme un momento —dijo—. Kathy, por favor, pásame el espray contra las pulgas. Creo que nos hemos olvidado aquí de algo.

La empleada morena dejó solo el caniche durante los dos segundos que empleó en coger el espray, que entregó a Gwen.

—Esa es Kathy, como acaba de oír —prosiguió Gwen—. La que está de jabón hasta los codos es Jan.

Se puso a rociar a Wuffles mientras apartaba la cara para evitar las salpicaduras.

—Lo siento. Continúe, por favor.

—¿Cuánto tiempo estuvo casada con Fife?

—Trece años. Nos conocimos en la facultad, él estaba en tercero y yo en primero. Hacía seis meses que me había fijado en él, creo.

—¿Fueron años felices? ¿Años desdichados?

—Bueno, ahora lo llevo con más serenidad —dijo—. Antes pensaba que había sido una gran pérdida de tiempo, pero ahora estoy confusa. ¿Conoció usted a Laurence?

—Lo vi un par de veces —dije—, pero sólo de refilón.

Adoptó una expresión irónica.

—Era encantador cuando se lo proponía, pero en el fondo era un hijo de mala madre.

Kathy alzó los ojos para mirar a Gwen y sonrió. Gwen se echó a reír.

—Estas dos me lo han oído contar cientos de veces —dijo a modo de explicación—. Ninguna de las dos se ha casado nunca, así que suelo hacer de abogado del diablo. Bueno, yo era entonces la esposa obediente e interpretaba el papel con una dedicación que muy pocas habrían igualado. Preparaba comidas exquisitas. Me encargaba de las compras, de los invitados. Limpiaba la casa. Me ocupaba de la educación de los niños. No digo que fuera una mujer excepcional, sólo que me lo tomaba muy en serio. Iba a la peluquería cada dos por tres, no llevaba ni una sola horquilla fuera de lugar. Y tenía un montón de vestidos de esos que sólo se llevan unas horas, como si fuera una muñeca Barbie. —Se interrumpió para reírse de la imagen que presentaba de sí misma e hizo como si tirase de un cordel que le saliese del cuello—: Hola, soy Gwen. Soy una buena esposa —dijo con una entonación nasal, propia de los loros. Había ternura en sus ademanes, como si hubiera sido ella y no Laurence quien hubiese muerto y los amigos la recordasen con cariño. Unas veces me miraba y otras se dedicaba a peinar y esquilar al perro que tenía delante, en la mesa, pero en cualquier caso sus modales respiraban cordialidad y no tenían nada que ver con la persona amargada y retraída que yo había imaginado.

—Cuando terminó todo, me puse muy furiosa, no tanto con él cuanto conmigo misma, por haberlo aceptado desde el comienzo, por haberme metido en la historia. Pero ojo, no me engaño. Entonces me gustaba, era lo que yo quería, pero paralelamente ya estaba en marcha un proceso de mutilación sensorial y cuando nuestro matrimonio se fue a pique, me encontré totalmente desnuda y sin recursos para afrontar el mundo real. El administraba el dinero. El controlaba todos los resortes. El tomaba las decisiones importantes, en particular las relativas a los niños. Yo los bañaba, los vestía y les daba de comer, pero él se encargaba de su futuro y encauzaba su vida. Yo no me daba cuenta entonces porque sólo me preocupaba de complacerle, lo cual no era fácil, pero ahora, cuando miro atrás, pienso que fue una mierda.

Me miró para comprobar si me impresionaba su lenguaje, pero me limité a sonreírle.

—En fin, soy como todas las mujeres que se casaron en aquella época. Todas supercabreadas porque pensamos que se nos estafó.

—Dijo usted que ahora lo lleva con más serenidad —dije—. ¿Cómo lo consiguió?

—Con seis mil dólares de terapia —dijo con sencillez.

Sonreí.

—¿Por qué se fue a pique su matrimonio?

Las mejillas se le colorearon un poco, pero su expresión siguió siendo de franqueza.

—Si de veras le interesa, podríamos abordar ese punto después.

—Claro, por supuesto que sí —dije—. No quería interrumpirla.

—Bueno. No fue del todo culpa suya —dijo—. Pero tampoco totalmente mía y lo del divorcio me sentó como un mazazo. En realidad me dejó destrozada.

—¿Cómo?

—No hay tantas maneras. Yo estaba asustada y además era una ingenua. Quería perder de vista a Laurence a toda costa. Pero no a costa de los niños. Peleé por ellos con uñas y dientes, pero ¿qué quiere que le diga? Perdí. Aún no me he recuperado del todo de aquella experiencia.

Quería preguntarle por los motivos de la guerra por la custodia, pero tenía la sensación de que era un tema delicado. Me pareció más oportuno olvidarme de él por el momento. Ya volvería a la carga si se me presentaba la oportunidad.

—Pero los niños tuvieron que volver con usted a su muerte. Sobre todo estando en la cárcel la segunda mujer de Laurence.

Gwen se aplastó una mecha de pelo gris con mano experta.

—Creo que ya estaban en la universidad por entonces. Gregory se había matriculado aquel otoño y Diane lo hizo al año siguiente. Pero estaban muy confusos. Laurence les imponía una disciplina muy estricta. No es que yo le llevara la contraria, porque creo que los niños necesitan orden y firmeza, pero era muy dominante y de un modo totalmente cerebral, y trataba con agresividad a todos, en particular a los niños. Después de aguantar aquel régimen cinco años, los dos se volvieron retraídos y callados. Susceptibles, poco comunicativos. Por lo que sé, su relación con ellos se basaba en la agresión, en el monopolio de las responsabilidades, más o menos como había hecho conmigo. Yo los había estado viendo, como es lógico, un fin de semana sí y otro no, y también durante el verano. Ignoraba hasta dónde habían llegado las cosas. Su muerte fue como si encima les hubieran dado un mazazo. Estoy convencida de que los dos experimentaron sentimientos que nunca supieron aclarar. Diane se sometió a una terapia en seguida. Y Gregory va a no sé qué consultorio desde entonces, aunque no con regularidad. —Hizo una pausa—. Me siento como si la estuviera poniendo en antecedentes clínicos.

—No, no, aprecio su franqueza —le dije—. ¿Viven los chicos aquí en la ciudad también?

—Greg vive al sur de Palm Springs. En Salton Sea. Tiene allí una barca.

—¿En qué trabaja?

—Bueno, no necesita trabajar. Laurence les dejó un buen pico. No sé si sabe usted ya lo del seguro, pero sus bienes se dividieron a partes iguales entre los tres hijos, Greg, Diane y Colin, el hijo de Nikki.

—¿Qué sabe de Diane? ¿Dónde vive?

—En Claremont; sigue estudiando allí para obtener otro título. Le gusta enseñar a los niños sordos y parece que lo hace muy bien. Al principio me preocupó, porque creo que en su cabeza todo estaba relacionado y enmarañado: mi divorcio, Nikki, Colin, su sentido de la responsabilidad; aunque esto no tuviera nada que ver con ella.

—Un momento. No sé a qué se refiere —le dije.

Gwen me miró con sorpresa.

—Creí que había hablado con Nikki.

—Bueno, sólo una vez —dije.

—¿No le contó que Colin es sordo? Sordo de nacimiento. No recuerdo a causa de qué, pero al parecer no se pudo hacer nada. A Diane le afectó mucho. Tenía trece años, creo, cuando nació el niño y tal vez le molestase la aparición del intruso. No quisiera pecar de quisquillosa, pero algo de ello salió a relucir cuando fue a ver al psiquiatra y parece que con razón. Pienso que en la actualidad está en situación de coordinar de forma integral casi todas aquellas experiencias, así que no creo traicionar ningún secreto.

Eligió dos cabos de cinta entre la veintena de bobinas que había en un bastidor adosado a la pared, a cierta altura de la mesa. La una era azul, la otra naranja, y puso las dos sobre la cabeza de Wuffles.

—¿Qué dices tú, Wuf? ¿Azul o naranja?

Wuffles alzó los ojos jadeando con alegría y Gwen se quedó con la naranja, que a mi juicio ponía una nota de desenfado en la pelambrera argentino-grisácea del animal. Era un perro dócil, muy confiado y muy cariñoso, aunque la mitad de la atención de Gwen estaba centrada en mí.

—Gregory estuvo metido en asuntos de drogas durante un tiempo —dijo Gwen con familiaridad—. Parece que su generación se dedicaba a eso, mientras que la mía jugaba a la respetabilidad doméstica. Pero es un buen chico y creo que ahora le va bien todo. Por lo menos no se queja. Es feliz y eso es mucho más de lo que puede decir la mayoría; bueno, entiéndame, yo también lo soy, pero conozco a mucha gente que no lo es.

—¿Se cansó de navegar en su barca?

—Eso espero —dijo con una sonrisa—. Puede permitirse el lujo de hacer lo que se le antoje y si se cansa de estar ocioso, ya encontrará algo útil. Es muy listo y, a pesar de que en este momento hace el vago, es un chico capacitadísimo. A veces me da envida.

—¿Cree usted que molestaría a los chicos si hablase con ellos?

Se sobresaltó al oír aquello; era la primera vez que parecía desconcertada.

—¿Acerca de su padre?

—Tal vez tenga que hacerlo —dije—. No me gustaría hacerlo sin que lo supiera usted, pero es que me puede ser de gran utilidad.

—No creo que pase nada —dijo, aunque en un tono receloso.

—Podemos hablar de ello más tarde. Tal vez no haya ninguna necesidad.

—Bueno. Daño no creo que les haga. Pero lo que no entiendo es por qué remueve usted este asunto.

—Supongo que para saber si se hizo justicia —dije—. Suena a folletín, pero eso es lo que hay.

—Justicia ¿a quién? ¿A Laurence o a Nikki?

—Dígamelo usted. Por lo que veo, todos ustedes se odiaban con el mayor entusiasmo, pero ¿cree usted que a su marido se le hizo justicia?

—Sí, yo creo que sí. A ella, no sé. Supongo que tuvo un juicio justo y si acabó como acabó, bueno, será porque lo hizo ella. En más de una ocasión lo habría hecho yo misma si se me hubiera ocurrido la manera.

—O sea que si fue Nikki quien lo mató, ¿no la culparía usted?

—Ni yo ni un montón de gente. Fueron muchos los que acabaron distanciándose de Laurence —dijo con indiferencia—. Habríamos podido organizar un club y publicar un boletín informativo todos los meses. Todavía me tropiezo con más de uno que se me acerca con cautela y me dice: «Gracias a Dios que se murió». Con estas mismas palabras. Por la comisura de la boca. —Se echó a reír de nuevo—. Si le parece irrespetuoso, lo siento, pero no era un hombre agradable.

—Pero ¿quiénes, en concreto?

Apoyó una mano en la cadera y me dirigió una mirada cansina.

—Concédame una hora y le redactaré una lista —dijo.

Esta vez fui yo quien se echó a reír. Su sentido del humor parecía incontenible, aunque tal vez fuera sólo que se sentía intranquila. A veces inquieta hablar con un detective privado.

Gwen metió a Wuffles en una jaula vacía, entró a continuación en el otro cuarto y apareció con un pastor inglés enorme. Primero le alzó las patas delanteras, las apoyó en la mesa y luego levantó por detrás al perro, que no dejaba de gemir.

—Vamos, Duke, caramba —le espetó—. Vaya sangre de horchata que tiene el chucho este.

—¿Podríamos seguir hablando más tarde? —pregunté.

—Por supuesto. Con mucho gusto. Cierro a las seis. Si está usted libre a esa hora, podríamos tomar una copa. Me gusta tomar algo al final de la jornada.

—A mí también. Nos veremos entonces —dije.

Bajé del taburete y salí del local. Antes de que la puerta se cerrase ya le estaba hablando al perro. Me pregunté qué otras cosas sabría y cuántas estaría dispuesta a contarme. Por lo demás, deseaba con toda mi alma tener un aspecto tan interesante cuando cumpliese los cuarenta.

6

Me detuve junto a una cabina telefónica y llamé a Nikki. Descolgó al tercer timbrazo.

—¿Nikki? Soy Kinsey. Quisiera pedirte algo. ¿Podría entrar en la casa donde vivisteis tú y Laurence?

—Desde luego. Aún es mía. Tengo que coger el coche ahora para ir a Monterrey a traer a Colin, pero me va de camino. Si quieres, nos podemos encontrar allí.

Me dio la dirección y me dijo que estaría allí unos quince minutos más tarde. Colgué y volví al coche. No estaba segura de lo que buscaba, pero quería estar en aquella casa, sentir sus emanaciones, imaginar cómo habían vivido sus habitantes. Estaba en Montebello, un sector de la ciudad donde se decía que había más millonarios por kilómetro cuadrado que en ninguna otra parte del país. Desde la calle no se ve casi ninguna casa. De tarde en tarde se llega a columbrar un tejado medio oculto tras una confusión de olivos y encinas. Hay muchas parcelas rodeadas de muros sinuosos de piedra tallada a mano y coronados por rosas silvestres y capuchinas. A ambos lados de las calles crecen eucaliptos descollantes, entre los que se alzan palmeras que parecen signos de admiración abiertos.

La propiedad de los Fife estaba en el cruce de dos calles, oculta por setos de tres metros que en cierto punto se interrumpían para dar paso a un estrecho sendero de ladrillos. La casa era grande: dos pisos, paredes estucadas de color arenoso y cenefas blancas. La fachada era lisa y había un soportal a un lado. La parcela en derredor era lisa igualmente, salvo donde estaban los parterres cuadrados con amapolas californianas de todas las tonalidades: melocotón, amarillo subido, oro y rosa. Al otro lado de la casa vi un garaje de dos plazas y encima lo que supuse eran las dependencias del vigilante de la finca. El césped estaba bien cuidado y la casa, aunque con aire de deshabitada, no parecía desatendida. Detuve el coche en el trecho del camino de entrada que trazaba un círculo para facilitar la salida. A pesar de la techumbre de tejas rojas, la mansión parecía más francesa que española: ventanas sin cornisa, la puerta principal a la misma altura que el sendero de entrada.

Salí del vehículo y anduve hacia la derecha sin que mis pasos despertaran eco alguno en los ladrillos de color rosa claro. En la parte trasera vi una piscina y por vez primera sentí la presencia de algo inquietante y que no encajaba en el lugar. La piscina estaba llena hasta el borde de tierra y basura. Había una tumbona de aluminio medio hundida en la hierba con los travesaños envueltos en matojos. El trampolín se extendía ahora sobre una superficie desigual de broza, como si el agua se hubiera condensado y congelado. Una pequeña escalera con agarraderas se hundía en las profundidades y la superficie de cemento que rodeaba la piscina estaba salpicada de manchas oscuras.

Me fui acercando sin poder contener el nerviosismo hasta que un siseo perverso me sacó de mi concentración con un sobresalto. Dos gansos blancos y grandes avanzaban hacia mí a velocidad notable con la cabeza adelantada, el pico abierto y la lengua fuera, como las serpientes, y emitiendo un sonido aterrador. Lancé un breve grito involuntario y empecé a retroceder hacia el coche por miedo de que me sacaran los ojos. Redujeron la distancia que nos separaba a tal velocidad que no tuve más remedio que echar a correr. Llegué al vehículo con aquellos dos monstruos pisándome los talones. Abrí la portezuela a toda prisa y la cerré inmediatamente con un terror que no sentía desde hacía muchos años. Eché el seguro de ambas portezuelas medio esperando que aquellas bestias viperinas se pusieran a picotear en los cristales hasta que se cansaran. Se elevaron durante unos instantes batiendo las alas, con la maldad pintada en sus ojos negros y las dos cabezas silbantes a la misma altura que la mía. De pronto perdieron el interés y se alejaron, graznando y siseando y picoteando con furia entre la hierba. Hasta aquel momento no se me había ocurrido incluir a los gansos neuróticos en la lista de mis fobias, pero mira por dónde se habían colocado en los primeros puestos, en compañía de los gusanos y las cucarachas.

El coche de Nikki se detuvo detrás del mío. Salió del vehículo con una tranquilidad absoluta y se me acercó mientras yo bajaba la ventanilla. Los dos gansos reaparecieron por la esquina y se lanzaron en recta línea palmípeda sobre las pantorrillas de Nikki, que les dirigió una mirada de indiferencia y soltó una carcajada. Los dos gansos volvieron a elevarse en el aire batiendo sus cortas alas con torpeza y con una actitud repentinamente amistosa. Nikki llevaba una bolsa de pan en la mano y les echó unas migajas.

—Pero ¿qué monstruos son esos? —dije mientras salía del coche con la máxima cautela, aunque ninguno de los dos pajarracos me prestaba ya la menor atención.

—Son Hansel y Gretel —dijo Nikki con entonación afectuosa—. Gansos de Emden.

—Ya sé que son gansos, ya. Pero ¿qué les pasa? ¿Les han enseñado a matar?

—Impiden que los niños entren en la finca —dijo—. Vamos dentro. —Introdujo una llave en la cerradura y abrió la puerta. Se agachó para recoger el correo heterogéneo que habían metido por la ranura del buzón—. El cartero les da galletas saladas —dijo, como si aún siguiera pensando en los gansos—. Comen de todo.

—¿Quién más tenía las llaves de la casa? —le pregunté. Vi que había alarma antirrobo, aunque por lo visto estaba desconectada. Nikki se encogió de hombros.

—Laurence y yo. Greg y Diane. No se me ocurre nadie más.

—¿El jardinero? ¿La criada?

—Los dos tienen llave, pero creo que entonces no la tenían. Tuvimos un ama de llaves. La señora Voss. Es probable que tuviera otra.

—¿Había entonces algún sistema antirrobo?

—El que tenemos ahora lo pusimos hace cuatro años. Hace mucho que debería haber vendido la casa, pero no quería tomar esta clase de decisiones mientras estaba en la cárcel.

—Tiene que valer lo suyo.

—Desde luego. El precio de los inmuebles se ha triplicado y cuando la compramos nos costó setecientos cincuenta mil dólares. La eligió él. La puso a mi nombre por motivos fiscales, aunque a mí nunca me gustó mucho.

—¿Quién la decoró? —pregunté.

Nikki esbozó una sonrisa tímida.

—Yo. Me dio la sensación de que Laurence aún tenía menos idea que yo y me vengué de un modo sutil. El quiso comprarla y yo le quité todo el color.

Las habitaciones eran grandes, los techos altos y la luz entraba en abundancia. Los suelos consistían en paneles machihembrados de madera con manchas oscuras. La distribución era muy convencional: sala de estar a la derecha, comedor a la izquierda y la cocina al fondo. Había un salón de lectura detrás de la sala de estar y aneja a aquella parte una larga galería-mirador que abarcaba toda la longitud de la casa. Había algo extraño en ella que atribuí al hecho de que llevase deshabitada varios años, y era como contemplar una exposición de artículos elegantes y refinados en unos grandes almacenes. Los muebles estaban aún en su sitio y no había el menor rastro de polvo. No había plantas ni revistas, ninguna señal de actividad cotidiana. Hasta el silencio tenía una profundidad sonora, vacía y sin vida.

Toda la decoración interior jugaba con los tonos neutros: gris, gris perla, avellana y canela. Los sofás y sillones estaban tapizados, eran mullidos, tenían brazos cilíndricos, cojines gruesos y poseían un aire parecido al Art-Déco, aunque sin ningún deseo de impresionar. Había en todo ello una agradable combinación de elementos antiguos y modernos y saltaba a la vista que Nikki había sabido lo que se hacía, por más que le trajera sin cuidado.

Había cinco dormitorios arriba, los cinco con chimenea, los cinco con cuarto de baño de notables dimensiones, armarios espaciosos, vestidores, y toda la planta estaba cubierta por una gruesa alfombra de lana de color leonado.

—¿Es éste el dormitorio principal?

Nikki asintió con la cabeza. La seguí al cuarto de baño. Junto al lavabo había un montón de toallas gruesas de color chocolate. La bañera se hundía por debajo del nivel del suelo y las baldosas que la rodeaban eran de un matiz tabaco pálido. Había una ducha aparte, encerrada en una cabina de vidrio y que había sido equipada como una sauna. Jabón, papel higiénico, pañuelos de papel.

—¿Piensas instalarte aquí? —le dije al bajar.

—Puede que sí. He contratado a una mujer para que venga a limpiar cada quince días y además está el jardinero, que vive y trabaja en la casa. He estado viviendo en la playa.

—¿Tienes otra casa allí?

—Sí. La heredé de la madre de Laurence.

—¿Y por qué te la legó a ti y no a él?

Esbozó una breve sonrisa.

—Laurence y su madre no se llevaban bien. ¿Te apetece un té?

—Creí que hoy te tocaba tragar kilómetros.

—Tengo tiempo.

Se dirigió a la cocina y fui tras ella. En el centro de la estancia, a modo de isleta, se alzaba la cocina propiamente dicha y sobre el fogón de los quemadores pendía una gran campana de cobre; de un bastidor metálico circular que descendía del techo colgaban sartenes, cestas y utensilios de cocina de todas clases. Los fogones restantes eran de baldosas blancas. El fregadero, escalonado, constaba de dos piletas de acero inoxidable. Había un horno normal, un horno de convección, un microondas, un frigorífico, dos congeladores y una alacena impresionantemente grande.

Puso agua a hervir y se encaramó en un taburete de madera. Yo hice lo propio en otro que había ante ella, las dos en el centro de aquella estancia que lo mismo parecía un laboratorio de química que la fantasía de un cocinero.

—¿Con quién has hablado hasta ahora? —me preguntó.

Le conté mi entrevista con Charlie Scorsoni.

—A mí me hacen pensar en el Gordo y el Flaco —dije—. No recuerdo bien a Laurence, pero siempre me pareció un individuo muy refinado y cerebral. Scorsoni es muy sanguíneo. Parece sacado de un anuncio de sierras mecánicas.

—Es un batallador. Por lo que sé, ascendió por las bravas, arrasando todo lo que se le ponía por delante. Como en el dorso de la cubierta de las novelas baratas: «Pasó por encima del cadáver de los que amaba...». Es posible que a Laurence le gustase así. Siempre hablaba de Charlie con un respeto forzado, como si le costara admitirlo. Se lo puso todo en bandeja. Y Charlie, como es lógico, pensaba que Laurence no podía hacer nada malo.

—Eso se ve en seguida —dije—. No creo que tuviera ningún motivo para matarlo. ¿Has pensado alguna vez si tuvo algo que ver?

Nikki sonrió y se levantó para coger las tazas, los platitos y las bolsas de té.

—He tenido tiempo para planteármelo a propósito de todos, pero Charlie me parece el candidato menos probable. No se benefició de ello ni económica ni profesionalmente... —Echó el agua hirviendo en las tazas.

—Hasta donde puede verse a simple vista —dije, sumergiendo mi bolsita de té.

—Bueno, sí, es verdad. Es posible que hubiera alguna

ganancia bajo mano, pero por fuerza habría salido a relucir en los ocho años transcurridos.

—Lógico. —A continuación le conté la entrevista con Gwen. Las mejillas se le fueron encendiendo poco a poco.

—Me siento culpable por ella —dijo—. En la época en que se divorciaron, Laurence la detestaba con todas sus fuerzas y yo solía echar leña al fuego. El nunca quiso responsabilizarse del fracaso de aquel matrimonio y en consecuencia tenía que acusarla y castigarla. Yo no hice nada por impedirlo. Al principio creí de veras lo que él me contaba. Quiero decir que personalmente pensaba que era una mujer muy competente y sabía que Laurence había dependido mucho de ella, pero para mí era más seguro romperle el cordón umbilical azuzando sus malos instintos. ¿Comprendes lo que quiero decir? La odiaba tanto que en cierto modo era como si la amase, pero a mí me daba más seguridad aumentar la distancia. Ahora me avergüenzo de aquello. Cuando dejé de amarle y él empezó a recuperar el interés por mí, comprendí de pronto lo que sucedía.

—Pero yo tenía entendido que fuiste tú quien dio al traste con aquella relación —dije, observándola con fijeza por entre el humo que surgía de mi taza.

Se pasó ambas manos por el pelo, que se hinchó y deshinchó mientras la cabeza sufría una ligera sacudida.

—No, no —dijo—. Yo fui su venganza. Que durante años le estuviese haciendo la puñeta a su mujer importaba muy poco. Descubrió que ella tenía un amante y se lió conmigo. Genial, ¿no? No me di cuenta de lo que pasaba hasta mucho después, pero así estaban las cosas.

—Un momento, un momento. A ver si lo he entendido bien —dije—. El descubrió que ella estaba liada con otro, entonces se lía contigo y después se divorcia de ella. O sea que lo que hizo fue darle a ella en la boca.

—Eso es. Liarse conmigo fue su forma de demostrar que no le importaba. Y su forma de castigarla fue quedarse con los niños y con el dinero. Era muy vengativo. Por eso era tan buen abogado. Se identificaba con auténtica pasión con cualquiera que hubiese sufrido una injusticia. Ponía el alma incluso en los detalles más insignificantes, que luego utilizaba con energía arrolladora hasta vencer toda oposición. Era un hombre despiadado. Totalmente despiadado.

—¿Con quién estaba liada Gwen?

—Eso tendrás que preguntárselo a ella. Yo nunca lo supe con seguridad. Y él tampoco hablaba de ello.

Le pregunté por la noche en que murió Laurence y fue dándome detalles.

—¿A qué era alérgico?

—Al pelo de los animales. De los perros sobre todo, pero también de los gatos. No permitió animales en casa durante mucho tiempo, pero cuando Colin cumplió los dos años, alguien nos sugirió que le compráramos un perro.

—Colin es sordo, ¿verdad?

—De nacimiento. A los recién nacidos les hacen pruebas de audición y por eso nos enteramos inmediatamente, pero no se pudo hacer nada. Según parece, tuve la rubéola, de poca monta, antes de saber siquiera que estaba embarazada. Afortunadamente fue la única lesión que sufrió el niño. Tuvimos suerte después de todo.

—¿De ahí lo del perro? ¿Para que hiciese de guardián del niño?

—Algo así. No se puede vigilar a un niño día y noche. Por eso hicimos llenar la piscina. También Bruno fue de mucha ayuda.

—Un pastor alemán.

—Sí —dijo Nikki, titubeando un poco a continuación—. Lo mataron. Lo atropelló un coche delante mismo de casa. Era un perro magnífico. Muy listo y muy cariñoso; y cuidaba muy bien de Colin. Laurence se dio cuenta de lo que el perro significaba para el niño y volvió a medicarse contra las alergias. Quería de verdad a Colin. Fueran cuales fuesen sus defectos, y tenía un montón, quería muchísimo al pequeño.

Se le borró la sonrisa y su cara sufrió una mutación extraña. Había caído en una especie de trance y era como si no estuviese allí conmigo. Sus ojos carecían de expresión y en la mirada que me dirigió no había sentimiento alguno.

—Lo siento, Nikki. Me gustaría ahorrarte todo esto.

Apuramos el té y nos levantamos. Cogió las tazas y los platitos y los metió en el lavaplatos. Cuando volvió a mirarme, sus ojos eran otra vez de un gris mate, de metal de arma de fuego.

—Quiero que descubras quién lo mató. No descansaré hasta que lo sepa.

Lo dijo de un modo que mis manos se agarrotaron. En sus ojos había un destello que me recordaba al de los ojos de los gansos, maligno e irracional. Fue sólo un segundo y desapareció al instante.

—No querrás desquitarte, ¿verdad? —pregunté.

Desvió la mirada.

—No. Pensaba mucho en ello en la cárcel, pero ahora que estoy fuera ya no me parece tan importante. Lo único que quiero ahora es recuperar a mi hijo. Y tumbarme en la playa, y beber Perrier, y ponerme mi propia ropa. Y comer en restaurantes, y cuando no, prepararme yo misma lo que me apetezca. Y dormir hasta tarde, y darme baños de sales... —Se interrumpió para reírse de sí misma y tomó una profunda bocanada de aire—. Pues eso. No quiero poner en peligro la libertad de que disfruto ahora.

Me miró a los ojos y le sonreí.

—Será mejor que te pongas al volante —dije.

Ya que estaba en aquel barrio, me detuve ante la farmacia Montebello. El farmacéutico, cuya placa de identificación decía «Carroll Sims», era un cincuentón de mediana estatura y ojos castaños y simpáticos tras unas simpáticas gafas de concha. Estaba explicando a una señora muy mayor en qué consistía cierta medicina y cómo tenía que administrarse. Las explicaciones de marras no hacían más que aumentar el desconcierto y la exasperación de la señora, pero Sims era hombre diplomático y respondía a las nerviosas preguntas de la anciana con la mejor voluntad del mundo. Imaginé una cola de clientes ante el mostrador, el uno le enseñaba una verruga o una mordedura de gato, el otro le describía un dolor pectoral o ciertas molestias en la vejiga. Cuando me tocó el turno deseé tener algún malestar que contarle. Pero lo que hice fue enseñarle la documentación.

—¿En qué puedo ayudarla?

—¿Trabajaba ya aquí hace ocho años, cuando mataron a Laurence Fife?

—Desde luego. La farmacia es mía. ¿Es usted amiga suya?

—No —dije—. Me han contratado para revisar todo el asunto. Me pareció que lo más lógico era comenzar por este establecimiento.

—Dudo que pueda serle muy útil. Le puedo decir qué medicamento tomaba, en qué dosis, con qué frecuencia lo compraba y qué médico se lo recetó, pero no cómo se hizo el cambio. Bueno, eso quizá sí. Pero no quién lo hizo.

Casi toda la información que me dio Sims ya la sabía

yo de antemano. Laurence tomaba un antihistamínico llamado HistaDril, que había venido utilizando durante años. Una vez al año iba a ver a un inmunólogo que sistemáticamente le recetaba lo mismo hasta la siguiente consulta. La única novedad que me contó Sims fue que el HistaDril se había retirado del mercado hacía poco a causa de sus posibles efectos cancerígenos.

—O sea que si Fife hubiera seguido tomándolo unos años más, se le habría podido declarar un cáncer y hubiera muerto de todos modos.

—Tal vez —dijo el farmacéutico. Nos miramos durante unos instantes.

—Supongo que no sabrá usted quién lo mató —dije.

—Ni idea.

—Bien, creo que eso es todo. ¿Asistió usted al juicio?

—Sólo cuando me llamaron a declarar. Identifiqué el frasco, que era en efecto de los que vendemos aquí. El mismo Fife se había presentado con la receta hacía muy poco y estuvimos un rato de palique. Hacía tanto tiempo que tomaba HistaDril que ya ni hablábamos de ello.

—¿Recuerda de qué hablaron?

—Bueno, de lo de siempre. Creo que se había declarado un incendio en la otra punta de la ciudad y que lo comentamos. A muchos alérgicos les afectó el aumento de la contaminación atmosférica.

—¿Y a él?

—A todos les afectó un poco, pero no recuerdo que a él le afectase más que a los demás.

—Bueno —dije—, gracias por atenderme. ¿Le importaría telefonearme si se le ocurren más cosas? Mi nombre está en la guía.

—Desde luego, si se me ocurre algo, sí —dijo.

Era media tarde y no tenía que ver a Gwen hasta las seis. Me sentía inquieta e incómoda. Poco a poco me iba haciendo con la información de base, aunque en realidad no ocurría nada aún y, por lo que sabía, incluso cabía la posibilidad de que todo quedase en agua de borrajas. Por lo que tocaba al estado de California, se había hecho justicia y Nikki Fife era la única persona que pensaba lo contrario. Nikki y el asesino anónimo y sin cara que después de matar a Laurence Fife había gozado de ocho años de impunidad, ocho años de una libertad que se me había encargado interrumpir. En algún momento daría con la pista de alguien y a este alguien no le iba a alegrar precisamente mi presencia.

Me decidí por continuar con el espionaje de Marcia Threadgill. Cuando tropezó con la grieta de la acera acababa de salir del taller de artesanía, donde había comprado lo necesario para confeccionarse uno de esos bolsos de fibra vegetal que se adornan con conchas. Me la imaginé decorando cajas de fruta, elaborando adornos ingeniosos con envases de huevos festoneados con versátiles ramilletes de lirios de los valles. Marcia Threadgill tenía veintiséis años y su problema era el mal gusto. El dueño del establecimiento me había puesto al corriente de las obras de arte que había perpetrado y todas me recordaban a mi tía. Marcia Threadgill era una hortera, y con ganas además. Transformaba la basura corriente en regalos navideños. A mi juicio tenía la típica mentalidad que acaba aterrizando en las compañías de seguros con trampa y otros engañabobos. La típica individua que escribiría a la embotelladora de la Pepsi-Cola para decir que había encontrado un pelo de ratón en una botella para ver si así conseguía gratis una caja.

Estacioné el coche a unas cuantas casas antes de la suya y saqué los prismáticos. Me hice un ocho, enfoqué su balcón y di un respingo.

—Por todos los santos —murmuré.

En vez del helecho asqueroso y medio mustio se me ofrecía una maceta colgante de dimensiones mastodónticas, que por lo menos pesaría diez kilos. ¿Cómo había logrado levantarla y colgarla de un gancho que estaba muy por encima de su cabeza? ¿Un vecino? ¿Algún novio? ¿O lo había hecho ella sola y sin ayuda de nadie? Incluso podía distinguir la etiqueta del precio pegada a un lado de la maceta. La había comprado en uno de los supermercados Gateway y le había costado exactamente $29,95; un señor precio si tenemos en cuenta que probablemente estaba llena de mosquitos.

—Mierda —dije. ¿Dónde estaba yo cuando había izado aquella teta de elefante? Diez kilos de planta lozana, tierra húmeda y una cadena hasta la altura del hombro. ¿Se había subido a una silla? Me dirigí inmediatamente al supermercado Gateway que tenía más cerca y entré en la sección de jardinería. Habría cinco o seis plantas como aquella, lengua de ballena, oreja de diplodoco o como diantres se llamara. Levanté una maceta. Dios bendito. Era peor de lo que había pensado. Incómoda, pesada, imposible de mover sin ayuda. Compré un carrete de fotos en la sección de «Cheques no para menos de diez artículos» y lo metí en la máquina—. Marcia, corazón —canturreé en voz baja—, te voy a joder en oblicuo.

Volví a la casa de la susodicha y saqué otra vez los prismáticos. Acababa de doblar el espinazo y de enfocar el balcón cuando apareció la señorita Threadgill en persona con una manguera de plástico que tenía que haber conectado con algún grifo interior. Humedeció, roció, regó y fue de aquí para allá mientras hundía el dedo en la tierra de las macetas y arrancaba una hoja que amarilleaba en un tiesto de la barandilla. Un personaje obsesivo a todas luces que inspeccionaba hasta la cara inferior de las hojas, en busca de Dios sabe qué enfermedades. Le observé la cara. Tenía aspecto de haberse gastado cuarenta y cinco dólares en una sesión pública de maquillaje en unos grandes almacenes. Caramelo y moka en los párpados. Frambuesa en los pómulos. Chocolate en los labios. Tenía las uñas largas y se las había pintado del color cereza que suelen tener esos caramelos que se venden en cajitas y que se escupen al primer lengüetazo.

En el balcón de arriba apareció una mujer mayor con

un conjunto de fibra de nailon y se puso a charlar con Marcia. Deduje que le expresaba alguna queja porque ninguna de las dos ponía buena cara y Marcia acabó alejándose con un bufido. La vieja le gritó algo que se me antojó grosero sin necesidad de oírlo. Salí del coche con un cuaderno de papel timbrado y una carpeta, y cerré con llave.

Según el directorio del zaguán, el piso de Marcia era el 2.º C. El de arriba pertenecía a una tal Augusta White. Descarté el ascensor y opté por las escaleras. Me detuve ante la puerta de Marcia. Oía un álbum de Barry Manilow a todo volumen y mientras escuchaba advertí que lo subía un par de decibelios. Llegué al piso de arriba y llamé a la puerta de Augusta. La entreabrió en el acto y pegó la cara a la rendija igual que un pekinés; los ojos saltones, la nariz chata y los pelillos de la barbilla confirmaban la comparación.

—Qué quiere —me endilgó. Tenía ochenta años por lo menos.

—Vivo en la finca de al lado —dije—. Ha habido quejas a causa del ruido y el administrador me ha pedido que investigue. ¿Podría hablar con usted? —Le enseñé la carpeta, que tenía cierto aire oficial.

—No se vaya.

Se alejó de la puerta y corrió hacia la cocina para coger la escoba. Oí que daba golpes en el suelo. Escuché unos ceporrazos impresionantes, procedentes de abajo, como si Marcia Threadgill se hubiese puesto a golpear el techo con unas botas de futbolista.

Augusta White volvió a la puerta dando patadas en el suelo y me escrutó por la rendija.

—Tiene usted aspecto de trabajar en una inmobiliaria —dijo con suspicacia.

—Pues no trabajo en ninguna. De verdad.

—Pues a mí me lo parece y basta. Así que ya puede largarse con viento fresco. Conozco a todos los que viven al lado y a usted no la conozco. —Cerró de un portazo y echó el pestillo.

La torta me estaba costando un pan. Me encogí de hombros y bajé las escaleras. Ya en el exterior otra vez, evalué a ojo las terrazas. Los balcones se superponían en sentido piramidal y me imaginé trepando por la fachada como un desvalijador de pisos para poder espiar de cerca a Marcia Threadgill. En realidad había esperado contar con ayuda para elaborar un informe de primera mano sobre la señorita Threadgill, pero por el momento iba a tener que olvidarme del asunto. Desde el coche hice varias fotos de la maceta colgante, deseando que se le pudrieran las raíces y se secara cuanto antes. Deseé estar presente cuando colgara otra maceta.

Volví a casa y escribí mis notas. Eran las cinco menos cuarto y me puse mi equipo de *footing*, es decir, un pantalón corto y un viejo jersey de algodón y cuello de cisne. No soy ninguna entusiasta del ejercicio. Creo que he estado en forma sólo una vez en mi vida, cuando me preparé para ingresar en la academia de policía, aunque hay algo en correr que satisface mis impulsos masoquistas. Soy lenta y me fastidia un rato, pero mi calzado es bueno y además me gusta oler mi propio sudor. Recorro los dos kilómetros y pico de acera que discurren en sentido paralelo a la playa, donde el aire suele ser un poco húmedo y muy limpio. Las palmeras bordean la ancha zona de hierba que hay entre la acera y la arena y allí coincido con otros amantes de la vida sana, casi todos ellos con un aspecto infinitamente mejor que el mío.

Hice tres kilómetros y desistí. Las pantorrillas me dolían. El pecho me quemaba. Bufé y jadeé doblada por la cintura, imaginando que de los pulmones y por los poros me salían chorritos de toxinas. Anduve media manzana y oí el claxon de un coche. Miré a mi alrededor. Charlie Scorsoni se acercó al bordillo en un 450 SL azul pálido que le sentaba muy bien. Me sequé con la manga el sudor que me chorreaba por la cara y me acerqué al coche.

—Sus mejillas están teñidas de rosicler —dijo.

—Yo siempre tengo cara de infarto. Y de otras cosas que no quiero ni contarle. ¿Qué hace por aquí?

—Me sentía culpable. Ayer no fui muy considerado con usted. Suba.

—No, por favor —dije riendo y sin recuperar el aliento del todo—. No quiero llenarle de sudor el asiento.

—¿La puedo seguir hasta su casa?

—¿Lo dice en serio?

—Claro —dijo—. He pensado que si la trato con simpatía y cordialidad no me pondrá usted en la lista de sospechosos.

—No le serviría de nada. Sospecho de todo el mundo.

Cuando salí de la ducha y me asomé por la puerta del cuarto de baño, vi a Scorsoni curioseando los libros que tenía amontonados en la mesa.

—¿Ha tenido tiempo de registrar los cajones? —le pregunté.

Sonrió con amabilidad.

—Están cerrados con llave.

También yo sonreí y volví a cerrar la puerta para vestirme. Me daba cuenta de que me había alegrado de verle, cosa poco habitual en mí. Soy muy difícil cuando se trata de hombres. Los de cuarenta y ocho años no me suelen parecer «estupendos», pero así es como le encontraba a él. Era corpulento, tenía unos rizos preciosos y parecía echar luz por los ojos azules con aquellas gafas sin montura. El hoyuelo de la barbilla tampoco me molestaba.

Salí del cuarto de baño y me dirigí descalza hacia la cocina empotrada.

—¿Quiere una cerveza?

Se había sentado en el sofá y hojeaba un libro sobre los ladrones de coches.

—Tiene usted unos gustos literarios realmente exquisitos —dijo—. ¿Por qué no me permite invitarla a una copa?

71

—Tengo que estar a las seis en cierto sitio —dije.

—Bueno, pues venga esa cerveza.

Destapé la botella, se la alargué y tomé asiento en el otro extremo del sofá, con los pies encogidos.

—Ha salido muy temprano de la oficina. Me siento halagada.

—He de volver esta noche. Voy a estar fuera un par de días y tendré que preparar la cartera y que arreglar algunas cosas pendientes con Ruth.

—¿Por qué ha abandonado el trabajo para verme?

Me dirigió una sonrisa burlona que no ocultaba un punto de irritación.

—Qué desconfiada. ¿Y por qué no puedo dejar el trabajo para verla? Si Nikki no mató a Laurence, tengo tanto interés como el que más por saber quién lo hizo, eso es todo.

—Usted no cree que sea inocente. Ni en sueños —dije.

—Pero usted sí lo cree. Estoy convencido.

Lo miré atentamente.

—No voy a darle información. Espero que lo entienda. Puedo hacer uso de toda la ayuda que usted me proporcione y, si se le ocurriera algo de pronto, le escucharé con mucho gusto, pero esto no puede ser una calle de dos direcciones.

—Quiere usted dar lecciones a un abogado sobre los derechos del cliente, ¿no es eso? Maldita sea, Millhone. Déme una oportunidad.

—Está bien, está bien. Lo siento —dije. Bajé los ojos para fijarme en sus grandes manos y a continuación los alcé para posarlos otra vez en su rostro—. Lo que pasa es que no me gusta que me sonsaquen.

Se le relajó la expresión y sonrió con indolencia.

—Antes dijo que no sabía nada, ¿qué podría sonsacarle, pues? Tiene usted muy malas pulgas.

Le sonreí a mi vez.

—Mire, no sé con qué posibilidades cuento. Aún no me he hecho a la idea y ya me está poniendo nerviosa.

—Claro, claro, y lleva usted trabajando en este caso... ¿cuánto? ¿Dos días?

—Más o menos.

—Pues dése también una oportunidad a sí misma mientras pueda. —Tomó un sorbo de cerveza y, con un leve golpecito, dejó la botella en la mesa de servicio—. Ayer no fui muy sincero con usted —dijo.

—¿Sobre qué?

—Sobre Libby Glass. Sí sabía quién era y sospechaba que Laurence había tenido con ella alguna relación. Pero no me pareció que tuviera que ver con su caso.

—A estas alturas no sé qué sentido puede tener el exceso de discreción —dije.

—Es lo que pensé después. Y a lo mejor hasta tiene importancia para su caso, ¿quién sabe? Creo que, desde que Laurence murió, tiendo a atribuirle una pureza que en realidad no tuvo nunca. Le gustaba mucho el coqueteo. Pero sentía debilidad sobre todo por la clase adinerada. Por las mujeres mayores. Por esas señoras delgadas y elegantes con quienes se casan los aristócratas.

—¿Cómo era Libby?

—La verdad es que no lo sé. La vi un par de veces mientras preparaba nuestro papeleo con Hacienda. Parecía interesante. Joven. No tendría más de veinticinco o veintiséis años.

—¿Le dijo él que estaba liado con ella?

—No, no, él no. No contaba nunca esas cosas.

—Todo un caballero —dije.

Scorsoni me lanzó una mirada de alarma.

—No lo digo en son de burla —añadí en el acto—. He oído decir que mantenía la boca cerrada en lo que afectaba a las mujeres que pasaban por su vida. Me refería a eso.

—En efecto, así era. Todo lo guardaba para sí. Por eso era tan buen abogado. Jamás estampaba una firma de manera gratuita, ni siquiera ponía telegramas. Seis meses antes de morir adoptó una actitud extraña, defensiva. A veces se

73

me ocurría pensar que no se encontraba bien, pero no en sentido físico. Se trataba de una especie de dolor psíquico, si me permite la expresión.

—Aquella noche tomó usted unas copas con él, ¿no?

—Fuimos a cenar. A la taberna de abajo. Nikki se había ido no sé dónde, nosotros le dimos un rato a la raqueta y luego fuimos a tomar un bocado. A mí me pareció que se encontraba estupendamente.

—¿Llevaba encima el medicamento que tomaba contra la alergia?

Scorsoni negó con la cabeza.

—No era muy partidario de las pastillas. Tomaba Tylenol cuando le dolía la cabeza, cosa que sucedía raras veces. Hasta Nikki admitió que se tomó la cápsula en casa. Tuvo que ser alguien que tenía acceso a la casa.

—¿Había estado en ella Libby Glass alguna vez?

—Por asuntos de trabajo no, que yo sepa. Es posible que se viesen allí, pero él no me hizo nunca ningún comentario. ¿Por qué?

—No lo sé. Pensaba que podían haber envenenado a los dos a la vez. Ella murió cuatro días más tarde, pero la diferencia se podría explicar porque la administración de las cápsulas dependía del paciente mismo.

—No sé bien cómo murió ella. Creo que ni siquiera se publicó la noticia en la prensa de aquí. El, sin embargo, estuvo en Los Angeles, eso sí lo sé. Semana y media antes de morir.

—Interesante. Tendré que ir a Los Angeles. Tal vez pueda verificarlo.

Consultó la hora.

—No quiero hacerle perder más tiempo —dijo poniéndose en pie. Me levanté y lo acompañé a la puerta. Era extraño, pero no deseaba que se fuese.

—¿Qué sistema ha utilizado para adelgazar?

—¿Cómo? ¿Se refiere a...? —dijo, palmeándose la barriga. Se inclinó un tanto hacia mí como si fuera a confiarme algún régimen inverosímil a base de privaciones y torturas.

—Lo que hice fue suprimir los caramelos y los dulces. Los tenía en un cajón de mi mesa —murmuró en tono de conspiración—. Risitas, Los tres mosqueteros, Besos de Hershey, Crunch; envueltos en papel de plata y con una mecha en la punta. Cien al día...

Estaba a punto de echarme a reír porque me lo decía de un modo muy seductor y como si me estuviera confesando que le gustaba ponerse bragas de señora a escondidas. También porque sabía que si volvía la cara me acercaría a él más de lo que me permitía la coyuntura.

—¿Y piruletas y Chupa-chups? —dije.

—Continuamente —dijo. Casi sentía el calor de su cara y le dirigí una mirada de soslayo. Se echó a reír de sí mismo entonces, rompiendo el hechizo, y me sostuvo la mirada un segundo más de lo que correspondía—. Hasta otra —dijo.

Nos dimos la mano cuando se marchó. No sé por qué, tal vez sólo para tocarnos. Pero incluso un contacto tan normal hizo que se me erizara el vello del brazo. Mi sistema de alarma preventiva sonaba como si se hubiera vuelto loco y no sabía cómo interpretarlo. Es como lo que siento a veces cuando estoy en el piso vigésimo primero y abro una ventana: la idea de saltar me seduce muchísimo. Entre un hombre y otro dejo transcurrir mucho tiempo; puede que me tocara ya otra vez. Lagarto, lagarto, me dije.

8

Gwen estaba cerrando cuando me detuve ante K-9 Korners a las seis en punto. Bajé la ventanilla y asomé la cabeza.

—¿Quiere que vayamos en mi coche?

—Prefiero seguirla —dijo—. ¿Sabe dónde está el Palm Garden? ¿Le va bien?

—Sí, perfectamente.

Se dirigió al parking y un minuto más tarde apareció con un Saab amarillo chillón. El restaurante quedaba a pocas manzanas y aparcamos juntas en la zona de estacionamiento. Se había despojado de la bata y se limpiaba la parte delantera de la falda con golpes aleatorios.

—Discúlpeme por los pelos de perro —dijo—. Por lo general me doy un baño después.

El Palm Garden se encuentra en el centro de Santa Teresa, en la parte trasera de un complejo comercial; hay mesas en el exterior y grandes macetones de madera con las palmeras de rigor. Encontramos una mesa pequeña en un extremo, yo pedí vino blanco y ella Perrier.

—¿No bebe usted alcohol?

—Casi nunca. Renuncié al alcohol cuando me divorcié. Antes le daba muchísimo al whisky. ¿Qué tal va el caso?

—No sabría decirle. ¿Hace mucho que está en la guardería canina?

—Más de lo que quisiera —dijo y se echó a reír.

Charlamos un rato sin centrarnos en nada concreto. Necesitaba tiempo para observarla, para saber qué podían tener en común ella y Nikki Fife para haber acabado casándose con el mismo hombre. Fue ella quien llevó la conversación al tema que nos había puesto en contacto.

—¿Me lo va a contar o no? —dijo.

Me quité mentalmente el sombrero. Era una mujer muy hábil y me estaba facilitando las cosas mucho más de lo que había pensado.

—No creía que estuviese tan dispuesta a colaborar.

—Ha estado usted hablando con Charlie Scorsoni —dijo.

—Me pareció lógico empezar por ahí —dije con un encogimiento de hombros—. ¿Lo tiene en la lista?

—¿De los que pudieron matar a Laurence? No. No creo que lo hiciera. ¿Estoy yo en la de él?

Negué con la cabeza.

—Qué raro —dijo.

—¿Por qué?

Inclinó la cabeza y adoptó una expresión más seria.

—Cree que estoy resentida. Me lo ha dicho mucha gente. Es una ciudad pequeña. Con un poco de paciencia, acabará enterándose de lo que piensan de usted.

—Lo dice como si para usted fuese normal un poco de resentimiento.

—Hace mucho que me libré de ese prurito. Por cierto, si le interesa, puede localizar aquí a Greg y a Diane. —Sacó del bolso una tarjeta de fichero con ambos nombres y las direcciones y teléfonos respectivos.

—Gracias. Se lo agradezco de verdad. ¿Hay que abordarles de algún modo particular? Cuando dije que no quería molestarles lo decía en serio.

—No, no se preocupe. Los dos son muy abiertos. En todo caso, es posible que le parezcan demasiado sinceros.

—Si no me equivoco, no han estado en contacto con Nikki.

—Creo que no, lamentablemente. Historias del pasado. A mí me gustaría que se olvidaran de una vez. Fue muy buena con ellos. —Se echó atrás, se quitó el pañuelo de la cabeza y se sacudió el pelo para que quedara colgando a su aire. Le llegaba hasta los hombros y se había infiltrado en él una interesante tonalidad gris que no había sospechado. El contraste era fabuloso... pelo gris, ojos castaños. Tenía pómulos pronunciados, unos pliegues fascinantes alrededor de la boca, dentadura sana y un bronceado que indicaba salud sin caer en la vanidad.

—¿Qué piensa usted de Nikki? —le pregunté, dado que acabábamos de mencionarla.

—Pues no lo sé con exactitud. Bueno, le tuve mucha inquina entonces, pero me gustaría hablar con ella alguna vez. Tengo la impresión de que llegaríamos a entendernos y nos comprenderíamos mucho más. ¿Quiere saber por qué me casé con Laurence?

—Me pica la curiosidad.

—Porque tenía la polla muy grande —dijo con malicia y acto seguido se echó a reír—. Lo siento. No he podido evitarlo. En realidad era un desastre en la cama. Una máquina de follar. De fábula si a uno le gusta la sexualidad despersonalizada.

—No me va ese estilo —dije con sequedad.

—A mí tampoco cuando lo descubrí. Era virgen cuando me casé.

—Pues vaya lata.

—Y la lata se convirtió en latazo, aunque todo ello formaba parte del mensaje que me habían inculcado desde pequeña. Siempre pensé que, en lo relativo a nuestra vida sexual, la culpable de nuestro fracaso había sido yo... —Dejó la frase en suspenso mientras las mejillas se le teñían un tanto.

—Hasta que... —proseguí por ella.

—Ahora me apetece un vaso de vino —dijo e hizo una seña a la camarera. Pedí otro vaso. Gwen se volvió hacia mí—. Bueno, tuve una historia después de cumplir los treinta.

—Lo que demuestra que tenía usted *un poco* de sentido común.

—Bueno, sí y no. No duró más que seis semanas, pero fueron las mejores seis semanas de mi vida. En cierto modo, me alegró que se acabase. Fue algo muy intenso y habría cambiado mi vida de un modo radical. No estaba preparada para eso. —Hizo una pausa y me di cuenta de que revivía y meditaba lo que me iba contando—. Laurence me criticaba siempre mucho y yo pensaba que me lo merecía. De pronto conocí a un hombre que opinaba todo lo contrario, que yo nunca metía la pata. Al principio me resistí. Yo sabía lo que sentía por él, pero iba contra mis convicciones. Al final cedí. Durante un tiempo me dije que aquella situación convenía a mis relaciones con Laurence. Había conseguido de golpe algo que me había hecho falta durante mucho tiempo y me sentía muy solícita, me entregaba más. Pero la doble vida empezó a cobrarse su precio. Engañaba a Laurence siempre que podía, pero comenzó a sospechar que pasaba algo. Llegó un momento en que ya no pude soportar que me tocase; demasiadas tensiones, demasiadas mentiras. Demasiado bienestar en cama ajena. Tuvo que notar el cambio que se había operado en mí porque empezó a sondearme y a hacerme preguntas, quería saber dónde estaba cada minuto del día. Llamaba por la tarde en el momento menos pensado y, claro, no me encontraba. Yo estaba siempre en otra parte, incluso cuando estaba con Laurence. Me amenazó con divorciarse, me asusté y se lo conté todo. Fue el mayor error de mi vida porque se divorció de todos modos.

—Para castigarla.

—Y de la única forma que sabía. A lo bestia.

—¿Dónde está ahora?

—¿Quién? ¿Mi amigo? ¿Por qué lo pregunta?

Se había puesto a la defensiva al instante y adoptó una actitud cautelosa.

—Laurence tuvo que averiguar quién era. Si le castigó a usted, ¿por qué no también al otro responsable?

—Yo no quería que recayeran sospechas sobre él —dijo—.

Habría sido una inmoralidad. No tuvo nada que ver con la muerte de Laurence. Se lo puedo certificar por escrito.

—¿Por qué está tan segura? Hubo un montón de gente que se equivocó entonces y Nikki pagó por ello.

—Un momento, oiga —dijo con brusquedad—. A Nikki la defendió el mejor abogado de la región. Quizá tuvo mala suerte, quizá no, pero querer culpar a una persona que no tuvo nada que ver me parece ridículo.

—Yo no quiero culpar a nadie. Sólo trato de encontrar un sentido a todo esto. No puedo obligarla a que me diga de quién se trata...

—Eso es verdad y averiguarlo por boca de otra persona me temo que le costará un ovario.

—Mire, yo no estoy aquí para pelearme. Lo siento. Olvídelo, ¿quiere? Por ahora.

En el cuello le aparecieron dos manchas rojizas. Se esforzaba por contener la ira, por recuperar el dominio de sí. Durante un segundo pensé que iba a marcharse.

—No voy a insistir —dije—. Se trata de una historia totalmente al margen y he venido aquí para hablar con usted. Usted no quiere hablar del asunto, pues de acuerdo, no pasa nada.

Me pareció que todavía dudaba entre irse o quedarse, así que me callé y que ella decidiera. Advertí al cabo que se relajaba un poco y comprendí que yo estaba tan tensa como ella. Para mí era un contacto demasiado valioso para estropearlo.

—Volvamos a Laurence —dije—. Hábleme de él. ¿Qué sabe de sus infidelidades?

Rió de modo compulso, tomó un sorbo de vino y cabeceó.

—Lo siento. No quería alterarme, pero usted me cogió por sorpresa.

—Sí, bueno, ocurre de vez en cuando. A veces también me sorprendo a mí misma.

—Yo no creo que le gustaran las mujeres. Siempre temía

que le traicionaran. Las mujeres le daban poder y le gustaba explotar este punto al máximo; al menos, eso creo. Me temo que las aventuras amorosas significaban para él relaciones de poder y él era de los que querían estar en primera línea.

—«Pide y se te dará.»

—Más o menos.

—Pero ¿quién podía odiarle personalmente hasta ese extremo?

Se encogió de hombros y me pareció que recuperaba la serenidad.

—Toda la tarde he estado pensando en ello y lo extraño es que no acabo de llegar a ninguna conclusión. Estaba peleado con muchísima gente. Los abogados especializados en divorcios no son muy populares, pero no se les mata por ello.

—A lo mejor no tuvo nada que ver con su trabajo —sugerí—. A lo mejor no fue ningún marido furioso y destrozado por la pensión conyugal y la manutención de los hijos. A lo mejor fue otra persona: «una mujer despechada».

—Pues había un montón. Pero sospecho que Laurence era muy listo a la hora de romper. Es posible que las mujeres abriesen los ojos, se dieran cuenta de los límites de la relación y desaparecieran. Tuvo una historia espantosa con la esposa de un juez local, una mujer llamada Charlotte Mercer. Lo habría destrozado con el coche en plena calle si hubiera tenido la más mínima oportunidad. Eso se dijo, por lo menos. No era de las que dejan que las cosas terminen así como así.

—¿Cómo lo supo usted?

—Me llamó por teléfono cuando Laurence rompió con ella.

—¿Fue antes o después de su divorcio?

—Después, después, porque recuerdo haber pensado entonces que ojalá hubiera llamado antes. Tuve que acudir a los tribunales con las manos vacías.

—No lo entiendo —dije—. ¿De qué le habría servido? Usted no habría podido procesarle por adulterio.

—Tampoco lo hizo él, pero estoy convencida de que me habría proporcionado una ventaja psicológica. Me sentía tan culpable por lo que había hecho que ni siquiera tuve ganas de contiendas, salvo cuando se tocó el tema de los niños, y aun entonces me hizo morder el polvo. Si ella hubiera querido causar problemas, me habría podido ser de mucha ayuda. El tenía que proteger su reputación. En fin, puede que la misma Charlotte Mercer esté dispuesta a contárselo todo.

—Estupendo. Entonces le diré que ocupa el primer lugar en mi lista de sospechosos.

Gwen se echó a reír.

—Si le pregunta quién la envía, puede usted mencionar mi nombre. Es lo mínimo que puedo hacer.

Cuando Gwen se marchó, busqué la dirección de Charlotte Mercer en la guía que había junto al teléfono, en el interior del restaurante. Ella y el juez vivían al pie de las colinas de la parte alta de Santa Teresa, en lo que resultó ser una casa achaparrada con una cuadra a la derecha y rodeada de un terreno lleno de polvo y broza. El sol comenzaba a ocultarse y la vista era espectacular. El océano parecía una ancha sábana de color lila que se fundía con un cielo sonrosado y azul.

Un ama de llaves con uniforme negro me abrió la puerta y me dejó instalada en un recibidor espacioso y frío mientras iba a avisar a «la señora». Oí pasos ligeros procedentes del fondo de la casa y en un principio pensé que era la hija de los Mercer quien acudía a recibirme en lugar de Charlotte.

—¿Sí? ¿Qué desea?

Hablaba en voz baja, de forma brusca y malhumorada, y no tardó en desaparecer la impresión adolescente que me había causado.

—¿Charlotte Mercer?

—Sí, soy yo.

Era bajita, probablemente uno sesenta, y estaba claro que no llegaba a los cincuenta kilos. Sandalias, parte superior del bikini, pantalón corto blanco, piernas del color de la miel y bien formadas. Ni una sola arruga en la cara. Pelo rubio ceniciento, muy corto, y maquillaje discretísimo. Debía de tener cincuenta y cinco años y era imposible que conservase tan buen aspecto sin la ayuda de un equipo de especialistas. Había una tersura artificial en la barbilla y sus mejillas poseían esa tirantez brillante que a su edad sólo puede proporcionar un *lifting*. Tenía arrugas en el cuello y el dorso de las manos surcado de venas nudosas, pero eran los únicos signos que desdecían su aspecto juvenil y desenvuelto. Tenía los ojos azul celeste, avivados por un hábil toque de rímel y una sombra de ojos que explotaba dos matices del gris. Se adornaba un brazo con pulseras de oro.

—Soy Kinsey Millhone —dije—. Investigadora privada.

—Me alegro por usted. ¿Qué le trae por aquí?

—Investigo la muerte de Laurence Fife.

Se le alteró la sonrisa, que de expresar una mínima cortesía pasó a convertirse en mueca cruel. Me observó por encima con una mirada de inspección que me descalificaba al mismo tiempo.

—Espero que sea rápida —dijo y volvió la cabeza—. Pasemos al jardín. He dejado allí el vaso.

La seguí hasta la parte trasera de la casa. Las habitaciones que dejamos atrás parecían espaciosas, elegantes y sin utilizar: ventanas inmaculadas, la gruesa alfombra azul cobalto aún con las estrías del aspirador, flores recién cortadas dispuestas con pericia profesional encima de mesas relucientes. El empapelado y las cortinas repetían hasta la saciedad el mismo motivo floral de color azul y todo olía a esencia de limón. Me pregunté si utilizaría ésta para disimular el suave aroma a whisky con hielo que dejaba a su paso. Al cruzar la cocina olí a cordero asado sazonado con ajo.

El enrejado sombreaba el jardín. Los muebles eran de mimbre blanco, con cojines de lona de un verde chillón. Cogió el vaso de la mesa de servicio, de hierro y cristal, y se dejó caer en un canapé recubierto de cojines. Cogió los cigarrillos y el delgado Dunhill de oro con ademán automático. Parecía divertida, como si yo me hubiera presentado únicamente para entretenerla durante el momento del cóctel.

—¿Quién la ha enviado? ¿Nikki o la pequeña Gwen? —Apartó la mirada sin que al parecer necesitase ninguna respuesta. Encendió el cigarrillo y se acercó un cenicero medio lleno. Me hizo un gesto con la mano—. Siéntese.

Lo hice en una silla con cojines, no muy lejos de ella. Más allá de los arbustos que rodeaban el centro del jardín distinguí una piscina de forma oval. Charlotte advirtió mi mirada.

—¿Ha venido para darse un chapuzón o qué?

Opté por no darme por ofendida. Me daba la sensación de que recurría con facilidad y frecuencia al sarcasmo, una reacción automática, como la tos del fumador.

—¿Quién la ha enviado? —repitió. Fue el segundo indicio que tuve de que estaba menos sobria de lo normal, a pesar de la hora.

—Los rumores vuelan.

—Estaba pensando precisamente en eso —dijo soltando una bocanada de humo—. Bien, bien, jovencita, voy a decirle algo. Yo fui algo más que un agujero para él. No fui la primera ni tampoco la última, pero sí la *mejor.*

—¿Por eso rompió con usted?

—Será pendón —dijo fulminándome con la mirada, aunque riéndose al mismo tiempo con tableteo gutural, y sospeché que en su escala de valores acababa de subir de puntuación. Al parecer le gustaba jugar y no le importaba recibir un corte de vez en cuando por aquello del juego limpio—. Sí, rompió conmigo. No tiene sentido guardar secretos a estas alturas. Nos corrimos una orgía de despedida antes de que se divorciara de Gwen y luego reapareció meses antes de morir. Era como un gato viejo, siempre olisqueando la misma puerta de servicio.

—¿Qué ocurrió esa última vez?

Me miró con cansancio, como si nada de aquello importase gran cosa.

—Estaba liado con otra. Una historia con mucho misterio. Y con pasiones de cine. Que le den por el culo. Me echó de su vida igual que unas bragas sucias.

—Me sorprende que no fuera usted uno de los sospechosos —dije.

Enarcó las cejas.

—¿Yo? —Lanzó un gritito—. ¿La esposa de un juez afamado? Ni siquiera presté declaración y eso que sabían perfectamente que había estado liada con él. Los polis pasaban por mi lado de puntillas como si fuera una niña delicada que echa un sueñecito inesperado. ¿Y quién les pidió que me interrogaran? ¿Eh? Porque yo había declarado lo que hubiera hecho falta. A mí no me importaba una puta mierda. Además, ya tenían una sospechosa.

—¿Nikki?

—Claro —dijo con entusiasmo creciente. Su gesticulación se había vuelto más tranquila y mientras hablaba movía con dejadez la mano con que sostenía el cigarrillo—. En mi opinión, se sentía demasiado bien en su papel como para haber matado a nadie. Aunque a nadie le importaba mucho lo que yo pensara. Yo no soy más que una borracha lenguaraz. ¿Qué sabrá ésa? ¿Quién le hace caso? Nadie me hace caso, pero le podría contar cosas de todos y cada uno de los que viven en esta ciudad. ¿Y sabe cómo me entero? Voy a decírselo. Le interesa porque usted también se dedica a eso, ¿no?, averiguar cosas sobre la gente.

—Más o menos —murmuré, sin ánimo de interrumpir aquel diluvio de confesiones. Charlotte Mercer era la típica persona que lo largaba todo si no se la interrumpía. Dio una larga chupada al cigarrillo y expulsó el humo por la nariz en forma de doble chorro. Le entró un ataque de tos y meneó la cabeza.

—Discúlpeme mientras me ahogo —dijo y reanudó las toses—. Una cuenta secretos —dijo al cabo, continuando la conversación interrumpida—. Una cuenta las perrerías más abyectas que conoce y nueve de cada diez veces acaba enterándose de cosas peores. Pruebe y verá. Yo ya lo hago. Cuento mis propias batallitas sólo para ver qué me cuentan a cambio. Si le gustan los chismes, querida, está usted en la casa donde se fabrican.

—¿Qué se dice de Gwen? —le pregunté para tantear.

Se echó a reír.

—Eso no vale —dijo—. Usted no tiene nada que darme a cambio.

—Es verdad. No duraría mucho en este oficio si no mantuviera la boca cerrada.

Nueva carcajada. Al parecer le gustaba aquel juego. Yo tenía la impresión de que se sentía importante por saber lo que sabía. Esperaba que también le gustase enseñar alguna carta. Era muy posible que supiera algo de Gwen, pero no podía preguntárselo sin mojarme el culo primero, así que me limité a esperar con objeto de enterarme de todo lo que pudiera.

—Gwen era una ceporra de campeonato, la tía más tonta que ha habido en el mundo —dijo casi con indiferencia—. A mí personalmente no me atrae y no sé cómo se las apañó para retenerlo tanto tiempo. Laurence Fife era un pájaro de lo más cerebral; si aún no lo ha adivinado, eso era lo que me ponía a cien. No soporto a los hombres atentos y serviciales, ¿entiende? No soporto a los hombres que se mueren por complacerme y él era de los que te pegan un polvo en el suelo y ni siquiera te miran después, mientras se suben la cremallera.

—A mí me parece un rato grosero —dije.

—El sexo es grosería pura, por eso vamos todos con la lengua fuera, por eso nos acoplábamos tan bien él y yo.

Era un tipo grosero del mismo modo que era un tipo mezquino, y no tenía nada más en el fondo. Nikki era demasiado fina, demasiado empalagosa. Gwen también.

—Puede que a Laurence le gustaran ambos extremos —insinué.

—Bueno, no digo que no. Cabe esa posibilidad. A lo mejor se casaba con las finas y metía mano a las otras.

—¿Qué sabe de Libby Glass? ¿Le suena el nombre?

—No. Ni idea. Otra.

Dios santo, casi habría sido mejor llevar una lista conmigo. Pensé aprisa, ya que me había propuesto sonsacarla mientras estuviese en vena. Sentí que la oportunidad tenía los minutos contados y que volvería a caer en el malhumor del principio.

—Sharon Napier —dije, como si jugásemos al personaje misterioso.

—A ésa sí. Seguí todo su asunto de cerca. La primera vez que vi a esa víbora me di cuenta de que pasaba algo.

—¿Cree que Laurence estuvo liado con ella?

—No, no, la cosa es aún más divertida. Con ella no. Con su madre. Contraté a un detective privado para que investigase a fondo. La destrocé para siempre y Sharon acabó por enterarse también, reapareció al cabo de unos años y se pegó a Laurence como una lapa. Sus padres se separaron por culpa de Laurence y mamaíta sufrió una crisis nerviosa o se dio a la bebida, algo así. No conozco todos los detalles, sólo que él se llevó al huerto a todos y que Sharon cobró por ello durante años.

—¿Le hacía chantaje?

—No quería dinero. Quería casa, empleo y gastos pagados. No sabía escribir a máquina. Apenas sabía escribir su nombre. Sólo quería vengarse, así que acudía al trabajo todos los días, hacía lo que le parecía oportuno y le escupía a él en la cara. Y él se lo tragaba todo.

—¿No pudo haberlo matado ella?

—Claro que sí, ¿por qué no? Es posible que sus amenazas fueran perdiendo efecto o que no se contentara con recibir un sueldo semanal. —Hizo una pausa que aprovechó para apagar el cigarrillo con una serie de golpecitos infructuosos. Me dirigió una sonrisa de astucia—. Espero que no me tome por una desvergonzada —dijo al tiempo que se giraba hacia la puerta—. Pero se ha terminado la clase. Mi querido esposo, el bueno del juez, llegará de un momento a otro y no quiero tener que explicarle qué hace usted en mi casa.

—Muy bien —dije—. Me marcho. Me ha sido usted de mucha ayuda.

—Era inevitable. —Se incorporó y puso el vaso en la mesa de tablero de vidrio con un chasquido resonante. Al comprobar que no lo había roto, se tranquilizó y puso cara de alivio. Me escrutó la cara durante unos segundos—. Dentro de un par de años tendrá que arreglarse esos ojos. Por ahora puede pasar —dictaminó.

Me eché a reír.

—Me gustan las arrugas —dije—. Yo tengo las que me merezco. Pero gracias de todas formas.

La dejé en el jardín y rodeé la casa hasta llegar donde había estacionado el coche. La charla no me había sentado muy bien y me alegraba la idea de marcharme. Charlotte Mercer era una persona astuta y a lo mejor utilizaba el alcoholismo para sus fines. Tal vez me había contado la verdad, tal vez no. De cualquier forma, sus revelaciones sobre Sharon Napier me parecían demasiado oportunas. Como solución resultaba demasiado evidente. Por otra parte, los polis dan en el clavo a veces. Homicidios no suele hilar muy fino y casi nunca hay que mirar tan lejos.

9

Día y medio tardé en encontrar una dirección de Sharon Napier. Mediante un proceso que sería prolijo explicar, consulté el ordenador de la Jefatura de Tráfico y averigüé que su permiso de conducir había caducado seis años atrás. Me trasladé inmediatamente al centro, consulté en el Registro de Propiedad de Vehículos y descubrí que había a su nombre un Karmann Ghia verde oscuro y que la dirección consignada coincidía con la última conocida que obraba en mi poder, aunque una nota al margen señalaba que la patente se había trasladado a Nevada, lo que significaba sin duda que Napier se había ido del estado.

Puse una conferencia y llamé a Bob Dietz, investigador de Nevada cuyo nombre busqué en el Registro Nacional. Le dije qué información buscaba y quedó en llamarme él, cosa que hizo aquella misma tarde. Sharon Napier había solicitado en Nevada un permiso de conducir que le fue concedido; el permiso ostentaba una dirección de Reno. Las fuentes que mi contacto poseía en Reno informaban sin embargo que Napier había estado esquivando a una larga serie de acreedores durante el mes de marzo anterior, lo que significaba que durante unos catorce meses había estado en paradero desconocido. Según mi informador, era probable que Napier se encontrase aún en Nevada y había hecho más averiguaciones. Una pequeña entidad financiera de Reno reveló que se había pedido información sobre ella desde Carson City y luego desde Las Vegas, mi baza más probable, a juicio de Dietz. Le di un millón de gracias por su eficiencia y le dije que me pasara factura por el trabajo, pero me contestó que hoy por ti, mañana por mí, y le di mi dirección y número de teléfono por si le hacía falta. Llamé a Información de Las Vegas, pero no constaba su nombre, así que llamé a un amigo mío que vivía allí y le pedí que investigase. Le dije que iría a Las Vegas a comienzos de semana y le di el número de teléfono donde me podía localizar por si tardaba en dar con la pista.

El día siguiente, que era domingo, lo dediqué a mis cosas: lavar la ropa, limpiar la casa y comprar comida. Incluso me depilé las piernas, aunque sólo fuese por demostrar que aún tenía cierta clase. La mañana del lunes la dediqué a los trámites oficinescos. Redacté a máquina un informe para Nikki e hice otra llamada a la agencia local de crédito para verificar lo que ya sabía: Sharon Napier, por lo visto, se había marchado de la ciudad con mucho dinero que no era suyo y dejando tras de sí una estela de acreedores enfurecidos. No tenían su dirección posterior y les di la información que poseía. Sostuve a continuación una larcha charla con La Fidelidad de California a propósito de Marcia Threadgill. Por cuatro mil ochocientos dólares, la compañía de seguros estaba ya prácticamente dispuesta a llegar a un acuerdo y cerrar el asunto, así que me vi obligada a discutir y a recurrir a todo mi ingenio. No se iban a arruinar por seguir contando con mis servicios y que estuvieran medio dispuestos a aceptar la otra solución me daba cien patadas en los ovarios. Incluso recurrí a algo tan bajo como la insinuación maliciosa, que nunca da resultado con el jefe de reclamaciones. «Os está llevando al huerto», le dije una y otra vez, pero él se limitó a cabecear como si hubiese fuerzas en juego demasiado sutiles e importantes para que yo las comprendiera. Le dije que consultara con su jefe y que ya volvería a hablar con él.

Hacia las dos de la tarde me puse en camino hacia Los Angeles. La otra pieza del rompecabezas era Libby Glass y tenía que saber cómo encajaba en el conjunto. Cuando llegué a L.A., fui a registrarme al motel La Hacienda de Wilshire, cerca de Bundy. La Hacienda no se parece a una hacienda ni por asomo: se trata de un edificio de dos plantas y en forma de L, con parking pequeñísimo y piscina, todo ello rodeado por una valla metálica que se cierra con candado. Una señora gordísima que se llama Arlette hace a las veces de encargada y telefonista. Desde la recepción se ve el interior de sus dependencias. Lo ha amueblado, según me ha dicho, con lo que gana trabajando para la casa Tupperware, que es su actividad secundaria. Prefiere los muebles de estilo mediterráneo, tapizados en felpa.

—La grasa es bella, Kinsey —me dijo en tono confidencial mientras yo rellenaba la hoja del registro—. Mira.

Miré. Había extendido el brazo para que admirase la carne sobrante que le colgaba.

—No sé, Arlette —dije en tono dubitativo—. Yo procuro evitarla.

—¿Y el tiempo y la energía que te cuesta? —dijo—. El problema es que la sociedad margina a los gordos. Hay muchos prejuicios contra ellos. Más que contra los minusválidos. De hecho lo tienen más fácil que nosotros. En la actualidad, vayas donde vayas, se les tiene en cuenta. Aparcamientos para minusválidos. Lavabos para minusválidos. Habrás visto esas señales de figurillas escuchimizadas en silla de ruedas. Dime dónde está la señal internacional de los gordos. También nosotros tenemos nuestros derechos.

Su cara era una sandía cubierta por un casco de pelo rubio y ralo. Tenía siempre sonrojadas las mejillas como si le estuvieran estrangulando los conductos vitales de alimentación.

—Es que no es sano, Arlette —le dije—. Quiero decir que así lo único que consigues es preocuparte por la tensión, los ataques cardíacos...

—Bueno, todo tiene su precio. Razón de más para que nos traten como es debido.

Le entregué la tarjeta de crédito y cuando la pasó por la máquina me dio la llave de la habitación número 2.

—Está aquí al lado —dijo—. Sé que no te gusta que te pongan al fondo.

—Gracias.

He estado unas veinte veces en la habitación número 2 y siempre me ha resultado de una monotonía en cierto modo tranquilizadora. Cama de matrimonio. Alfombra gastada y de color gris ardilla que abarca todo el suelo. Una silla forrada de plástico naranja con una pata coja. En la mesa hay una lámpara en forma de casco de rugby con las iniciales UCLA (Universidad de California-Los Angeles) impresas a un lado. El cuarto de baño es pequeño y la alfombrilla de la ducha es de papel. Es el típico lugar donde suelen encontrarse bragas ajenas bajo la cama. Me cuesta $11,95 más el IVA durante la época baja y el precio comprende un desayuno «a la europea», consistente en café soluble y unos Donuts que en su mayor parte devora la propia Arlette. Cierta vez, era medianoche, un borracho se sentó ante mi puerta y estuvo aullando durante hora y media, hasta que llegaron los polis y se lo llevaron. Vuelvo porque soy así de vulgar.

Puse el maletín sobre la cama y saqué el chándal. Hice marcha rápida entre Wilshire y San Vicente y luego anduve al trote hacia el oeste, hasta la Calle 26, donde puse mi señal de stop particular, giré en redondo, subí por Westgate y llegué otra vez a Wilshire. El primer kilómetro es el que fastidia. Al volver jadeaba como un perro. Habida cuenta de que todos los vehículos que pasaban por San Vicente me habían perfumado con el humo de sus tubos de escape, supuse que estaría en un tris de morir intoxicada. Cuando volví a la habitación número 2, me duché, me vestí y a continuación repasé mis notas. Después hice unas llamadas telefónicas. De la primera a la última empresa donde había trabajado Lyle Abernathy, la Wonder Bread Company de Santa Mónica. No me sorprendió averiguar que se había despedido; y el departamento de personal no sabía dónde estaba. Una rápida consulta a la guía telefónica me hizo saber que su nombre no figuraba en ella, aunque encontré a un tal Raymond Glass, domiciliado en Sherman Oaks, y comprobé el número de la calle que había tomado de los archivos de la policía de Santa Teresa. Hice otra llamada a mi amigo de Las Vegas. Había dado con la pista de Sharon Napier, pero para confirmarla tardaría medio día probablemente. Avisé a Arlette de que podía recibir una llamada de este amigo y le pedí por favor que tomase bien el recado, en el caso de que tuviera algo que comunicarme. Se hizo un poco la ofendida por mi desconfianza en su eficacia, pero ya se había conducido con neglicencia anteriormente y la última vez me había costado un riñón.

Llamé a Nikki, a su domicilio de Santa Teresa, y le dije dónde estaba y para qué. Luego llamé a mi servicio mensafónico. Me había llamado Charlie Scorsoni, pero no había dejado ningún número. Pensé que si era importante, volvería a llamar. Di al servicio el número donde se me podía localizar. Sentadas todas estas bases, me fui a un restaurante próximo: cada vez que lo visitaba parecía de una nacionalidad diferente. La última vez que estuve daban comida mexicana, es decir, engrudo marrón con mucho picante. La comida de la presente ocasión era griega y consistía en una especie de albóndigas de bosta envueltas en hojas de lechuga. En los restaurantes pegados a las autopistas había visto platos igual de apetitosos, pero acompañados de un vaso de tinto que sabía a gas de mechero no había forma de advertir la diferencia. Eran ya las siete y cuarto y no tenía nada que hacer. El televisor de mi cuarto lo estaban reparando, así que fui a recepción y vi la tele con Arlette mientras ella devoraba una bolsa de caramelos.

Por la mañana me dirigí a las montañas que dan paso al valle de San Fernando. Desde lo alto de las mismas, donde la autopista de San Diego dobla hacia Sherman Oaks, distinguí una alfombra de polución que se extendía semejante a un espejismo, una niebla trémula de humo amarillento y sucio en medio de la cual un puñado de rascacielos parecía suspirar por un poco de aire puro. Los padres de Libby vivían en un edificio de cuatro viviendas que se alzaba junto al cruce de las autopistas de San Diego y Ventura, un feo edificio de estuco y madera con miradores en la fachada. Un pasillo descubierto dividía el edificio en dos mitades y al final se encontraba la puerta principal de las dos viviendas de la planta baja. A la derecha, una escalera daba acceso al descansillo de la primera planta. Arquitectónicamente, el edificio no acababa de decantarse por ningún estilo concreto y supuse que se había diseñado en los años treinta, cuando aún no se le había ocurrido a nadie que la arquitectura californiana tenía que imitar el estilo de las fincas rurales del sur y de las villas italianas. El garranchuelo se mezclaba con la grama en el interior de un pequeño cuadro de hierba. A la izquierda, un corto sendero conducía a una serie de garajes de madera, en la parte de atrás, y junto a aquél, encadenados a una valla de madera, había cuatro cubos de basura de plástico verde. Los enebros que crecían en sentido paralelo a la fachada tenían la altura suficiente para ocultar a medias las ventanas del primer piso y parecían atravesar un extraño proceso de desnudamiento en el que algunas ramas se volvían de color oscuro y las restantes se pelaban. Parecían árboles navideños de saldo con la parte estropeada hacia el público. La edad de la alegría hacía mucho que había desaparecido de aquel barrio.

El apartamento número 1 quedaba a mi izquierda. Cuando llamé al timbre, éste sonó igual que el riiing de un despertador. Abrió una mujer con la boca llena de alfileres que se movían arriba y abajo cuando hablaba. Temí que fuese a tragarse alguno.

—¿Sí?

—¿La señora Glass?

—En efecto.

—Me llamo Kinsey Millhone. Soy investigadora privada. Trabajo en Santa Teresa. ¿Podría hablar con usted?

Se quitó uno a uno los alfileres de la boca y los clavó en un acerico que llevaba en la muñeca y que parecía un ramillete de cardo borriquero. Le enseñé la documentación, que estudió con detenimiento y a la que dio la vuelta como si en el dorso hubiese algún mensaje trucado en letra pequeña. La observé mientras lo hacía. Acababa de cumplir los cincuenta. Tenía el pelo liso, castaño y muy corto, peinado de manera informal, con mechas que se le curvaban detrás de las orejas. Ojos castaños, sin maquillaje, piernas desnudas. Vestía una falda traslapada de algodón y una camisa descolorida de cachemir con reflejos azules, y calzaba esas zapatillas de algodón que suelen venderse en bolsas de plástico en las tiendas de comestibles.

—Es por Elizabeth —dijo al devolverme por fin la documentación.

—Así es.

Titubeó, me hizo pasar a la salita. Recorrí ésta y me hice con la única silla que no estaba llena de telas y figurines. Junto al mirador estaba la tabla de planchar, con la plancha en un pedazo de terliz mientras se calentaba. De una percha situada en la pared más alejada, junto a la máquina de coser, colgaban prendas terminadas ya. La habitación olía a apresto y a metal recalentado.

En el corto pasillo de techo curvo que comunicaba con el comedor, sentado en una silla de ruedas, había un sesentón corpulento, de barriga protuberante y cara inexpresiva, mirándose los pantalones sin planchar. La mujer cruzó la estancia y giró la silla para que quedase de cara al televisor. Le puso el hombre unos auriculares, conectó la clavija al aparato y encendió éste. Tanto si le gustaba como si no, el hombre no tuvo más remedio que ver lo que daban. Se trataba de un concurso. Un hombre y una mujer se habían disfrazado de pollo, pero no sé si habían ganado algo.

—Me llamo Grace —dijo la mujer—. Este es su padre. Sufrió un accidente de tráfico, la primavera pasada hizo tres años. No habla, pero puede oír y le altera oír hablar de Elizabeth. Si le apetece un café, puede servírselo usted misma.

En la mesita de servicio había una cafetera de filtro conectada a un alargue que se perdía bajo el sofá. Al parecer, todos los aparatos de la estancia estaban conectados a un mismo y único enchufe. Grace se puso de rodillas. Tenía ante sí, extendidos en el suelo de madera, cuatro metros de seda de color verde oscuro y perfilaba un patrón con alfileres. Me tendió una revista abierta por una página en que se veía un vestido de mangas estrechas y con un acuchillado lateral. Me serví un café y me puse a observar lo que hacía.

—Es para una que está casada con un actor de televisión —dijo con voz dulce—. Todo un personaje. Se hizo célebre de la noche a la mañana y, según ella, lo conocen ahora hasta los lavacoches. Le piden autógrafos. Se somete a tratamientos de belleza. Ella no, él. Tengo entendido que no ha tenido un real en los últimos quince años, y ahora no hay fiesta en Bel Air a la que no vayan los dos. Yo le hago a ella los vestidos. El se compra la ropa en Rodeo Drive. También ella podría comprársela allí, con el dinero que gana él, pero dice que le hace sentirse insegura. Es mucho más simpática que él. He leído en el *Hollywood Reporter* que estuvo con otra en Stellini's, pasándoselo en grande. Tendría que ser lista y hacerse con una colección de vestidos de los buenos antes de que la deje plantada.

Parecía hablar para sí, con entonación distraída y con una sonrisa ocasional bailoteándole en los labios. Cogió unas tijeras de hoja dentada y se puso a cortar ayudándose con el metro, produciendo en el suelo de madera un ruido crujiente. Permanecí callada durante un rato. Había algo magnético en lo que hacía aquella mujer y por lo visto ni ella ni yo teníamos ganas de hablar. La pantalla del televisor relampagueaba y vi en escorzo que la chica disfrazada de pollo se ponía a dar saltos con las manos en la cara. Yo sabía que el público la instaba a hacer cosas: elegir, dejar, cambiar cajas, coger lo que había detrás del telón, devolver el sobre, todo ello en silencio mientras el padre de Libby lo contemplaba sin interés desde la silla de ruedas. Pensé que la concursante consultaría con su pareja, pero el joven se limitaba a permanecer inmóvil y medio ausente, igual que un niño que se creyera demasiado mayor para disfrazarse en Halloween. El patrón de papel emitió un frufrú cuando Grace lo cogió y lo dobló con cuidado para dejarlo a un lado.

—Le hacía los vestidos a Elizabeth cuando era pequeña —dijo—. Por supuesto, cuando se marchó de casa sólo quería la ropa que veía en las tiendas. Sesenta dólares por una falda cuya lana, cuando mucho, sólo valdría doce dólares, pero tenía buen gusto para los colores y podía permitirse el lujo de hacer lo que quisiera. ¿Le gustaría ver una foto suya? —Su mirada tropezó con la mía y sonrió con tristeza.

—Sí, se lo agradecería.

Antes tomó la seda, la dejó sobre la tabla de planchar y probó la temperatura de la plancha rozándola con el índice humedecido. La plancha emitió un silbido y Grace movió el dial hasta que la aguja señaló «lana». En el alféizar de la ventana había un portarretratos doble con dos fotos de Libby y Grace las contempló antes de dármelas. En una, Libby estaba de cara a la máquina, aunque con la cabeza inclinada y con la mano derecha en alto, como escondiéndose. Era rubia, con mechones muy claros y llevaba el pelo corto, igual que la madre, aunque echado hacia atrás por encima de las orejas. Había alegría en sus ojos azules y sonreía con generosidad, aunque también con turbación, ignoro por qué. Jamás había visto a una chica de veinticuatro años con un aspecto tan joven y lozano. En la otra foto, la sonrisa estaba a medio esbozar, por entre los labios entornados se columbraba el blanco de la dentadura y se había formado un hoyuelo junto a la comisura de la boca. Tenía el cutis claro, casi dorado, y las pestañas oscuras para que los ojos destacaran con discreción.

—Es preciosa —dije—. De verdad.

Grace estaba ante la tabla de planchar y rozaba los pliegues de la seda con la punta de la plancha, que se deslizaba por la funda de amianto como un barco que flotase en un mar verde oscuro totalmente inmóvil. Desconectó la plancha, se secó las manos en la falda, cogió los pedazos de seda y comenzó a unirlos con alfileres.

—Le puse Elizabeth por la reina de Inglaterra —dijo y rió con apocamiento—. Nació el 14 de noviembre, el mismo día que el príncipe Charles. Si hubiera sido niño, le habría puesto Charles. Raymond decía que era una estupidez, pero no le hacía caso.

—¿No la llamaban Libby?

—No, qué va. Se lo puso ella cuando hacía EGB. Siempre estuvo muy pagada de sí misma y de la vida que llevaría. Incluso de pequeña. Era muy aseadita; quiero decir limpia, no cursi. Forraba los cajones del tocador con papel de envolver muy bonito, con motivos florales, y lo mismo hacía con todo. Le gustaban los números por idéntico motivo. Las matemáticas representaban el orden y la lógica. Con ellas todo tenía solución si se trabajaba con esmero, por lo menos eso decía ella. —Se acercó a la mecedora y tomó asiento con la seda en el regazo. Ahora pespunteaba los dobladillos.

—Tengo entendido que trabajó de contable en Haycraft and McNiece. ¿Sabe durante cuánto tiempo?

—Año y medio, aproximadamente. Había llevado la contabilidad de la empresa de su padre, que se dedicaba a la reparación de electrodomésticos, pero no le interesaba trabajar con él. Era ambiciosa. Se sacó el título de contable a los veintidós. Luego siguió un par de cursillos de informática en una academia nocturna. Sacaba muy buenas notas. Incluso tenía a sus órdenes a dos aprendices de contable.

—¿Estaba contenta allí?

—Estoy convencida —dijo Grace—. En cierto momento habló de matricularse en la facultad de derecho. Le gustaban las finanzas y la gestión de empresas. Le encantaba trabajar con números y sé que estaba orgullosa porque la compañía representaba a personas muy acaudaladas. Decía que se podía saber mucho del carácter de las personas por su forma de gastar el dinero, por lo que compraban y dónde lo compraban; ya sabe, si vivían de acuerdo con sus ingresos y cosas así. Decía que era un modo de analizar la naturaleza humana. —Había un dejo de orgullo en su voz. A mí me resultaba difícil conciliar la superformalidad del título de contable con la chica de las fotos, guapa, alegre, tímida y más bien dulce, de ningún modo una mujer con un objetivo de hierro en la vida.

—¿Qué sabe de su antiguo novio? ¿Tiene idea de dónde se encuentra en la actualidad?

—¿Quién? ¿Lyle? Bueno, no tardará en llegar.

—¿Aquí? ¿A esta casa?

—Pues claro. Pasa siempre a mediodía para ayudarme con Raymond. Es un joven encantador, aunque usted sabrá ya sin duda que ella rompió su compromiso con él meses antes de... desaparecer. Fueron compañeros de curso durante toda la segunda enseñanza y fueron juntos al Santa Mónica City College hasta que él abandonó los estudios.

—¿Fue cuando él empezó a trabajar en Wonder Bread?

—No, no. Bueno, es que Lyle ha tenido muchos empleos. Cuando Lyle dejó los estudios, Elizabeth vivía ya en su propia casa, no confiaba mucho en mí, pero me dio la sensación de que estaba decepcionada. Lyle iba a ser abogado y de pronto cambió de idea, así de sencillo; dijo que el derecho era muy aburrido, no le gustaba pormenorizar.

—¿Vivían juntos?

Las mejillas de Grace se colorearon un tanto.

—No, no. Tal vez parezca extraño, Raymond mismo pensaba que fue una equivocación de mi parte, pero yo les animé a que viviesen juntos. Me pareció que se estaban distanciando y creí que aquello les ayudaría. Raymond pensaba igual que Elizabeth, estaba desilusionado porque Lyle había abandonado los estudios. A ella le dijo que sola se desenvolvería mejor. Pero Lyle la adoraba. A mí me pareció que esto tenía que tener alguna importancia. Podría encontrarse a sí mismo. Tenía una naturaleza inquieta, como muchos chicos de su edad, pero podría sentar cabeza y así se lo dije a Elizabeth. Sólo necesitaba sentirse responsable. Ella habría podido ejercer una buena influencia sobre él porque ya era una persona responsable. Pero dijo que no quería vivir con él y que no había más que hablar. Era muy terca cuando se lo proponía. Y no lo digo para censurarla. Dentro de lo que cabe era una hija modelo. Como es lógico, yo aceptaba sus decisiones, pero no podía soportar que Lyle sufriese. Es un hombre encantador, se dará cuenta cuando lo conozca.

—¿No sabe entonces qué provocó la ruptura entre ellos? Lo que le pregunto es si cabía la posibilidad de que hubiera otro hombre.

—Usted se refiere al abogado aquel de Santa Teresa, ¿no? —dijo.

—Es su muerte lo que investigo —dije—. ¿Le habló de él en alguna ocasión?

—No supe nada de él hasta que vino la policía de Santa Teresa para hablar con nosotros. A Elizabeth no le gustaba hablar de sus asuntos privados, pero no creo que se enamorase de un hombre casado —dijo Grace, que empezó a pelear con la seda con nerviosismo. Cerró los ojos y se puso una mano en la frente, como para comprobar si tenía una fiebre súbita—. Lo siento. A veces lo olvido. A veces trato de engañarme a mí misma diciéndome que enfermó. Me asusta pensar en lo otro, en que fue una persona la causante, en que había alguien que la odiaba hasta ese extremo. La policía de aquí no sirve para nada. Sigue sin solucionarse, pero a nadie le importa ya, por eso yo... yo me digo que se puso enferma y que la enfermedad se la llevó. ¿Cómo pudieron hacerle una cosa así? —Los ojos se le inundaron de lágrimas. Sentí que su dolor llenaba el espacio que mediaba entre ambas, como una ola de agua salada, y advertí que, a modo de respuesta, también a mí se me humedecían los ojos. Me incliné para rozarle la mano. Durante un instante me sujetó los dedos con fuerza, luego pareció recuperar la compostura y se serenó—. Ha sido como un peso que me oprimiese el corazón. Nunca me recuperaré del golpe. Nunca.

Expuse mi siguiente pregunta con cuidado.

—¿Pudo tratarse de un accidente? El otro hombre, Laurence Fife, murió envenenado con adelfas molidas que alguien introdujo en una cápsula contra la alergia. Creo que trabajaron juntos, en algo relacionado con la contabilidad. Puede que ella estornudase de manera crónica, que se quejase de tener la nariz tapada y que él le ofreciera una de sus pastillas por iniciativa propia. Es algo que se hace con frecuencia.

Meditó sobre aquello durante unos instantes llenos de inquietud.

—Me parece recordar que la policía dijo que el abogado había muerto antes que ella. Unos días antes.

—Puede que no se tomara la cápsula en seguida —dije con un encogimiento de hombros—. En un caso así, nunca se sabe cuándo va a consumirse la píldora adulterada. Tal vez se la guardó en el bolso y se la tomó después, sin imaginar siquiera que podía ser mortal. ¿Padecía alguna alergia? ¿Tenía por entonces algún resfriado?

Grace se puso a gemir con leves sonidos maullantes.

—No me acuerdo. Creo que no. No tenía fiebre del heno ni nada parecido. Ni siquiera se me ocurre quién podría acordarse después de tanto tiempo.

Me miró entonces con sus grandes ojos negros. Tenía cara agradable, casi infantil, nariz pequeña y boca dulce. Sacó un pañuelo de papel y se enjugó las mejillas.

—Me es imposible seguir hablando de ello. Quédese a comer. Conozca a Lyle. Tal vez pueda añadir algo útil.

10

Tomé asiento en un taburete de la cocina y observé a Grace mientras preparaba una ensalada de atún. Parecía recuperada, como si hubiese despertado tras una siesta breve pero de importancia vital; se había anudado entonces el delantal y había despejado de la mesa del comedor los útiles de coser. Era una mujer que ponía atención y cuidado en sus actos, cuando cogía los salvamanteles y las servilletas sus movimientos eran tranquilos. Puse yo la mesa en su lugar, sintiéndome otra vez como una niña buena mientras ella lavaba la lechuga, la secaba con unos golpecitos y ponía una hoja en cada plato como si se tratara de un barquillo de adorno. Cortó con limpieza varias tiras de piel de tomate y las enroscó en forma de rosa. Troceó una seta en cada plato y añadió dos puntas de espárrago para que el conjunto pareciese un adorno floral. Me sonrió con timidez satisfecha de las figuras que acababa de crear.

—¿Le gusta la cocina?

Negué con la cabeza.

—Yo apenas tengo ocasión, salvo cuando viene Lyle. Raymond no se daría cuenta y si lo hiciera sólo por mí, probablemente ni me molestaría. —Alzó la cabeza—. Ahí está.

Yo no había oído llegar la camioneta de Lyle, pero sin duda ella había estado a la espera. La mano se le disparó involuntariamente hacia un mechón de pelo que se echó hacia atrás. Lyle entró por un cuarto trastero que había a la izquierda y se detuvo antes de doblar la esquina, para quitarse las botas al parecer. Oí dos ruidos sordos.

—Hola, querida. ¿Qué hay para comer?

Apareció en el comedor con una sonrisa y le dio en la mejilla un beso sonoro antes de reparar en mi presencia. Se detuvo en seco, la animación que le dominaba comenzó a decrecer y acabó por desaparecer de su cara. Miró a Grace sin saber qué hacer.

—Te presento a la señorita Millhone —le dijo Grace.

—Kinsey —dije yo, tendiéndole la mano. Me la estrechó con movimientos de autómata, aunque la pregunta básica seguía sin respuesta. Sospeché que había interferido en una situación no acostumbrada a las variaciones—. Soy investigadora privada, de Santa Teresa —dije.

Lyle no volvió a mirarme y se acercó a Raymond.

—¿Qué tal, papi? ¿Cómo estamos hoy? ¿Bien?

La cara del anciano no acusó nada en absoluto; quizá sólo hubo un amago de concentración en sus ojos. Lyle le quitó los auriculares y apagó el televisor. La metamorfosis de Lyle había sido fulgurante y fue como si hubiera visto sendas fotos de las dos personalidades de un mismo individuo, alegre la una, la otra alerta. No era mucho más alto que yo, tenía buen tipo y era ancho de espaldas. Llevaba la camisa por fuera, la pechera desabrochada. Sus músculos pectorales no podían calificarse precisamente de asombrosos, pero los tenía bien perfilados, como los de una persona que practica el levantamiento de pesas. Deduje que tendría mi edad. Tenía el pelo largo y rubio, con el reflejo ligeramente verde de las piscinas llenas de cloro y sol abrasador. Sus ojos eran de un azul purísimo, demasiado claro para el bronceado que lucía; tenía las pestañas calcinadas y una barbilla demasiado estrecha para unos pómulos tan anchos. En conjunto, tenía una cara extrañamente anómala, una apostura algo sesgada, como si bajo la superficie se ocultara una fisura fina como un cabello. Un temblor subterráneo le había desplazado los huesos de manera casi imperceptible y las dos mitades de su rostro no parecían corresponderse. Llevaba unos tejanos descoloridos con la cinturilla a la altura de las caderas y distinguí la línea sedosa de vello oscuro que le bajaba hacia la ingle como una flecha.

Fue a lo suyo, ignorándome por completo, y hablando con Grace mientras trabajaba. Tomó una toalla que Grace le alargó, la extendió bajo la barbilla de Raymond y lo empezó a enjabonar y afeitar con una maquinilla de plástico, que limpiaba en un recipiente de acero inoxidable. Grace sacaba botellas de cerveza, les quitaba el tapón y vertía el líquido en vasos en forma de tulipán que colocaba junto a los platos. No había plato ni cubierto para Raymond. Al acabar el afeitado, Lyle le peinó las canas ralas y a continuación le fue introduciendo en la boca el contenido de un tarrito de comida para bebés. Grace me dirigió una mirada satisfecha. ¿Verdad que es un encanto de hombre? Lyle me recordaba a un hermano mayor que cuidase del pequeño de la casa para obtener de mamá un aplauso. Y Grace se lo otorgó. Había en su cara una expresión afectuosa mientras Lyle raspaba la barbilla de Raymond con la cuchara para recoger las boceras del puré de verduras y devolverlas a la boca flácida del inválido. Advertí que alrededor de la bragueta de Raymond se formaba una mancha de humedad.

—No te preocupes ahora por eso, papi —canturreó Lyle—, ya te limpiaremos después de comer. ¿De acuerdo?

Noté que los músculos de la cara se me crispaban a causa del malestar.

Cuando nos sentamos a la mesa, Lyle comió con rapidez, sin cruzar una palabra conmigo y muy pocas con Grace.

—¿A qué te dedicas? —le pregunté.

—Soy albañil.

Le miré las manos. Tenía los dedos largos y recubiertos de una capa grisácea de polvo de hormigón, que se incrustaba en las grietas de la piel. Desde donde me encontraba percibía un olor a sudor mezclado con un suave aroma a hierba. Me pregunté si Grace se daba cuenta o si por el contrario creía que se trataba de alguna exótica loción para después del afeitado.

—Tengo que irme a Las Vegas —dije a Grace—, pero me gustaría dejarme caer por aquí otra vez cuando vuelva a Santa Teresa. ¿Por casualidad tiene alguna cosa que perteneciera a Libby? —Estaba casi segura de que sí.

Grace quiso consultar con Lyle con una mirada rápida, pero los ojos del hombre estaban fijos en su plato.

—Me parece que sí. Hay unas cuantas cajas en el sótano, ¿verdad, Lyle?, con libros y papeles de Elizabeth.

El anciano emitió un ruido al oír el nombre de la joven y Lyle se limpió la boca y arrojó la servilleta sobre la mesa al ponerse en pie. Se llevó a Raymond y su silla de ruedas por el pasillo.

—Lo siento. No debería haber mencionado el nombre de Libby —dije.

—No pasa nada —dijo Grace—. Si quiere llamar o acercarse cuando vuelva a Los Angeles, podrá inspeccionar las pertenencias de Elizabeth. Aunque no hay mucho que ver.

—No parece que Lyle esté de muy buen humor —observé—. Espero que no me considere una intrusa.

—No, no. Suele permanecer callado cuando hay gente que no conoce —dijo—. No sé qué haría sin él. Raymond pesa mucho para mí. Hay un vecino que viene dos veces al día para ayudarme a sentarlo y levantarlo de la silla. Se le fracturó la columna en el accidente.

La familiaridad de su tono me puso los pelos de punta.

—¿Me permite que vaya al lavabo? —dije.

—Está en el pasillo. La segunda puerta a la derecha.

Al pasar ante el dormitorio vi que Lyle había acostado ya a Raymond. Pegadas al lateral de la cama de matrimonio había dos sillas de respaldo alto para impedir que se cayera. Lyle se encontraba entre las dos sillas, dedicado a limpiar el trasero del anciano. Entré en el lavabo y cerré la puerta.

Ayudé a Grace a recoger la mesa; luego me marché y

me puse a esperar dentro el coche, al otro lado de la calle. No hice nada por ocultarme ni fingí que me alejaba. La camioneta de Lyle seguía en el sendero del garaje. Miré la hora. Era la una menos diez y supuse que Lyle dispondría de un tiempo fijo para comer. En efecto, se abrió la puerta lateral y apareció Lyle en el porche estrecho, donde se detuvo para atarse las botas. Echó un vistazo a la calle, vio mi coche y me pareció que sonreía para sí. Hostia, me dije. Entró en la camioneta y reculó por el sendero a buena velocidad. Durante un instante me pregunté si iba a seguir reculando hasta cruzar la calle y darme un trompazo, pero giró en el último segundo, cambió de marcha y salió disparado con un chirrido de neumáticos. Pensé que a lo mejor íbamos a tener una pequeña sesión de persecución automovilística, pero resultó que Lyle no tenía que ir muy lejos. Recorrió ocho manzanas y se introdujo en el camino de una casa de Sherman Oaks, no precisamente grande, cuya fachada estaban remozando con ladrillo rojo. Inferí que se trataba de un símbolo emblemático de cierta posición social porque el ladrillo es muy caro en la Costa Oeste. Creo que en todo el área municipal de Los Angeles no llegan ni a seis las casas de ladrillo.

Salió de la camioneta y se dirigió hacia la parte trasera con ademanes altaneros y metiéndose los faldones de la camisa en el tejano. Aparqué en la calle, cerré el coche con llave y fui tras él. Me pasó por la cabeza la idea descabellada de que a lo mejor me daba un ladrillazo en la cabeza para emparedarme a continuación. Le disgustaba mi presencia en aquel lugar y no hacía nada por ocultarlo. Al doblar la esquina comprendí qué quería el dueño del lugar: revestir el chalecito de una fachada totalmente nueva. Y en vez de parecer éste un modesto bungalow californiano iba a tener el aspecto que tienen ciertas clínicas caninas del Medio Oeste; aire de pasta, de mucha pasta. Lyle mezclaba ya argamasa en una carretilla situada en la parte trasera. Avancé entre listones y vigas de las que sobresalían clavos oxidados. Un niño que tropezara y cayera en aquel lugar tendría que ponerse muchas inyecciones contra el tétanos.

—¿Por qué no empezamos de nuevo, Lyle? —le dije en tono confianzudo.

Bufó y sacó un cigarrillo que se empotró en la comisura de la boca. Lo encendió, protegiendo la cerilla con unas manos llenas de pegotes, y expulsó la primera bocanada de humo. Tenía los ojos pequeños y uno bizqueó y parpadeó cuando le subió el humo ondulado por la cara. Me hizo pensar en fotos antiguas de James Dean, encorvado en actitud defensiva, la sonrisa ladeada, la barbilla sobresaliente. Me pregunté si no sería un admirador clandestino de las reposiciones de *Al este del Edén* que se quedaba hasta las tantas de la noche contemplando la red de canales en sombras que bajaba hasta Bakersfield.

—Venga, hombre. ¿Por qué no hablamos? —dije.

—No tengo nada que decir. ¿Por qué remover toda la mierda del pasado?

—¿No te interesa saber quién mató a Libby?

Tardó en contestar. Cogió un ladrillo y lo mantuvo en posición vertical mientras con la paleta ponía en un extremo una gruesa capa de mortero que biseló como si fuera queso de untar. Puso el ladrillo en el tabique que le llegaba ya hasta el pecho, le dio unos golpecitos con un martillo y se inclinó para coger otro.

Me llevé la mano al oído.

—¿Sí? ¿Cómo? —dije, como si me hubiera quedado sorda momentáneamente.

Sonrió con afectación y el cigarrillo le bailoteó entre los labios.

—Te crees muy lista, ¿verdad?

Sonreí.

—Mira, Lyle. Esto me parece absurdo. No me digas nada, de acuerdo, pero ¿sabes lo que puedo hacer? Dedicar hora y media esta misma tarde a enterarme de cualquier cosa que quiera saber acerca de ti. Me bastará con seis llamadas desde cierto motel de Los Angeles Oeste, y no me costará ni un real porque me pagan por hacer esto. Me resulta incluso divertido, si quieres que te diga la verdad. Puedo hacerme con tu expediente militar, con informes sobre tus cuentas corrientes; puedo averiguar si te han detenido alguna vez, tus antecedentes laborales, los libros que no hayas devuelto a la biblioteca...

—Adelante. No tengo nada que ocultar.

—Pero ¿por qué toda esta complicación? —dije—. Puedo investigar tu situación, pero volveré mañana y si hoy acabas por caerme gordo, mañana no me vas a caer mejor. Podría ponerme de muy mala uva. ¿Por qué no te relajas un poco y me facilitas las cosas, eh?

—No, si relajado ya estoy —dijo.

—¿Qué pasó con tus planes de estudiar en la facultad de derecho?

—Renuncié a ellos —dijo con hosquedad.

—A lo mejor te afectó la hierba —le insinué.

—¿Por qué no te vas a tomar por culo? —me espetó—. ¿Tengo pinta de abogado? Se me fueron las ganas y se acabó. No es ningún delito.

—No te acuso de nada. Sólo quiero saber qué le pasó a Libby.

Decapitó la ceniza del cigarrillo y acabó por tirar la colilla, que hundió en la tierra con la punta de la bota. Me senté en un montón de ladrillos que se había tapado con una lona. Lyle me escrutó por entre los párpados entornados.

—¿Por qué crees que fumo? —preguntó con brusquedad.

Me toqué la nariz para darle a entender que lo había olido.

—Poner un ladrillo encima de otro no me parece muy emocionante —dije—. Y como me figuro que eres listo, algo harás para no morirte de aburrimiento.

Se me quedó mirando con talante un poco más relajado.

—¿Por qué piensas que soy listo?

Me encogí de hombros.

—Estuviste diez años con Libby Glass.

Meditó aquello durante un rato.

—Yo no sé nada —dijo, malhumorado casi.

—En este momento sabes más que yo.

Empezaba a ceder, aunque tenía aún los hombros en tensión. Cabeceó y volvió a la faena. Cogió la paleta y removió la argamasa como si fuera un puré lleno de grumos.

—Me dio la patada cuando conoció al tío aquel del norte. El abogado...

—¿Laurence Fife?

—Sí, creo que se llamaba así. Libby no me dijo que se tratase de él. Al principio era el trabajo, algo relacionado con libros de contabilidad. El bufete acababa de entrar en relaciones con la empresa en que trabajaba ella y ella tenía que archivarlo todo en el ordenador. La situación se prolongó durante meses. Todo era muy complicado, llamadas aquí, llamadas allá, y cosas por el estilo. El se presentaba de vez en cuando y al terminar se iban a tomar una copas, en ocasiones a cenar. Libby se enamoró. No sé nada más.

Cogió una pequeña abrazadera metálica de ángulo recto, la hundió con el martillo en el paramento de madera y colocó encima un ladrillo con argamasa.

—¿Para qué es? —pregunté movida por la curiosidad.

—¿Qué? Ah, para impedir que el tabique de ladrillo se desprenda y se venga abajo —dijo.

Asentí con la cabeza, medio tentada de poner algún ladrillo yo sola.

—Entonces, ¿rompió contigo después de aquello? —le pregunté, volviendo a nuestro tema.

—Más bien sí. La veía de tarde en tarde, pero sabía que todo había terminado.

La tensión comenzaba a desaparecer de su voz y parecía ya más resignado que irritado. Untó otro ladrillo con argamasa y lo dejó caer en su sitio. El sol me calentaba la espalda y me recosté sobre la lona, apoyándome en los codos.

—¿Tú qué opinas? —le pregunté.

Me miró de reojo.

—Que puede que se suicidara.

—¿Suicidarse? —A mí ni siquiera se me había ocurrido.

—Me lo has preguntado. Yo me limito a decir lo que pensé entonces. Ella estaba loca por él.

—Sí, pero ¿tanto como para suicidarse cuando él murió?

—¿Quién sabe? —Alzó un hombro y lo dejó caer.

—¿Cómo se enteró Libby de la muerte de él?

—Alguien la llamó y se lo dijo.

—¿Cómo lo sabes?

—Porque ella me llamó después; al principio no sabía qué pensar.

—¿Lo lamentó? ¿Hubo lágrimas? ¿Conmoción?

Trató de refrescar la memoria.

—Bueno, estaba muy confusa y alterada. Fui a verla. Ella me dijo que fuese, pero luego cambió de idea y dijo que no quería hablar de ello. Estaba muy inquieta, no podía concentrarse. Estuvo a punto de sacarme de quicio con tanto meneo y tanta bronca, así que me marché. No volví a saber de ella hasta que me enteré de su muerte.

—¿Quién encontró el cadáver?

—El administrador del piso donde vivía. Hacía dos días que no iba al trabajo y, como no había avisado, el jefe se preocupó y fue a ver qué pasaba. El administrador quiso mirar por las ventanas, pero las cortinas estaban corridas. Llamaron a ambas puertas, la delantera y la trasera, y al final entraron con una llave maestra. Estaba tendida en el suelo del cuarto de baño, con su albornoz. Llevaba muerta tres días.

—¿Y la cama? ¿Había dormido alguien en ella?

—No lo sé. La policía no dijo nada.

Cavilé un rato sobre aquello. Cabía la posibilidad de que se hubiera tomado la cápsula por la noche, al igual que Laurence Fife. Seguía creyendo que podía tratarse del mismo medicamento, un antihistamínico que alguien había sustituido por las adelfas.

—¿Tenía alguna alergia? Cuando la viste por última vez, ¿se quejaba de sinusitis o algo parecido?

Se encogió de hombros.

—No sé, puede que sí. Aunque no me acuerdo. Yo la vi el jueves por la noche; el miércoles o el jueves de la semana en que supo que el abogado había muerto. Dijeron que murió el sábado por la noche, de madrugada casi. Es lo que dijo la prensa entonces.

—¿Qué puedes decirme del abogado? ¿Sabes si tenía algo suyo en el piso de Libby? Cepillo de dientes, maquinilla de afeitar, cosas así. Es que cabe la posibilidad de que tomara un medicamento que tenía que tomar él.

—¿Y cómo quieres que lo sepa? —respondió con cierta hosquedad—. Yo no suelo meter la nariz donde no me llaman.

—¿Tenía alguna amiga? ¿Alguien a quien pudiera haberle contado algo?

—En el trabajo quizá; no me acuerdo de nadie en concreto. Ella no tenía «amigas».

Saqué el cuaderno de notas y apunté el número de mi motel.

—Puedes localizarme aquí. ¿Me llamarás si te acuerdas de algo?

Cogió el trozo de papel y se lo guardó con indiferencia en el bolsillo trasero de los tejanos.

—¿Qué pasa en Las Vegas? ¿Qué relación hay con esto?

—No lo sé aún. Tal vez haya una mujer que puede llenar ciertas lagunas. Hacia el fin de la semana volveré a pasar por Los Angeles. Es posible que nos veamos otra vez.

Lyle se había desentendido ya de mí, había puesto otro ladrillo y con la paleta recogía la argamasa sobrante que se había escurrido por los resquicios. Consulté la hora. Aún tenía tiempo de echar un vistazo al lugar donde había trabajado Libby Glass. Pensaba que Lyle no me había dicho toda la verdad, pero no había manera de averiguarlo. Lo dejé estar, pues. Por el momento.

11

La sede de Haycraft and McNiece estaba en el edificio Avco Embassy, en Westwood, no lejos de mi motel. Dejé el coche en un parking muy caro que estaba junto a la funeraria de Westwood Village, accedí al edificio por la entrada que había junto al Banco Wells Fargo y tomé el ascensor. Las oficinas en cuestión se encontraban justo a la derecha según se salía. Empujé una sólida puerta de teca que ostentaba una inscripción en bronce. El suelo del interior consistía en una sucesión irregular de baldosas rojas que despedían un brillo cegador, había espejos que abarcaban toda la altura de la pared y paramentos de madera al natural de los que colgaban aquí y allá manojos de mazorcas secas. A mi izquierda había una recepcionista tras lo que parecía la cerca de un aprisco. En el poste vertical de la cerca había una placa que decía «Allison, Recepcionista» con las letras al parecer grabadas con un hierro al rojo en la madera. Le tendí mi tarjeta.

—Quisiera hablar con algún contable veterano —dije—. Investigo la muerte de una diplomada en contabilidad que trabajó aquí.

—Ah, sí. He oído hablar de ella —dijo Allison—. Un momento.

Era una veinteañera de largo pelo negro. Vestía tejanos y lazo de cuero y su camisa vaquera parecía rellena de paja en múltiples puntos. Llevaba un cinturón con la hebilla en forma de cabeza de caballo salvaje.

—¿Qué es este lugar? ¿Un parque de atracciones? —le pregunté.

—¿Cómo dice?

Cabeceé, sin ánimo de insistir en aquello, y la mujer desapareció tras una puerta batiente taconeando con sus botas camperas. Volvió al cabo de un momento.

—El señor McNiece no está, pero con quien sin duda quiere hablar usted es con Garry Steinberg, con dos erres.

—¿Berrg?

—No, Garry.

—Entiendo, disculpe.

—Es igual —dijo—. Todos se confunden.

—¿Y podría ver al señor Steinberg? Será sólo un instante.

—Esta semana está en Nueva York —dijo.

—¿Y el señor Haycraft?

—Está muerto. O sea, hace años que murió —dijo—. La empresa debería llamarse en realidad McNiece and McNiece, pero nadie tiene ganas de cambiar los membretes. El otro McNiece está en una reunión.

—¿Cabe la posibilidad de que se acuerde de ella alguna otra persona?

—Creo que no. Lo siento.

Me devolvió la tarjeta. La volví y anoté el número del motel y el de mi servicio mensafónico de Santa Teresa.

—¿Haría el favor de dársela a Garry Steinberg cuando vuelva? Le agradecería mucho que me llamase. Puede dejar recado si no me localiza en el motel.

—Desde luego —dijo la recepcionista. Volvió a sentarse y habría jurado que tiraba la tarjeta al cesto de los papeles. La observé durante unos instantes y me sonrió con timidez.

—¿Por qué no le deja una nota en su mesa? —le sugerí.

Se inclinó de lado y se incorporó con la tarjeta entre los dedos. La clavó en un punzón de aspecto feo que había junto al teléfono. Seguí mirándola. Cogió la tarjeta del punzón y se puso en pie.

—La dejaré en su mesa —dijo y volvió a alejarse taconeando.

—Buena idea —dije.

Volví al motel e hice algunas llamadas. Ruth, la del despacho de Charlie Scorsoni, me dijo que éste estaba todavía fuera de la ciudad, pero me dio el número de su hotel de Denver. Llamé pero no estaba y dejé mi número en recepción. Llamé a Nikki, la puse al corriente de todo y a continuación llamé a mi servicio mensafónico. No había ningún mensaje. Me puse el chándal y me fui a la playa a correr. Las cosas no parecían tener prisa por adquirir coherencia. Me sentía como si hasta el momento no hubiera conseguido más que un montón de retales y cabos sueltos y la idea de ordenarlo todo para formar una imagen con sentido se me antojaba aún bastante improbable. El tiempo había fragmentado los hechos igual que una trituradora gigante y para reconstruir la verdad no había dejado más que trocitos pequeños de papel. Me sentía torpe e irritable y necesitaba quemar energías.

Aparqué cerca del puerto de Santa Mónica y corrí en dirección sur por el paseo, una arteria asfaltada que discurre paralela a la playa. Pasé al trote ante los ancianos inclinados sobre el tablero de ajedrez, dejé atrás a los niños negros que jugaban con sendos monopatines con una gracia sin igual, pasé ante guitarristas, fumetas y vagos que me miraron con desprecio. Este tramo de acera es el último resto de la drogocultura de los sesenta: jóvenes descalzos, ojerosos y sucios, algunos con pinta de tener treinta y siete años en vez de diecisiete, pero todavía en plan místico y distante. Un perro se animó a correr a mi lado con la lengua fuera y alzando de vez en cuando los ojos para mirarme con alegría. Tenía la pelambre densa e hirsuta, del color del maíz, y el rabo retorcido como una serpentina. Pertenecía a una de esas especies mutantes de cabeza grande, cuerpo pequeño y patas muy cortas, aunque el truhán parecía muy seguro de sí. Salimos juntos del paseo y cruzamos Ozone, Dudley, Paloma, Sunset, Thornton y Park; cuando llegamos a Wave Crest, el perro cambió de planes y se alejó hacia la

117

playa para unirse a unos niños que jugaban a lanzarse un disco de plástico. La última vez que lo vi, dando un salto increíble, había logrado coger el disco en pleno vuelo con la boca dilatada por una sonrisa. Le sonreí a mi vez. En los últimos años había conocido pocos perros que me gustaran tan de verdad.

Di la vuelta en Venice Boulevard, corrí durante casi todo el camino, luego aflojé la marcha y llegué andando al puerto. La brisa oceánica me sirvió para amortiguar el halo de calor que me envolvía. Estaba hecha unos zorros, pero no sudaba apenas. Sentía la boca seca y me ardían las mejillas. No había sido una carrera larga, pero había apretado un poco más que de costumbre y los pulmones me quemaban: combustión de fluidos en el pecho. Corría por el mismo motivo que sabía conducir coches con el cambio de marchas manual y tomaba el café solo, poque suponía que podía llegar el día en que tuviera que ponerme a prueba por cualquier urgencia. Aquel día, por lo demás, había corrido, como quien dice, «a mayor abundamiento», porque ya había decidido tomarme una jornada libre para dedicarme a ser buena chica. El exceso de virtud corrompe. Volví al coche al sentir frío y me dirigí hacia Wilshire, camino del motel.

Nada más abrir la puerta empezó a sonar el teléfono. Era mi coleguilla de Las Vegas, que ya tenía la dirección de Sharon Napier.

—Fabuloso —dije—. Te lo agradezco de veras. Dime cómo te puedo localizar cuando vaya y te pagaré el tiempo empleado.

—Basta con que mandes el dinero a mi lista de correos. Nunca sé dónde voy a estar.

—Como quieras. ¿Cuánto?

—Cincuenta. Precio especial para ti. Nuestra amiga no está registrada en ninguna parte y no me ha resultado fácil.

—Avísame cuando quieras que te devuelva el favor —le dije, totalmente convencida de que me avisaría.

—Ah, otra cosa, Kinsey; nuestra amiga trabaja en la mesa de *blackjack* del Fremont, pero me han dicho que en sus ratos libres hace un poco la calle. Anoche mismo la vi trabajar. Es muy lista, pero no engaña.

—¿Le está pisando el terreno a alguien?

—Aún no, aunque podría. Bueno, en esta ciudad nadie se preocupa por nadie mientras no dé gato por liebre. No creo que quiera llamar la atención.

—Gracias por el informe —dije.

—A mandar —dijo y colgó.

Me duché y me puse unos pantalones y una camisa, crucé la calle y me tomé unas almejas con *ketchup* y patatas fritas. Para acabar me tomé dos tazas de café, salí y volví a mi cuarto. Sonó el teléfono en cuanto cerré la puerta. Esta vez era Charlie Scorsoni.

—¿Qué tal Denver? —le pregunté nada más reconocerle.

—No está mal. ¿Y Los Angeles?

—Bien. Esta noche me voy a Las Vegas.

—¿La fiebre del juego?

—Naranjas. Sigo la pista de Sharon.

—Estupendo. Dígale de mi parte que me devuelva los seiscientos dólares.

—De acuerdo. Sí, y con intereses. Trato de averiguar qué sabe de un asesinato y usted quiere que la presione para que satisfaga una deuda antigua.

—Es que yo nunca tendré ocasión de hacerlo, téngalo por seguro. ¿Cuándo vuelve a Santa Teresa?

—El sábado tal vez. Cuando pase el viernes por Los Angeles quiero ver ciertas cajas que pertenecieron a Libby Glass, pero no creo que me lleve mucho tiempo. ¿Por qué lo pregunta?

—Me gustaría invitarle a tomar una copa —dijo—. Me voy de aquí pasado mañana, o sea que regresaré antes que usted. ¿Por qué no me llama cuando vuelva?

Siempre contesto demasiado aprisa.

—De acuerdo.

—Vamos, si no es molestia, Millhone —dijo con ironía.

Me hizo reír.

—Le llamaré. Se lo prometo.

—Fabuloso. Ya nos veremos.

Noté al colgar que una sonrisa tonta me bailoteaba en los labios más tiempo del que convenía. ¿Qué tendría aquel hombre?

Las Vegas está a unas seis horas de Los Angeles y me dije que ya podía ponerme en camino. Eran las siete pasadas y aún no había anochecido, así que puse mis cuatro bultos en el asiento trasero del coche y dije a Arlette que estaría fuera un par de días.

—¿Quieres que te coja los recados? —dijo.

—Ya te llamaré yo cuando llegue y te diré cómo se me puede localizar —dije.

Me dirigí hacia el norte por la autopista de San Diego y luego por la de Ventura, que seguí en dirección este hasta el empalme con la de Colorado, una de las pocas vías buenas de toda la red que rodea Los Angeles. La autopista de Colorado es ancha, de escasa circulación y cruza por el norte el área metropolitana de L.A. En la autopista de Colorado se puede cambiar de carril sin sufrir un ataque de nervios y la resistente divisoria de hormigón que separa el tráfico en dirección este del tráfico en dirección oeste es una garantía segura contra cualquier vehículo que quiera saltársela por capricho de darte un trompazo de frente. Abandoné la autopista de Colorado para doblar bruscamente hacia el sur y tomar la autopista de San Bernardino y la Nacional 15, que traza hacia el Noreste una diagonal larga e irregular que lleva derechamente a Las Vegas. Con un poco de suerte podría hablar con Sharon Napier y luego dirigirme hacia el sur, a Salton Sea, donde vivía Greg Fife. Podía completar el trayecto desviándome hacia Claremont al volver para platicar un poco con su hermana, Diane. Yo no estaba muy segura de qué iban a depararme todos aquellos desplazamientos, pero debía satisfacer los requisitos básicos de la investigación. Y Sharon Napier estaba destinada a resultar muy interesante.

Me gusta conducir de noche. Las vistas me emocionan poco y cuando recorro el campo no me desvío ni me detengo jamás para admirar las maravillas del paisaje. No me conmueven las rocas de treinta metros que tienen forma de calabacín. No me pirro por contemplar los barrancos formados por ríos de cauce seco en la actualidad ni despiertan mi admiración los grandes agujeros causados por aerolitos que cayeron nadie sabe cuándo. Vaya donde vaya, para mí es siempre lo mismo. Contemplo el asfalto. Observo la raya amarilla. Sigo el ejemplo de los camiones grandes y de los turismos con niños dormidos en el asiento de atrás y mantengo los pies pegados al suelo del coche hasta que llego a mi destino.

12

Cuando divisé Las Vegas a lo lejos, parpadeando en el horizonte, era más de medianoche y me sentía agarrotada. Quería evitar el Strip* a toda costa. Si por mí hubiera sido, habría evitado la ciudad entera. No juego, no tengo espíritu deportivo y menos aún curiosidad. Cuando pienso en las ciudades submarinas del futuro, la vida que les atribuyo es exactamente la de Las Vegas. Sin diferencias entre el día y la noche. Muchedumbres que menguan, crecen y se desplazan sin objeto, como impulsadas por invisibles corrientes térmicas, tan rápidas como desagradablemente compactas. En esta ciudad todo es de cartón-piedra, de imitación, excesivo, profundamente impersonal. Toda ella huele a cena de $ 1,98 a base de gambas fritas.

Encontré un motel en las afueras, cerca del aeropuerto. El Bagdad parecía un cuartel de la legión extranjera construido con mazapán. El encargado nocturno llevaba un chaleco de raso dorado y una camisa de raso naranja con las mangas llenas de lechuguillas. Se tocaba con un fez coronado por una borla. Tenía un aliento tan denso y penetrante que me entraron ganas de toser.

—¿Pareja casada de otro estado? —preguntó sin alzar los ojos para mirarme.

—No.

—Las parejas casadas de otro estado tienen derecho a cama de matrimonio y a cincuenta dólares en vales comer-

---

* Avenida con muchos comercios y servicios. *(N. del T.)*

ciales. Le tomaré la filiación. Aquí nadie controla ni hace comprobaciones.

Le alargué la tarjeta de crédito y la pasó por la máquina mientras yo rellenaba la hoja de registro. Me dio la llave y un vasito de papel lleno de monedas para las máquinas tragaperras de la puerta. Las dejé en el mostrador.

Aparqué delante de mi habitación, dejé el coche y tomé un taxi para dirigirme a la ciudad por entre el día artificial de Glitter Gulch. Pagué al taxista y dediqué unos momentos a orientarme. El tráfico era constante en East Fremont, las aceras estaban abarrotadas de turistas, de furiosos rótulos amarillos y luces relampagueantes —LA CECA, LAS CUATRO REINAS— que iluminaban un muestrario completo de buscavidas: putas y macarras, carteristas y artistas de pacotilla que, hartos de maíz, se desplazaban del Medio Oeste a Las Vegas con la convicción de que con diligencia y astucia se impondrían a la maquinaria. Entré en el Fremont.

Percibí el olor a comida china de la cafetería, y el aroma del pollo frito con gambas y champiñones se mezcló extrañamente con la estela perfumada que dejaba tras de sí una mujer que pasó por mi lado vestida con un dos-piezas informal de poliéster, de color azul cobalto, con estampados, que le daba aspecto de papel decorador ambulante. La observé sin curiosidad excesiva cuando la vi introducir monedas en una máquina tragaperras del vestíbulo. Las mesas de *blackjack* estaban a mi izquierda. Pregunté a uno de los encargados por Sharon Napier y me dijo que entraba a trabajar a las once de la mañana. En realidad no había esperado encontrarme con ella aquella misma noche, pero quería tantear el ambiente.

El casino era un hervidero de murmullos, los crupieres de las mesas de dados recogían y devolvían fichas con la raqueta como en una especie de tejo de mesa, regido por leyes propias. En cierta ocasión hice una gira por las dependencias de la Fábrica de Dados de Nevada y con un respeto próximo a la reverencia vi cómo los ladrillos de treinta kilos de nitrocelulosa, de dos centímetros y medio de grosor, se enfriaban y cortaban en cubos de tamaño algo mayor que el definitivo, se endurecían, se lijaban y pulimentaban y se perforaban por todas las caras, tras lo que se aplicaba a los agujeritos un producto resinoso blanco con un pincel especial. Los dados en ciernes parecían cubitos de gelatina que hubieran podido servirse como postre de régimen. Observé las apuestas que se hacían. El *pass line*, el *don't pass line*, el *come, dont't come*, el *big 6* y el *big 8* eran misterios de otro mundo y por la memoria de mi madre que me sentía incapaz de interpretar aquel formulario ritual de pérdidas, ganancias y números que se susurraban a toda velocidad en una cantilena bisbiseante de concentración y sorpresa. Sobre la escena pendía una nube pálida de humo de tabaco, cargada de olor a whisky. Sin duda había cien pares de ojos pendientes de los espejos polarizados que colgaban sobre las mesas y que escrutaban sin cesar a los clientes en busca de los indicios reveladores de la trampa. Nada pasaba desapercibido. El ambiente era parecido al de unos grandes almacenes en Navidad, momento y lugar en que no puede esperarse que muchos compradores no acudan a robar lo que puedan. Incluso los empleados podían mentir, estafar y robar y nada podía dejarse en manos de la casualidad. Me entró una especie de respeto fugaz por todo el sistema de límites y restricciones de la administración que deja que sumas inmensas fluyan en libertad y que sólo una porción mínima vuelva a los bolsillos particulares de donde aquéllas se sonsacaron. Me sobrevino una repentina sensación de agotamiento. Salí a la calle y tomé un taxi.

La decoración al estilo «Oriente Medio» del Bagdad se interrumpía bruscamente en la puerta de mi cuarto. La alfombra era un trapo de algodón verde oscuro; el papel de la pared, estraza verde lima con dibujitos de palmeras superpuestas y coronadas por manchones que lo mismo podían ser dátiles que cofradías de murciélagos maricas. Cerré la puerta, me quité los zapatos de una sacudida, aparté el edredón y me metí bajo las sábanas con un suspiro de placer. Hice una llamada rápida a mi servicio mensafónico y otra a una Arlette adormilada para notificar mi último paradero y el número al que podía llamárseme.

Me desperté a las diez con las primeras y suaves etapas de un dolor de cabeza; como si estuviera con resaca sin haber probado ni una copa. Las Vegas suele afectarme así, con una mezcla de tensión y miedo a la que mi cuerpo responde con todos los síntomas de una gripe que empieza. Me tomé dos Tylenols y estuve bajo la ducha un buen rato, deseosa de quitarme de encima la irritante sensación de náusea. Me sentía como si me hubiera comido medio kilo de palomitas de maíz untadas con mantequilla fría y espolvoreadas con mucha sacarina.

Salí de la habitación y la luz me hizo cerrar los ojos. Al menos el aire era fresco y de día dominaba la sensación de que se estaba en una ciudad encogida y controlada, reducida otra vez a sus auténticas dimensiones. El desierto se extendía detrás del motel, difuminándose en una neblina gris perla que se tornaba en malva en el horizonte. El viento era seco y suave, y la esperanza del calor estival sólo se insinuaba en la luz solar trémula y lejana que en la superficie del desierto formaba charcos lisos que se evaporaban al acercarse. Brotes ocasionales de arbustos, plateados casi a causa del polvo, interrumpían las interminables franjas de yermo desarbolado y cercado por las lomas de la lejanía.

Me detuve en correos para depositar los cincuenta dólares de mi colega y a continuación comprobé la dirección que me había dado. Sharon Napier vivía en la otra punta de la ciudad, en un complejo de apartamentos cuyas esquinas de estuco salmón parecían desgastarse como si por la noche se colaran los bichos para devorar todas las aristas. El techo era casi plano, sembrado de piedras, y las barandillas de hierro rezumaban hilillos de herrumbre por los costados del edificio. El paisaje consistía en rocas, yucas y cactos. Sólo había veinte apartamentos, dispuestos alrededor de una piscina en forma de riñón, separada del parking por un muro grisáceo de piedra artificial. Un par de críos chapoteaba en la piscina y una cuarentona con una bolsa de comestibles apoyada en la cadera intentaba cruzar la puerta de su apartamento del primer piso. Un niño chicano regaba los senderos con una manguera. Las casas más próximas al complejo eran domicilios unifamiliares. Al otro lado de la calle, al fondo, había un solar vacío.

El apartamento de Sharon estaba en la planta baja y su nombre se leía con claridad en el buzón, escrito sobre un trozo de plástico blanco. Tenía las cortinas corridas, pero algunos de los ganchos de arriba se habían aflojado y la tela se abolsaba hacia dentro, dejando un hueco por el que distinguí una mesa beige de formica y dos sillas de plástico tapizadas en beige. El teléfono, que descansaba sobre un montón de periódicos, estaba en una esquina de la mesa y, al lado, una taza de café con un cuarto creciente de lápiz de labios rosa en el borde. Un cigarrillo, rematado igualmente en rosa, se había consumido en el plato. Miré en derredor. Nadie parecía prestarme una atención especial. Sin pensarlo dos veces, me introduje en un pasaje que unía el patio con la parte trasera del edificio.

El número del apartamento de Sharon figuraba también en la puerta de atrás; había otras cuatro puertas traseras separadas discretamente entre sí; todas desembocaban en pequeños rectángulos, tabiques de piedra artificial hasta la altura del hombro; unos rectángulos destinados, sospeché, a crear la ilusión de que se disponía de un pequeño patio. Los cubos de la basura se alineaban en el sendero, al otro lado de los tabiques. Las cortinas de la cocina de Sharon también estaban corridas. Me colé en su patio en miniatura. En el peldaño inferior había seis macetas con geranios. Vi dos sillas plegables de aluminio apoyadas en el tabique y un montón de periódicos viejos junto a la puerta trasera.

Había un ventanuco en lo alto, a la derecha, y más allá una ventana más grande: no había forma de saber si pertenecía al dormitorio de Sharon o al del vecino. Miré hacia el solar vacío, salí del patio, giré a la izquierda y anduve por el sendero, que desembocaba en la calle. Volví al coche y me dirigí al Fremont.

Era como si no me hubiese movido de allí. La señora de azul cobalto seguía pegada a la máquina tragaperras con el pelo formándole en lo alto de la cabeza astrágalos perfectos de un caoba resplandeciente. La misma muchedumbre parecía apelotonada en torno de la mesa de dados como atraída por una fuerza magnética y el crupier seguía recogiendo y devolviendo fichas con la raqueta como si ésta fuese un cepillo de mango largo y alguien lo hubiera revuelto todo. Las camareras circulaban con bebidas y un individuo corpulento y de paisano, que deduje era el gorila de seguridad, se paseaba esforzándose por parecer un turista a quien no hubiera favorecido la fortuna. A mis oídos, procedente de la sala de espectáculos, llegó la voz de una cantante que entonaba un popurrí de melodías de Broadway, aburridillo pero salaz. La entreví de lejos, despepitándose ante un salón medio vacío, con una cara embadurnada de colorete y que brillaba bajo los focos.

No me fue difícil dar con Sharon Napier. Era alta, uno setenta y cinco, quizá más a causa de los zapatos de tacón alto. Era la típica individua a quien comienza a mirarse desde abajo: piernas largas, bien formadas y enfundadas en unas medias de malla que las afinaban, y faldita negra con un pequeño volante en lo alto de los muslos. Tenía poca cadera, estómago liso y los pechos se le juntaban hasta formar dos prietos montículos pronunciados e inseparables. El talle del vestido negro era ajustado y de escote generoso, y llevaba cosido el nombre encima del pecho izquierdo. El pelo, rubio ceniza, se aclaraba bajo la luz del local; tenía los ojos de un verde mágico, con un destello que supuse se debía a las lentillas coloreadas; un cutis pálido e inmaculado, y el óvalo del rostro tan blanco, y tan delicada su textura, como la cáscara de huevo. La pintura de labios rosa brillante realzaba las generosas dimensiones de la boca, grande y carnosa. Era una boca hecha para actos contra natura. Había algo en su actitud que prometía una sexualidad fría e improvisada por un precio justo y dicho precio no tenía que ser bajo.

Repartía las cartas como un autómata y a velocidad notable. Alrededor de la mesa en que trabajaba Sharon había tres hombres encaramados en sendos taburetes. Ninguno soltaba palabra. La comunicación se establecía mediante un ligerísimo movimiento de la mano, la devolución de las cartas, una apuesta fuerte, un hombro encogido al descubrirse el primer naipe. Dos cartas cubiertas, una descubierta. Zas, zas. Uno peinó la mesa con el borde de la carta descubierta, deseoso de un triunfo. En la segunda mano, uno de los jugadores consigió un *blackjack* y pagó la banca: doscientos cincuenta dólares en fichas. Vi cómo el ganador observaba a Sharon mientras ésta recogía las cartas, las barajaba con rapidez y volvía a dar. Era delgado, de cabeza estrecha, calvo y con bigote negro; llevaba la camisa arremangada, con un corro de sudor bajo los sobacos. La mirada recorrió el cuerpo femenino en sentido descendente y volvió a subir hasta la cara inmaculada, fría y pura, de fulgurantes ojos verdes. Ella no le prestó mayor atención, pero me dio en la nariz que los dos podrían tener más tarde algún asuntillo privado. Me retiré a otra mesa para observarla desde una distancia más cómoda. A la una y media se tomó un descanso. La banca quedó en manos de otra empleada y Sharon se dirigió a la sala de fiestas, donde pidió una Coca-Cola y encendió un cigarrillo. Me acerqué.

—¿Sharon Napier? —le pregunté.

Alzó los ojos: dos barreras de pestañas negras los cercaban y a la luz fluorescente del lugar el verde adquirió un tono parecido al turquesa.

—Creo que no nos conocemos —dijo.

—Me llamo Kinsey Millhone —dije—. ¿Puedo sentarme?
Encogió los hombros para decir que sí. Sacó una polvera del bolso, se inspeccionó el rímel en el espejito y se limpió un pequeño grumo del párpado superior. Estaba claro que las pestañas eran postizas, pero el efecto era fulminante porque daban a los ojos un sesgo exótico. Se aplicó otra capa de pintura de labios sirviéndose del meñique, que hundió en un tarrito diminuto de crema rosa.

—¿Qué puedo hacer por ti? —dijo, apartando los ojos del espejito durante un instante.

—Investigo la muerte de Laurence Fife.

La dejé clavada. Se le paralizó la mano, todo el cuerpo se le inmovilizó. Si hubiera ido allí para hacerle una foto, aquella habría sido la pose perfecta. Transcurrió un segundo y volvió a ponerse en movimiento. Cerró la polvera, la guardó y recogió el cigarrillo. Aspiró una larga bocanada sin dejar de mirarme. Sacudió el cigarrillo para quitarle la ceniza de la punta.

—Era un cabrón de primera —dijo de pronto, expulsando el humo con cada palabra.

—Eso he oído —dije—. ¿Trabajaste con él mucho tiempo?

Esbozó una sonrisa.

—Vamos, que a ti no se te escapa nada. Me juego lo que sea a que sabes ya la respuesta.

—Más o menos —dije—. Pero hay mucho que ignoro. ¿Quieres ayudarme?

—¿En qué?

Me encogí de hombros.

—Cómo era trabajar con él, qué sentiste cuando murió...

—En el trabajo era un cerdo. Y cuando murió, bueno, me sentí como nunca —dijo—. No aguanto el trabajo de secretaria, por si aún no lo has adivinado.

—Pues creo que te fue bien —dije.

—Oye, no tengo ganas de discutir contigo —dijo de manera terminante—. ¿Quién te ha enviado?

Entré a saco por aquella puerta que se me abría.

—Nikki.

Pareció sobresaltarse.

—Está aún en la cárcel, ¿no?

—Está libre —dije cabeceando.

Hizo cálculos durante unos instantes y su actitud se volvió un poco más amable.

—Tiene pasta, ¿eh?

—No piensa vengarse, si es a eso a lo que te refieres.

Apagó el cigarrillo cercenándole la brasa y aplastándola.

—Salgo a las siete. ¿Por qué no vienes a casa y charlamos?

—¿Hay algo que me puedas decir ahora?

—Aquí no —dijo.

Me canturreó su dirección y la anoté puntualmente en el cuaderno. Se volvió hacia la izquierda y al principio pensé que alzaba la mano para saludar a un amigo. Esbozó una amplia sonrisa, pero se le alteró al instante, me miró con incertidumbre y se inclinó un tanto para entorpecerme la visión. Miré tras ella de manera automática, pero me distrajo rozándome el dorso de la mano con la uña. La miré. Se había inclinado sobre mí con expresión distante.

—Era el encargado. Fin del descanso.

Mentía igual que yo, con una insolencia despreocupada que desafiaba al oyente a refutar o contradecir lo dicho.

—Pues nos veremos a las siete —le dije.

—Que sea a las ocho menos cuarto —dijo al intante—. Necesito tiempo para recuperarme del trabajo.

Escribí mi nombre y el del motel en que me hospedaba y arranqué la hoja del cuaderno. La dobló y la introdujo en el paquete de cigarrillos, bajo la funda de plástico transparente. Se alejó sin mirar atrás, balanceando las caderas con gracia.

La colilla del cigarrillo que apagase emitía aún una hebra de humo y mi estómago formuló una ligera protesta. Me tentaba la idea de quedarme, sólo para seguir observándola, pero tenía las manos cubiertas de un sudor frío y muchas

131

ganas de acostarme. Me sentía destemplada y empezaba a pensar que los síntomas de gripe podían ser auténticos y no sólo una reacción. El dolor de cabeza volvía a subirme por la nuca. Me dirigí al vestíbulo y salí a la calle. El aire fresco me alivió, aunque sólo de manera momentánea.

Volví al Bagdad y compré un Seven-Up en la máquina de refrescos. Me hacía falta comer, pero no estaba segura de poder retener nada. Comenzaba la tarde y no tenía que ir a ningún sitio hasta después de cenar. Puse en la puerta el rótulo de «No Molesten» y me metí en la cama, aún por hacer, bien envuelta en las frazadas. Empezaban a dolerme los huesos. Tardé en entrar en calor.

13

El teléfono sonó con estridencia y desperté con un sobresalto. La habitación estaba a oscuras. No sabía qué hora era ni en qué cama estaba. Tanteé en busca del teléfono con la sensación de estar en un horno y aparté las mantas para medio incorporarme apoyada en el codo. Encendí la luz y me protegí del resplandor deslumbrante con una mano sobre los ojos.

—¿Sí?

—¿Kinsey? Soy Sharon. ¿Te has olvidado de mí?

Miré el reloj. Eran las ocho y media. ¡Joder!

—Lo siento —dije—. Me he dormido. Si piensas seguir en casa, puedo acercarme en un momento.

—Como quieras —dijo con frialdad, como si tuviera cosas mejores que hacer—. Un momento. Llaman a la puerta.

Al dejar el auricular se produjo un ruidito seco, y me lo imaginé descansando sobre la dura superficie de formica de la mesa. Me quedé a la escucha, en espera de que volviese. No podía creer que hubiera dormido más de la cuenta y me maldije por mi imbecilidad. Oí que se abría la puerta y que Sharon lanzaba una apagada exclamación de sorpresa. Y de pronto oí una especie de explosión rápida, casi hueca.

Arrugué el ceño y me incorporé al instante. Pegué el oído al auricular y apreté éste contra mí. ¿Qué había pasado? Alguien cogió el auricular de Sharon. Esperaba oírla y casi pronuncié su nombre, pero un impulso repentino me hizo tener cerrada la boca. Oí el murmullo de una respiración, el silbido asexuado de quien jadea un poco. Alguien murmuró un «diga» que me produjo un escalofrío. Cerré los ojos para obligarme a guardar silencio; unos timbrazos de alarma me recorrían el cuerpo con tal ímpetu que sentía los latidos del corazón en los oídos. Oí un amago de risa, un chasquido y se interrumpió la comunicación. Colgué con violencia, busqué los zapatos, cogí la cazadora y salí de la habitación.

La brusca descarga de adrenalina había acabado con todos mis dolores físicos. Me temblaban las manos, pero al menos estaba en movimiento. Cerré la puerta, fui en busca del coche; tintinearon las llaves mientras trataba de encender el motor. Arranqué, salí inmediatamente con la marcha atrás y me dirigí al apartamento de Sharon. Busqué la linterna en la guantera y comprobé su estado. Emitía un haz potente. Mi nerviosismo iba en aumento. O había querido gastarme una broma o estaba muerta e intuía cuál de las dos cosas había sucedido.

Me detuve al otro lado de la calle. En el edificio no había signos particulares de actividad. No veía correr a nadie. No se habían formado grupos ni había coches de la policía estacionados junto a la acera ni oía ninguna sirena acercarse. Había, eso sí, muchos vehículos en las plazas de parking señalizadas y en todos los apartamentos que tenía a la vista estaban encendidas las luces. Tanteé en el asiento trasero y saqué unos guantes de goma del maletín. Rocé con la mano el cañón de mi pequeña automática y tuve que hacer un esfuerzo para no metérmela en el bolsillo de la cazadora. No sabía lo que iba a encontrar en el apartamento de Sharon, no sabía quién podía estar aguardándome, pero si estaba muerta, no me gustaba la idea de que me descubrieran en el lugar de los hechos con una pistola cargada. La dejé pues donde estaba, salí del coche, lo cerré y me guardé las llaves en el bolsillo de los tejanos.

Me introduje en los jardines delanteros. Estaba oscuro, pero a lo largo del sendero había varios focos situados estratégicamente, más otros seis verdes y amarillos que iluminaban los cactos desde abajo. El efecto era más vistoso que iluminador. El apartamento de Sharon estaba a oscuras y el resquicio de la cortina había desaparecido. Llamé a la puerta. «¿Sharon?», dije en voz baja, escudriñando la parte delantera de la casa por si se encendía alguna luz. Me puse los guantes de goma y giré el pomo de la puerta. Cerrada. Llamé por segunda vez y pronuncié otra vez su nombre. No surgía el menor ruido del interior. ¿Qué haría si había alguien dentro?

Avancé por el sendero que rodeaba el edificio. Se oía música en uno de los apartamentos de arriba. Me dolían los riñones y las mejillas me ardían como si acabara de correr los cuatrocientos metros lisos, pero ignoraba si se debía a la gripe o al miedo. Avancé con rapidez y sigilo por el sendero de atrás. La cocina de Sharon era la única de las cinco que estaba a oscuras. Encima de cada puerta había una bombilla encendida que iluminaba el patio respectivo con luz escasa pero clara. Probé la puerta trasera. Cerrada. Tamborileé en el cristal.

—¿Sharon? —Agucé el oído para captar cualquier ruido que se produjera en el interior. El silencio era absoluto. Observé la entrada trasera. Si guardaba fuera otro juego de llaves, tenía que estar escondido en algún sitio cercano. Observé los pequeños vidrios de la puerta trasera. Siempre podía romper uno, si todo lo demás fallaba. Pasé el dedo por encima del dintel de la puerta. Demasiado estrecho para unas llaves. Todas las macetas parecían estar en su sitio y una rápida inspección me reveló que no se había enterrado nada en ellas. No había felpudo. Cogí el montón de periódicos viejos y los sacudí, pero no oí tintinear ninguna llave. El tabique que rodeaba el patio estaba hecho con «ladrillos» muy decorativos de nueve centímetros cuadrados y las cenefas que dibujaban eran lo bastante complicadas para introducir una llave en cualquiera de los huecos, que eran amplios aunque no muy idóneos. Esperaba no tener que hurgar en todos y cada uno de los agujeros. Vuelta a mirar los cristales de la puerta trasera, preguntándome si no sería más práctico reventar uno con el puño protegido. Ahora le tocaba al suelo. En un rincón, pegadas al tabique, había una regadera de plástico verde y una paleta de albañil. Me agaché y fui metiendo la mano en las decorativas depresiones del hormigón. Había una llave en una.

Me alcé de puntillas y giré hacia la izquierda la bombilla que había sobre la puerta trasera. El patio quedó sumido en sombras. Introduje la llave en la cerradura y se abrió emitiendo un crujido.

—¡Sharon! —exclamé en voz baja. Tenía unas ganas locas de irme, pero tenía que saber si había alguien. Empuñé la linterna a modo de porra y fui tanteando en la pared de mi derecha hasta que di con un interruptor. Se encendió la bombilla empotrada que había encima del fregadero. En la pared de enfrente vi el conmutador de la luz principal de la cocina. La encendí de un manotazo y me agaché en el acto para que no me vieran. Me puse en cuclillas, con la espalda apoyada en el frigorífico, y contuve la respiración. Escuché atentamente. Nada. Deseaba con todas mis fuerzas no estar haciendo la idiota: el ruido que había oído podía ser el de una botella de cava al descorcharse y Sharon podía estar a oscuras en el dormitorio practicando perversiones con un caniche y un látigo.

Miré en la sala de estar. Sharon yacía en el suelo enfundada en una bata de rayón verde canario. O estaba muerta o dormía como un tronco y yo seguía sin saber si había alguien más en el apartamento. Crucé la salita de dos zancadas y me pegué a la pared, aguardando un momento antes de echar un vistazo al vestíbulo en sombras. No veía ni tres en un burro. Encontré otro interruptor a mi izquierda y lo accioné. La luz inundó el vestíbulo y el fragmento de dormitorio que alcanzaba a ver parecía vacío. Busqué el interruptor del dormitorio, di la luz y eché un vistazo. Deduje que la puerta abierta de mi derecha comunicaba con el cuarto de baño. No había señales de que se hubiera registrado la casa. Las puertas corredizas del armario estaban ceradas y el detalle no me gustó. Del cuarto de baño surgió un ruidito de naturaleza metálica. Me entró un miedo espantoso. El corazón me dio vuelco y medio y me agaché. Yo y la linterna conmigo. Deseé con toda mi alma haber cogido la pistola. El ruidito metálico se reanudó y adoptó un ritmo que de pronto adquirió un cariz familiar. Me arrastré hasta la puerta y encendí la linterna. Era un ratoncito de mierda que daba vueltas sin parar en una rueda de juguete. La jaula estaba en la repisa de la bañera. Encendí la luz. El cuarto de baño estaba vacío.

Me acerqué el armario y abrí una puerta, medio esperando que me rompieran la cabeza de un ceporrazo. En el armario no había más que ropa. Expulsé todo el aire que había retenido en los pulmones y a continuación inspeccioné la casa por segunda vez. Cerré con llave la puerta trasera y corrí los visillos de la ventana que había encima del fregadero. Volví junto a Sharon. Encendí la lámpara de la salita y me arrodillé a su lado. Tenía un agujero de bala en la parte inferior del cuello; parecía un pequeño portarretratos en que se hubiera metido carne humana en vez de una foto. La sangre había empapado el pedazo de alfombra que había bajo el cráneo y se había vuelto ya del color del hígado de pollo crudo. Había astillas de hueso en el pelo. Deduje que el proyectil había hecho añicos la columna. Mejor para ella. No había sufrido. Al parecer la habían golpeado por detrás porque yacía con los brazos abiertos y con la pelvis algo ladeada. Tenía los ojos entornados, el color verde luminoso parecía desapacible ahora. El pelo rubio parecía gris en manos de la muerte. De haber acudido yo a la casa cuando tenía que hacerlo, posiblemente no hubiera muerto; quise disculparme por mi grosería, por el retraso, por estar enferma, por llegar demasiado tarde. Quise cogerle la mano para devolverla a la vida, pero era absurdo y de pronto caí en la cuenta: si hubiera llegado a tiempo, tal vez hubiera muerto también yo.

Recorrí la estancia con la mirada, prestando atención a todo. La alfombra era de pelo y estaba gastada por el uso, era pues improbable que en ella hubiese huellas de zapatos. Fui a la ventana de la fachada y arreglé las cortinas para estar segura de que no se veía nada desde fuera, ya que las luces estaban ahora encendidas. Hice otro recorrido rápido, fijándome esta vez en los detalles. La cama estaba sin hacer. El cuarto de baño estaba lleno de toallas húmedas. La ropa sucia se salía de la cesta. En el borde de la bañera había un cenicero con varias colillas decapitadas, dobladas y aplastadas según su costumbre, como había tenido ocasión de ver con mis propios ojos. El apartamento constaba básicamente de sólo tres estancias nada más: la salita, con la mesa de comedor junto a las ventanas, la cocina y el dormitorio. Los muebles parecían guardar el orden del camión de mudanzas y supuse que pocos serían suyos. Todo el desorden que se advertía en la casa —platos en el fregadero, la basura sin sacar— parecía deberse a la difunta. Eché un vistazo a los papeles que había debajo del teléfono: facturas y notificaciones atrasadas. Por lo visto, su afición al caos económico no había cambiado desde su época de Santa Teresa. Lo cogí todo y me lo guardé en el bolsillo de la cazadora.

Percibí de nuevo el ruidito metálico y volví al cuarto de baño para observar a aquel animalejo insensato. Era pequeño y pardo, de ojos rojizos y brillantes, y daba vueltas continuas con más paciencia que un santo, total para no ir a ninguna parte.

—Lo siento —murmuré y las lágrimas me quemaron los labios durante un segundo. Cabeceé. Era una emoción inoportuna y me daba cuenta. El recipiente del agua estaba lleno, pero el plato de plástico estaba vacío. Lo llené de granos verdes, volví junto al teléfono, me puse al habla con la centralita y pedí comunicación con la policía de Las Vegas. En el fondo de la memoria volví a oír la advertencia de Con Dolan. Lo único que me faltaba era que la policía local me retuviera para interrogarme. Al cabo de dos timbrazos oí una voz típica, cascada y atenta.

—Sí, hola —dije. Me temblaba la voz y tuve que carraspear a toda prisa—. Yo..., bueno, hace un rato oí un ruido en el apartamento de mi vecina y ahora no hago más que llamar a la puerta y no responde. Estoy preocupada por si le ha pasado algo. ¿No podrían venir a comprobarlo?

Mi interlocutor parecía aburrido y fastidiado, pero apuntó la dirección de Sharon y dijo que enviaría a alguien.

Consulté el reloj. Llevaba en el apartamento menos de treinta minutos, pero ya era hora de marcharse. No tenía ganas de que sonara el teléfono. No tenía ganas de que nadie llamara a la puerta inesperadamente. Me dirigí a la parte trasera, apagando luces a mi paso, involuntariamente atenta a cualquier ruido que delatara la presencia de alguien. No podía perder tiempo.

Miré a Sharon. No me gustaba abandonarla así, pero me parecía absurdo esperar. No quería que me relacionaran con su muerte y no tenía ganas de vagabundear por Las Vegas en espera de las preguntas del juez. Y desde luego no quería que Con Dolan supiese que había estado allí. Tal vez la había matado la Mafia, tal vez algún chuloputas, tal vez el hombre del casino que le había mirado con anhelo mientras ella contaba los doscientos cincuenta dólares que había ganado aquél. O a lo mejor sabía algo sobre Laurence Fife que al parecer no debía revelar.

Me alejé del cadáver. Tenía los dedos yertos, con gracia, los diez rematados en una uña larga y esmaltada de rosa. Se me encogió el estómago. Yo le había dado un papel con mi nombre y el del motel y ella lo había guardado en un paquete de cigarrillos. ¿Dónde estaba? Miré rápidamente a mi alrededor, con el corazón a cien por hora. No lo vi en la mesa de formica, aunque en ella había un cigarrillo que al parecer se había consumido solo, hasta convertirse en un cilindro perfecto de ceniza. No había ninguna cajetilla en el brazo del sofá, ninguna en la repisa de la cocina. Volví a rebuscar en el cuarto de baño, atenta a los ruidos delatores de la llegada de la policía. Juro que me pareció oír una sirena a lo lejos y experimenté un retortijón de alarma. Mierda. Tenía que encontrar la nota. En la papelera del lavabo había muchos pañuelos de papel, un envoltorio de jabón, colillas viejas. Ningún paquete de cigarrillos en la mesita de noche. Ninguno en el tocador. Volví a la salita y contemplé el cadáver con malestar. La bata de rayón verde tenía dos bolsillos grandes. Apreté los dientes y me puse en guardia. El paquete estaba en el bolsillo derecho, contenía tal vez seis cigarrillos, el papel doblado con mi nombre podía verse bajo el plástico transparente. Me lo guardé a toda velocidad en el bolsillo de la cazadora.

Apagué las luces restantes, me deslicé hasta la puerta trasera y la entreabrí. Oí voces peligrosamente cerca. La tapa de un cubo de basura resonó en el apartamento de mi derecha.

—Tienes que ir a decirle al administrador que a la vecina se le ha fundido la bombilla —dijo una mujer, y parecía como si la tuviera a mi lado.

—¿Y por qué no vas tú y se lo dices *a ella*? —replicó otra voz con algo de fastidio.

—Creo que no está. Las luces están apagadas.

—Sí está. He visto encenderse las luces hace un minuto.

—No hay nadie, Sherman. Todo está a oscuras. Probablemente salió por delante —dijo la mujer. El aullido de la sirena rompía ya los tímpanos con una intensidad oscilante que recordaba a las gramolas.

El corazón me latía tan fuerte que me dolía el pecho. Salí al patio en sombras y no me detuve más que para volver a meter las llaves en la anfractuosidad que había detrás de la regadera de plástico. Esperé no haberme confundido y escondido las llaves de mi coche en su lugar. Dejé el patio, giré a la izquierda y me dirigí hacia la calle. Tuve que hacer un esfuerzo para pasar con indiferencia junto al coche patrulla que se había detenido ya junto a la acera. Abrí la portezuela del coche, entré y eché el seguro a toda prisa, como si alguien anduviera tras de mí. Me quité los guantes de goma. La cabeza me dolía un horror, noté una explosión de sudor frío y que la bilis me subía por la garganta. Tenía que salir de allí. Tragué entre convulsiones. Las náuseas me vencían y tuve que hacer un esfuerzo tremendo para no vomitar. Las manos me temblaban tanto que apenas pude poner en marcha el motor, aunque al final lo conseguí y me alejé de la acera con discreción.

Al pasar ante la entrada del edificio vi que un policía de uniforme se encaminaba hacia la parte trasera del apartamento de Sharon con la mano sobre el revólver de la cadera. Me pareció un tanto teatral para una simple queja doméstica y me pregunté con un escalofrío si no habría llamado otra persona para dar un mensaje más detallado que el mío. Medio minuto más y me habrían pillado en la casa con un montón de explicaciones que dar. La idea no me gustó ni un pelo.

Volví al Bagdad, recogí mis cosas y limpié el lugar de huellas. Me sentía como si tuviera unas décimas de fiebre. Lo que en realidad quería hacer era echarme a dormir envuelta en una manta. Entré en recepción con la cabeza convertida en una fragua. Esta vez estaba de guardia la esposa del encargado. Parecía una ninfa de harén turco, aunque lo de «ninfa» es un decir. Tendría unos sesenta y cinco tacos y la cara arrugada como un mapa, como si en la peluquería la hubieran dejado demasiado tiempo bajo el secador. Llevaba una especie de birrete de raso blanco encima del pelo gris, con un velo que le tapaba provocativamente las orejas.

—Quiero ponerme en ruta de madrugada, a las cinco de la mañana, y me gustaría pagar esta noche —dije.

Le dije cuál era el número de mi cuarto, rebuscó en el fichero y extrajo mi ficha. Me sentía nerviosa, inquieta, enferma y con ganas de ponerme en camino. Pero tuve que esforzarme por parecer desenvuelta e indiferente ante aquella mujer que se movía a cámara lenta.

—¿Adónde va? —preguntó por decir algo mientras tecleaba cantidades en la calculadora. Se equivocó y tuvo que empezar otra vez.

—A Reno —dije, mintiendo de manera automática.

—¿Hubo suerte?

—¿Qué?

—Que si ha ganado mucho.

—Pues no ha estado mal, no ha estado mal —dije—. En realidad estoy sorprendidísima.

—No todos pueden decir lo mismo —comentó—. No se le ocurrirá poner ninguna conferencia antes de irse, ¿verdad? —Me lanzó una mirada penetrante.

Negué con la cabeza.

—Me voy a meter en el sobre inmediatamente.

—Por su aspecto no le vendría mal dormir un poco —dijo. Fichó la tarjeta de crédito junto con el talón, que firmé, y me quedé con la copia.

—No he utilizado los cupones de cincuenta dólares —dije—. Quédeselos si quiere.

Metió en el cajón los cupones sin decir palabra.

Al cabo de unos minutos, como por ensalmo, me encontraba en la Nacional 93, rumbo al sureste, a Boulder City, donde tomé la 95, en dirección sur. No tuve más remedio que descansar cuando llegué a Nedles. Localicé un motel barato, me registré, volví a meterme bajo las frazadas y dormí diez horas seguidas. Incluso en brazos de Morfeo sentí un terror sin nombre por lo que se había puesto en movimiento y también una necesidad tan absurda como acuciante de disculparme ante Sharon Napier por el papel que había jugado en su muerte.

14

Por la mañana ya volví a sentirme como nueva. Desayuné por todo lo alto en un pequeño restaurante situado enfrente del motel, al otro lado de la carretera, y acompañé el bacon, los huevos revueltos y las tostadas de pan de centeno con zumo natural de naranja y tres tazas de café. Llené el depósito del coche, hice que comprobaran el aceite y volví a ponerme en camino. Después de haber estado en Las Vegas, conducir por el desierto era un placer. Había espacio libre por todas partes y el color dominante, un morado azulenco muy claro recubierto de una pátina de polvo fino, no ofendía la vista. Bajo un cielo azul y sin nubes, las sierras parecían terciopelo arrugado, las faldas montañosas de un gris marengo con vetas. Había algo fascinante en aquel territorio aún sin conquistar, kilómetros y kilómetros sin un solo anuncio de neón. La población se reducía a la rata de abazones, a la ardilla terrestre, y a la zorra y el lince, que viven en los cañones rocosos. A noventa por hora no podía ver la fauna aunque había oído croar a las ranas trepadoras incluso mientras dormía, y en aquellos instantes imaginé las charcas de arcilla y cascajos llenas de lagartos amarillentos y escolopendras, animalejos que para adaptarse al medio tienen que administrar la humedad con cuentagotas y huir del sol cuando aprieta. En el desierto se ven hormigas sombrilleras, que cortan hojas, las transportan sobre la espalda como si fuesen paraguas y las almacenan después, también formando sombrillas playeras, en las galerías subterráneas en que viven. La imagen me hizo sonreír y con gran denuedo me abstuve de pensar en la muerte de Sharon Napier.

Encontré a Greg Fife en las afueras de Durmid, en la orilla oriental del lago Salton Sea, en un pequeño remolque de color gris y jorobado. Me había costado un buen rato dar con él. Gwen me había dicho que vivía en su barca, pero la barca estaba fuera del agua para su reparación y Greg se hospedaba temporalmente en un remolque de aluminio que parecía un escarabajo pelotero. Todo en el interior era empotrado: una mesa plegable que se enganchaba en la pared, un banco almohadillado que hacía las veces de cama, una silla de director de cine que impedía acceder al fregadero, un retrete químico y un hornillo portátil. Abrió dos botellas de cerveza, que había cogido de una nevera del tamaño de una caja de zapatos y que estaba incrustada bajo el fregadero.

Me ofreció el banco almohadillado tras desplegar la mesita entre los dos. No tenía ésta más que una sola pata en que apoyarse. Me sentí emparedada y sólo conseguí estar cómoda sentándome de lado. Greg utilizó la silla de lona, que echó hacia atrás para poder observarme mientras yo le observaba a él. Se parecía mucho a Laurence Fife: pelo lacio y castaño oscuro, cara cuadrada, recién afeitada y de cutis suave, ojos negros, cejas altaneras, mandíbula cuadrada. Parecía menor de veinticinco años, aunque su sonrisa tenía el mismo dejo de arrogancia que recordaba haber visto en su padre. Estaba muy bronceado, con los pómulos quemados casi. Era delgado, ancho de espaldas y estaba descalzo. Llevaba un jersey rojo de algodón y cuello alto y pantalón recortado, de pernera deshilachada. Tomó un sorbo de cerveza.

—¿Crees que me parezco a él?

—Sí —dije—. ¿Te molesta?

Se encogió de hombros.

—Ahora no me importa mucho —dijo—. Pero no nos parecíamos en nada.

—¿Y eso?

—Oh, Dios mío —exclamó en son de burla—, dejémonos de rodeos y vayamos a lo que importa, ¿quieres?

Sonreí.

—Nunca sé comportarme.

—Tampoco yo —dijo.

—¿De qué quieres que hablemos en primer lugar? ¿Del tiempo?

—Déjate de historias —dijo—. Sé por qué has venido, de modo que ve al grano.

—¿Te acuerdas mucho de aquella época?

—Si puedo evitarlo, no.

—Pero de los psiquiatras sí te acuerdas —insinué.

—Los visité para complacer a mamá —dijo y esbozó una ligera sonrisa, como si reconociera que decir «mamá» resultaba demasiado infantil para la edad que tenía.

—Trabajé para tu padre en un par de ocasiones —dije.

Fingiendo desinterés, se puso a raspar una etiqueta con la uña del pulgar. Me pregunté qué le habrían contado de su padre y, movida por un impulso, resolví no defender póstumamente a Laurence Fife para no parecer condescendiente o hipócrita.

—Me han dicho que era un cabrón de cuidado —dije.

—Me importa una mierda —dijo Greg.

Me encogí de hombros.

—No creo que fuese tan detestable. Conmigo se portó bien. Me pareció hombre complicado y no creo que intimara con mucha gente.

—¿Intimó contigo?

—No —dije. Me removí un tanto en el asiento—. ¿Cómo te caía Nikki?

—No muy bien.

Sonreí.

—Si sigues dándome respuestas breves acabaré aprendiéndomelas de memorias —dije. No picó. Estuve un rato dándole a la cerveza y al final me quedé con la barbilla apoyada en la mano cerrada. A veces, cuando trato de obtener información de personas que no están en vena, puedo acabar hasta las narices—. ¿Por qué no levantas la mesa y salimos? —dije.

—¿Para qué?

—Para tomar el aire, joder, ¿qué te has creído?

Emitió una risa breve y repentina y apartó las largas piernas cuando me levanté del banco.

Le había hablado de un modo tan cortante que hasta yo estaba sorprendida, pero es que me cargan los que van de listos, o de cabreados, o de cautos, o de silenciosos. Quería respuestas sinceras y claras, y muchas además. Y quería una relación basada, aunque sólo fuera por una vez, en una especie de intercambio, y no tener que estar manipulando y transigiendo siempre con los demás. Anduve sin rumbo fijo, Greg detrás de mí, para ver si se me iba un poco el calor. Sabía que no era culpa suya y en cualquier caso desconfío de mí misma cuando me hago la incomprendida y la justa.

—Lamento haberte tratado con brusquedad —dije.

El remolque estaba a unos doscientos metros de la orilla. Había por allí algunos remolques más grandes, todos de cara al lago, semejantes a un grupo de bestezuelas extrañas que se hubieran arrastrado hasta el agua para beber. Me quité las zapatillas de lona, hice un nudo con ambos juegos de cordones y me las colgué del cuello. El oleaje de Salton Sea oscila entre la calma y la inmovilidad absoluta, como un océano totalmente desbravado. El agua no trasluce vegetación alguna y casi ningún pez. Esta circunstancia da a la orilla un aspecto chocante, como si se hubiese calmado y llamado al orden a las mareas, y hubiera desaparecido la vida en todas sus manifestaciones. Lo que queda es un paisaje que nos parece familiar, aunque está imperceptiblemente cambiado, como un atisbo de futuro en el que el paso del tiempo ha alterado algunas leyes de la naturaleza. Me llevé a la lengua un dedo humedecido. Tenía un sabor a sal muy intenso.

—¿Es agua del océano?

Greg sonrió, indiferente al parecer a mi estallido de hacía un momento. Parecía ahora más cordial.

—Si quieres una lección de geología —dijo—, te la daré.

—Era la primera vez que percibía un dejo de entusiasmo en su voz.

—Desde luego.

Cogió una piedra y la utilizó como una tiza para dibujar un mapa tosco en la arena húmeda.

—Esto es la costa californiana y aquí está la baja California. Aquí está Méjico. En el vértice mismo del golfo de California se encuentra Yuma, más o menos al sureste de aquí —dijo mientras señalaba—. El río Colorado traza aquí una curva y sube hasta más allá de Las Vegas. Esto es la presa de Hoover. Sigue subiendo por aquí, se introduce en Utha y luego en Colorado, pero podemos saltarnos esta parte. Ahora bien —dijo, tirando la piedra y poniéndose a dibujar con el dedo, mientras alzaba los ojos para ver si le escuchaba—. Esta zona de aquí se llama Hoya de Salton. Se encuentra aproximadamente a ochenta y cinco metros por debajo del nivel del mar. Si no fuera porque el río Colorado forma aquí una especie de dique natural, hace años que el agua del golfo habría invadido la Hoya de Salton, hasta Indio. A mí, ¿sabes?, se me ponen los pelos de punta cuando pienso en ello. En cualquier caso, Salton Sea se formó a partir del río Colorado y por tanto al principio contenía agua dulce. El río se desbordó en 1905, hubo una riada y en el curso de dos años se vertieron miles de millones de litros de agua. Al final pudo contenerse la inundación con diques de piedra y matojos. La sal, que poco a poco ha ido saturando el agua, data sin duda de tiempos prehistóricos, cuando toda la zona estaba sumergida. —Se puso en pie y se frotó las manos para quitarse la arena húmeda, satisfecho al parecer de su breve explicación.

Echamos a andar, él por la parte de la orilla, yo vadeando el agua con los pies descalzos. Hundió las manos en los bolsillos traseros.

—Siento haberme portado como un gilipollas —dijo con desenfado—. Me están carenando la barca y estaba de mal humor. No tenía ningunas ganas de quedarme en tierra.

—Pues parece que se te ha pasado en seguida —dije.

—Es porque dijiste «joder». Me da no sé qué cuando una mujer lo dice. Tú en particular. Es lo último que esperaba que dijeras.

—¿Y qué sueles hacer aquí? —le pregunté—. ¿Pescar?

—Un poco. También navego mucho. Y leo. Y bebo cerveza. Y hago el vago.

—Yo me volvería majara.

Se encogió de hombros.

—Como yo empecé estando majara, ahora estoy cada vez más sano.

—Tú no estabas «majara» precisamente —dije.

—No de un modo oficial.

—¿De qué modo entonces?

—Por favor, no me lo hagas repetir —dijo con dulzura—. Me aburre hablar de mí mismo. Pregúntame cualquier otra cosa. Tres preguntas. Como los deseos mágicos.

—Para limitarme a tres preguntas nada más, mejor me vuelvo a casa —dije, aunque en el fondo estaba deseando seguirle el juego. Le miré con fijeza. Ya parecía menos su padre y más él mismo—. ¿Qué recuerdas del período inmediatamente anterior a su muerte?

—Eso ya me lo has preguntado.

—Sí y fue entonces cuando te pusiste como un cardo borriquero. Te explicaré por qué quiero hacerte preguntas. Tal vez te sirva. Me gustaría reconstruir los hechos inmediatamente anteriores a su muerte. Digamos retroceder hasta seis meses antes de que lo mataran. Lo digo porque quizás estuviera metido en alguna contienda, una contienda dentro de la ley, una rivalidad de tipo personal. Puede que mantuviese una pelea con algún vecino por cuestiones de límites de propiedad. Quiero decir que alguien lo mató y tuvo que haber una serie de hechos.

—No tengo ni la menor idea —dijo—. Puedo contarte hechos relacionados con la familia, pero no sé nada más.

—Me basta. Adelante.

—Vinimos aquí aquel otoño. Por eso he vuelto, entre otras cosas.

Quise estimularle con otra pregunta, pero temí que la considerase una de las tres y en consecuencia mantuve la boca cerrada.

—Tenía entonces diecisiete años —prosiguió—. Yo era un papanatas de marca mayor y creía que mi padre era la perfección en persona. Ignoraba qué esperaba de mí, pero como yo ya sabía que no iba a ser muy resultón, me dedicaba a hacer el gilipollas. Me criticaba mucho y me hacía mucho daño, y yo me limitaba a llevarle la contraria. La mitad de las veces besaba el suelo que pisaba, la otra mitad no soportaba ni su sombra. Por eso, cuando murió, perdí toda posibilidad de estar en paz con él. Quiero decir para siempre, ¿entiendes? No sentía ningún interés por sus asuntos, por su trabajo. No hubo manera y por eso me siento atascado. Pensé entonces que si estaba atascado en el tiempo también podía estarlo en el espacio, por eso vine aquí. En cierta ocasión nos acercamos a la playa, él tuvo que volver al coche por no sé qué y recuerdo que me quedé mirándole. Tan sólo mirándole. Iba con la cabeza gacha y sin duda pensaba en cualquier cosa menos en mí. Tuve ganas de llamarle, de hacerle volver para decirle lo mucho que le quería, pero no lo hice, claro está. Así es como lo recuerdo. Todo aquello me hizo mierda.

—¿Estabais los dos solos?

—¿Qué? No, toda la familia. Menos Diane. Estaba enferma y se quedó con mamá. Fue un fin de semana con puente porque el lunes coincidió con la Fiesta del Trabajo. Primero fuimos a Palm Springs a pasar el día y luego vinimos aquí.

—¿Cómo te caía Colin?

—Bien, pero no entiendo por qué la familia entera tenía que orbitar a su alrededor. El chico tenía un problema y a mí me hacía sufrir, pero yo no quería que mi vida estuviese condicionada por su dolencia; lo entiendes, ¿verdad? Hostia, es que habría tenido que contraer una enfermedad mortal para competir con él. Así era yo a los diecisiete años, ¿te das cuenta? Ahora soy un poco más comprensivo, pero entonces no podía enfrentarme a ello. No veía motivo alguno. Papá y yo no fuimos nunca colegas íntimos, pero con él también necesitaba tiempo. Solía fantasear con situaciones que me habría gustado que sucedieran. Yo le contaba algo importante y él me escuchaba en serio. Pero en la realidad sólo hablábamos de tonterías, nada más que de tonterías. Seis semanas después estaba muerto.

Me miró, cabaceó y sonrió con mansedumbre.

—Shakespeare habría escrito una obra de teatro con toda esta historia —añadió—. Yo habría podido interpretar el monólogo.

—¿No te habló nunca de su vida privada?

—Pregunta número tres —observó—. Antes, como quien no quiere la cosa, preguntaste si papá y yo estuvimos solos aquí. Pues bien, no. Nunca me hablaba de nada. Ya te dije que no te iba a ser de mucha ayuda. Así que olvidémonos un rato de este asunto, ¿quieres?

Sonreí, arrojé los zapatos a la arena y me puse a trotar.

—¿Haces *footing*? —le pregunté con la cabeza vuelta.

—Un poco —dijo, poniéndose a mi altura y correteando junto a mí.

—¿Qué pasa aquí cuando se suda? —le pregunté—. ¿Hay forma de lavarse?

—Los vecinos me dejan utilizar la ducha.

—Genial —dije y aumenté la velocidad.

Corrimos sin decir palabra, limitándonos a dejarnos acariciar por el sol, la arena y el calor seco. Una pregunta no dejaba de acosarme. ¿Cómo encajaba Sharon Napier en aquel cuadro? ¿Qué era lo que sabía y que no había vivido lo suficiente para contar? Hasta el momento yo no veía ninguna lógica por ninguna parte. Ni en las muertes de Fife y de Libby, ni en la de Sharon, ocho años después. A menos que estuviese chantajeando a alguien. Volví la cabeza para mirar el pequeño remolque, aún visible y que parecía chocantemente próximo en la extraña perspectiva del llano paisaje desértico. No se veía ni un alma por los alrededores. Ni coches ni el hombre del saco sin saco. Miré a Greg con una sonrisa. Ni jadeaba siquiera.

—Estás en buena forma —le dije.

—Tú también. ¿Cuánto tiempo vamos a seguir así?

—Treinta minutos. Tres cuartos de hora.

Seguimos dándole a las extremidades durante un rato, las pantorrillas se me resentían a causa del suelo arenoso.

—¿Y si te hago yo a ti tres preguntas? —dijo.

—Como quieras.

—¿Cómo te llevabas con tu viejo?

—De fábula —dije—. Murió cuando yo tenía cinco años. Los dos, él y ella. En un accidente de carretera. Cerca de Lompoc. Cayó un pedrusco montaña abajo y reventó el parabrisas. Tardaron seis horas en rescatarme. Mi madre estuvo gimiendo un rato y se calló de pronto. Aún lo oigo a veces, en sueños. No los sollozos. El silencio que siguió. Me crió mi tía, una hermana de mi madre.

Digirió esa información.

—¿Estás casada?

—Lo estuve —levanté dos dedos.

Sonrió.

—¿Dos veces o pregunta número dos?

Me eché a reír.

—Esa es la número tres.

—Eh, eh, para el carro. Eso no vale.

151

—Está bien. Una más. La última.

—¿Has matado a alguien en alguna ocasión?

Le miré con curiosidad. Me dije que era un colofón extraño.

—Podría decirse así. La primera vez que investigué un homicidio tenía veintiséis años. Lo hice por encargo del abogado de oficio. Se trataba de una mujer acusada de matar a sus tres hijas. Las tres menores de cinco años. Les puso esparadrapo en la boca, las ató de pies y manos, las metió en cubos de basura y dejó que se asfixiaran. Tuve que estudiar las fotos satinadas de la policía, formato veinte por veinticinco. Me curó de todo impulso homicida. También de todo deseo de ser madre.

—Dios mío —dijo—. ¿De veras hizo eso aquella mujer?

—Y tanto. Y salió bien parada. Vaya que sí. Se alegó locura temporal. Por lo que sé, es posible que ya esté en libertad otra vez.

—¿Cómo te las apañas para no ser cínica? —preguntó.

—¿Quién dice que no lo sea?

Mientras me duchaba en el remolque de los vecinos pensé en qué otras cosas me podría contar Greg. Estaba inquieta, ansiosa por volver a la carretera. Si llegaba a Claremont al caer la noche, podría hablar con Diane a primera hora de la mañana y volver a Los Angeles después de comer. Me envolví el pelo en la toalla y me vestí. Greg me había abierto otra cerveza y le di unos sorbos mientras esperaba a que él terminase de ducharse. Miré la hora. Eran las tres y cuarto. Greg entró en el remolque, dejó la puerta abierta y cerró el cancel. Aún tenía húmedo el pelo moreno y olía a jabón.

—Se diría que estás a punto de remontar el vuelo —dijo, echando mano de otra cerveza. La destapó.

—Creo que me convendría llegar a Claremont antes de anochecer —dije—. ¿Quieres que le diga algo a tu hermana de tu parte?

—Ya sabe dónde estoy. Charlamos de tarde en tarde, con la frecuencia suficiente para tenernos al tanto de lo que ocurre —dijo. Se sentó en la silla de lona y apoyó los pies en el asiento almohadillado que tenía junto a mí—. ¿Quieres preguntarme algo más?

—Un par de cosas, si no te molesta —dije.

—Dispara.

—¿Recuerdas a qué tenía alergia tu padre?

—A los perros, a la pelusa de gato, a veces tenía fiebre del heno, aunque no sé en qué consiste exactamente.

—¿No era alérgico a ningún alimento? ¿Huevos? ¿Trigo?

Negó con la cabeza.

—Que yo sepa, no. Sólo a lo que flotaba en el aire, polen y cosas por el estilo.

—¿Llevaba consigo sus cápsulas contra la alergia cuando vinisteis aquí aquel fin de semana?

—No me acuerdo. Yo diría que no. Sabía que íbamos a estar en el desierto y el aire suele estar muy limpio aquí incluso al fin del verano y principios de otoño. No nos trajimos al perro. Lo dejamos en casa para que papá no tuviese que traer su medicina y no creo que la necesitase por ninguna otra cosa.

—Creía que el perro había muerto. Me parece que fue Nikki quien me lo dijo.

—Sí, sí, había muerto. En realidad murió mientras estábamos fuera.

Sentí un escalofrío repentino. Había algo raro en aquello, algo anormal.

—¿Cómo os enterasteis?

Se encogió de hombros.

—Al volver —dijo, indiferente al parecer a la exactitud factual—. Mamá pasó por casa con Diane para coger algo, no sé qué. El domingo por la mañana, creo. Nosotros no regresamos hasta el lunes por la noche. El caso es que encontraron a Bruno en la cuneta. Creó que estaba hecho trizas. Mamá ni siquiera permitió que Diane lo viese de

153

cerca. Llamó a los de protección de animales, acudieron y se lo llevaron. Llevaba muerto un tiempo. Todos lo sentimos mucho. Era un animal fantástico.

—¿Era buen guardián?

—El mejor —dijo.

—¿Qué puedes decirme de la señora Voss, el ama de llaves? ¿Qué tal era?

—En mi opinión, muy simpática. Sabía llevarse bien con todos —dijo—. Me gustaría saber más cosas, pero creo que es todo lo que puedo decirte.

Terminé la cerveza, me puse en pie y le di la mano.

—Gracias, Greg. Tal vez tenga que hablar contigo en otra ocasión, si no te importa.

Me besó el dorso de la mano, para hacerse el gracioso, aunque estuve casi segura de que su intención era otra.

—Buen viaje —dijo con simpatía.

Le sonreí con placer inesperado.

—¿Has visto *La reina virgen?** ¿Con Jean Simmons y Stewart Granger? Es exactamente lo que él le dice a ella. El está condenado, creo, o a lo mejor es ella, ya no me acuerdo. A mí me dejó hecha polvo. Mírala si la ponen una noche, a última hora. Yo era una niña y me dejó embelesada.

—Sólo eres cinco o seis años mayor que yo —dijo.

—Siete.

—Es igual.

—Te haré saber lo que averigüe —dije.

—Suerte.

Al alejarme le eché un último vistazo por la ventanilla del coche. Estaba de pie, en la puerta del remolque, y el cancel creaba una nueva imagen, espectral e ilusoria, de Laurence Fife.

---

* *The young Bess* (1953), de George Sidney. *(N. del T.)*

15

Llegué a Claremont a las seis después de cruzar Ontario, Montclair y Pomona, términos municipales sin municipio auténtico y fenómeno característico de California: una serie de avenidas comerciales y un par de hectáreas con casas que adquieren código postal y se convierten en realidades geográficas en el mapa. Claremont es una rareza en el sentido de que se parece a una apacible aldehuela meso-occidental con sus olmos y vallas de madera. En el desfile anual del Cuatro de Julio marchan bandas con instrumentos de juguete, pelotones de niños montados en bicicletas decoradas con papel de seda y un destacamento autoparódico de maridos con bermudas, calcetines negros y zapatos de charol que hacen ejercicios militares con máquinas de cortar césped. Si no fuera por la polución, Claremont, que tiene el monte Baldy como impresionante telón de fondo, podría considerarse «pintoresco».

Me detuve en una gasolinera y desde allí telefoneé al número de Diane que me había dado Gwen. No estaba en casa, pero su compañera de piso me dijo que volvería a las ocho. Me adentré en Indian Hill Boulevard y giré a la izquierda para acceder a Baugham. Mis amigos Gideon y Nell viven a cuatro pasos de allí en una casa que comparten con dos niños, tres gatos y una minipiscina circular. A Nell la conozco desde que era estudiante. Es una criatura de elevada capacidad intelectual y humor retorcido que nunca se sorprende demasiado cuando me presento en su puerta. Esta vez pareció alegrarse y todo, y me senté en su cocina para charlar mientras ella preparaba una sopa. Volví a llamar a Diane después de cenar y quedamos en vernos para comer. Nell y yo salimos después a la terraza, nos desnudamos y nos metimos en la minipiscina con una botella de vino blanco frío y un montón de cosas que contarnos. Gideon retuvo amablemente a los niños en la bahía. Dormí en el sofá aquella noche con un gato encogido contra mi pecho y preguntándome si habría alguna manera de que yo llevase una vida así.

Me reuní con Diane en uno de esos restaurantes de vegetales-con-pan-integral que parecen hechos en serie: mucha madera natural barnizada, plantas colgantes de aspecto lozano, ventanales con visillos y vidrios emplomados, y camareros que no fuman tabaco pero que sin duda aceptan cualquier otra cosa que se les dé. El que nos sirvió era delgado, de pelo ralo y un bigote negro que se mesaba sin parar, y que tomó nota de nuestro pedido con una formalidad que no creo merezca ningún bocadillo de este mundo. El mío fue de bacon con aguacate. El de mi amiga, un «combinado vegetariano» emparedado en pan árabe.

—Me ha dicho Greg que te trató francamente mal cuando fuiste a verle —dijo y se echó a reír. El contenido de su bocadillo comenzó a escurrirse por una grieta del pan árabe y pasó la lengua por encima.

—¿Cuándo hablaste con él? ¿Anoche?

—Sí. —Dio otro bocado sin tomar precauciones y vi cómo se lamía los dedos y se limpiaba la barbilla. Tenía el mismo aspecto aseado de Greg, sólo que con más kilos encima, un pandero ancho empotrado en unos tejanos desteñidos y una inesperada constelación de pecas en la cara. Llevaba el pelo moreno dividido en dos por una raya central, recogido con una ancha tira de cuero que atravesaba una aguja de madera.

—¿Te has enterado de que Nikki está en libertad condicional? —le pregunté.

—Eso me ha dicho mamá. ¿Ha vuelto Colin?

—Nikki se disponía a ir en su busca cuando hablé con ella, hace un par de días —dije. Me esforzaba por mantener entero aquel bocadillo de pan grueso que se abría a cada bocado cuando advertí la expresión de sus ojos. Colin le interesaba. Nikki no.

—¿Has visto a mamá?

—Sí. Siempre me cayó muy bien.

Esbozó una generosa sonrisa de orgullo.

—Papá fue un auténtico cretino del culo por darle la patada para irse con Nikki. Y no es que tenga nada contra Nikki, pero es un poco fría, ¿no te parece?

Murmuré una frase anodina. No parecía prestarme mucha atención, de todos modos.

—Tu madre me dijo que te sometiste a tratamiento psiquiátrico inmediatamente después de morir tu padre —dije.

Imprimió un pequeño baile a los ojos y dio un sorbo al té con menta.

—He estado en tratamiento psiquiátrico durante media vida y la cabeza aún no me rige bien. Es un coñazo. El psiquiatra que tengo ahora dice que tendría que psicoanalizarme, aunque es algo que ya no se hace. Dice que me hace falta entrar en mi parte «oculta». El cree en esas tonterías freudianas. Igual que todos los viejos. Quieren que te tumbes, ¿no?, y que les cuentes tus sueños y fantasías perversas para hacerse pajas mentales a tu costa. Me sometí a una terapia reichiana hace tiempo, pero quedé harta de tanto respirar, jadear y arañar toallas. Lo único que conseguía era deprimirme.

Pegué un mordisco al sandwich mientras asentía como si supiera de qué me estaba hablando.

—Nunca me he sometido a ninguna psicoterapia —murmuré.

—¿Ni siquiera de grupo?

Negué con la cabeza.

—Hostia, entonces tienes que estar realmente neurótica —dijo con gran respeto.

—Bueno, no me muerdo las uñas ni me meo en la cama.

—Probablemente eres del caracterotipo compulsivo, que evita los compromisos y esas zarandajas. Papá era un poco así.

—¿Cómo exactamente? —dije, corriendo un tupido velo sobre la alusión a mi carácter. A fin de cuentas no pasaba de ser una conjetura de aficionado.

—Pues así. Jodiendo siempre a todo el mundo. Greg y yo seguimos cotejando apuntes al respecto. El psico dice que así mantenía alejada la angustia. La abuela le limpiaba el culo y él se dedicó a embadurnar de mierda a los demás, incluidos Greg y yo. Y a mamá. Y a Nikki, y a mogollón de gente. No creo que quisiera nunca a nadie, salvo quizás a Colin. Muy jodido.

Terminó el bocadillo e invirtió unos minutos en limpiarse la cara y las manos. Luego dobló con mucho cuidado la servilleta de papel.

—Greg me dijo que no fuiste a Salton Sea —dije.

—¿Eh? ¿Antes de la muerte de papá? Pues sí. Tenía la gripe, algo horroroso, así que me quedé con mamá. Estuvo genial, una supermadre. Jamás había dormido tanto en mi vida.

—¿Cómo se escapó el perro?

Se puso las manos en el regazo.

—¿Eh?

—Bruno. Greg me dijo que lo atropelló un coche. Me preguntaba quién lo dejaría salir. ¿Estaba en casa la señora Voss mientras la familia se encontraba fuera?

Diane me miró con cautela y desvió la mirada a continuación.

—Creo que no. Me parece que estaba de vacaciones. —Sus ojos se fijaron en el reloj de pared que había a mis espaldas—. Tengo que ir a clase —dijo. La cara se le había coloreado de rosa.

—¿Te encuentras bien?

—Sí. Muy bien —dijo al tiempo que cogía los libros y el bolso. El que tuviera algo que hacer parecía tranquilizarla—. Ah, se me olvidaba. Me gustaría que le dieras algo a Colin, si vas a verle. —Me tendió una bolsa de papel—. Es un álbum que he llenado con fotos que teníamos guardadas en una caja. —Había adoptado de pronto una actitud totalmente pragmática e indiferente, como si no le interesase mucho estar donde estaba. Me dedicó una sonrisa ligera—. Lamento no disponer de más tiempo. ¿Cuánto he de pagar por la comida?

—Ya pagaré yo —dije—. ¿Quieres que te lleve a algún sitio?

—Tengo coche —dijo. De la cara le había desaparecido todo rastro de animación.

—Diane, ¿qué te pasa?

Se dejó caer bruscamente en la silla con la mirada al frente. La voz le había descendido una octava.

—Yo dejé salir al perro —dijo— el día en que se marcharon todos. Nikki me dijo que lo dejara corretear un poco antes de que mamá pasara a buscarme, y lo hice y luego me sentí muy mal. Me acosté en el sofá de la salita para esperar a mamá y cuando tocó el claxon cogí mis cosas y corrí a la puerta. Me había olvidado totalmente del perro. Tuvo que estar vagando por ahí un par de días, hasta que me acordé. Por eso volvimos mamá y yo. Para darle de comer y encerrarlo.

Su mirada acabó por encontrarse con la mía; parecía a punto de echarse a llorar.

—El pobre —murmuró. El remordimiento parecía haberse apoderado de ella—. Fue culpa mía. Por eso lo atropellaron, porque me olvidé de él. —Se llevó una mano trémula a la boca sin dejar de parpadear—. Me sentí muy mal, pero no se lo conté a nadie, sólo a mamá, los demás nunca me preguntaron nada. ¿Lo habrías contado tú? ¿Verdad que no? Todos estaban tan afectados que a nadie se le ocurrió preguntarme nada y yo tampoco dije nada. Nikki me habría cogido manía.

—No creo que vaya a cogerte manía ahora porque atropellaran al perro —dije—. Ocurrió hace años. Ya no tiene importancia.

En sus ojos se dibujó una expresión de animal acorralado y tuve que inclinarme para oír lo que decía.

—Es que entró alguien. Mientras el perro estaba fuera. Alguien entró en la casa y cambió la medicina. Por eso murió papá —dijo. Rebuscó en el bolso un pañuelo de papel, los sollozos sonaron como una sucesión de jadeos rápidos e involuntarios y los hombros se le arquearon de impotencia.

En la mesa contigua había dos sujetos que se la quedaron mirando con curiosidad.

—Dios mío, Dios mío —dijo entre murmullos con la voz crispada por el dolor.

—Vámonos de aquí —dije mientras cogía sus cosas. Dejé en la mesa una cantidad superior al importe de la consumición. La cogí del brazo y la empujé hacia la puerta.

Cuando llegamos al parking ya estaba casi recuperada.

—Vaya, lo siento. Apenas puedo créermelo —dijo—. Es la primera vez que me da un ataque así.

—Eh, tranquila —dije—. No pensé que fuera a afectarte tanto. Desde que Greg lo sacó a relucir, no dejaba de darme vueltas en la cabeza. No tenía intención de acusarte de nada.

—Cuando lo mencionaste creí eran imaginaciones mías —dijo, otra vez con lágrimas en los ojos. Me miró con seriedad—. Pensé que ya lo sabías. Pensé que habías acabado por descubrirlo. De lo contrario no lo habría admitido nunca. Me sentí muy mal por aquello durante mucho tiempo.

—Pero ¿por qué tienes que echarte tú la culpa? Si alguien quería entrar en la casa, habría soltado al perro de todos modos. O lo habría matado de manera que pareciese un accidente. Vamos, que nadie se arriesga a entrar en una casa con un pastor alemán de la hostia que no para de ladrar y gruñir.

—No sé. Tal vez fue como dices. Cabe la posibilidad. Es que era un guardián estupendo. Si hubiera estado en casa, nadie habría podido hacer nada.

Exhaló un largo chorro de aire y volvió a sonarse con el Kleenex húmedo y arrugado.

160

—Yo era muy irresponsable en aquella época. Para colmo, siempre estaban todos encima de mí, y eso no hacía más que empeorar las cosas. No podía decirles nada. Y cuando murió papá, nadie relacionó una cosa con otra, salvo yo, pero entonces no lo podía admitir.

—Oye —dije—, que ya ha pasado, que ya ha terminado todo. No vas a estar torturándote toda la vida por eso. Si lo hubieras hecho adrede, sería distinto.

—Ya lo sé, ya lo sé. Pero el resultado fue el mismo, ¿no? —Su voz subió de volumen y cerró los ojos con fuerza mientras las lágrimas volvían a correrle por las mejillas—. Era un hijoputa, pero yo lo quería muchísimo. Sé que Greg no soportaba que tuviera tantos huevos, pero para mí era fenomenal. No me importaba que anduviera jodiendo a todo el mundo. No era culpa suya. Toda su vida fue víctima de una gran confusión. Lo digo en serio.

Se secó los ojos con el pañuelo de papel arrugado y dio otro suspiro. Trasteó en el bolso en busca de la polvera.

—¿Por qué no te saltas la clase y te vas a casa? —le dije.

—Sería lo mejor —dijo. Se miró en el espejito—. Estoy hecha un asco. No puedo ir a ninguna parte con esta cara.

—Lamento haberte provocado esta reacción. Casi me siento peor que tú —dije con timidez.

—No, no, si no pasa nada. La culpa no ha sido tuya, sino mía. Supongo que ahora tendré que contárselo al psiquiatra. Dirá que al exteriorizarlo me ha producido un efecto catártico. Le encantan esas tonterías. Supongo que ahora lo sabrán todos. Es lo único que me faltaba.

—Oye, que yo te lo haya mencionado ha sido una casualidad. Bueno, en realidad no lo sé, pero no creo que importe a estas alturas. El caso es que si alguien tenía intención de matar a tu padre, lo habría hecho de un modo u otro. Este es un hecho objetivo.

—Supongo que sí. De todos modos, te agradezco que me lo digas. Ya me siento mejor. De verdad. Ni siquiera sabía que lo tenía encondido en algún rincón de la cabeza, pero eso parece.

—¿En serio te encuentras bien ya?

Asintió al tiempo que me sonreía.

Nos despedimos, proceso que duró unos minutos, y se alejó camino de su coche. La observé mientras se alejaba, luego eché en el asiento trasero el álbum de fotos que debía dar a Colin y arranqué. Aunque no me gustó admitirlo, Diane sin duda tenía razón. Si el perro hubiera estado en la casa, nadie habría podido hacer nada dentro. A Libby Glass no la habría librado nadie, ya estuviera el perro dentro o fuera, vivo o muerto. Por fin encajaba una de las piezas del rompecabezas. Por lo visto no tenía excesiva importancia, pero al parecer establecía el momento aproximado en que se entró en la casa, si es que fue así como el asesino efectuó el cambio. Me dio la sensación de que rellenaba mi primera casilla en blanco. Un avance pequeño, pero que hizo que me sintiera satisfecha. Volví a la autopista de San Bernardino y puse rumbo a Los Angeles.

16

Al volver a La Hacienda, entré en recepción para comprobar si había algún recado telefónico. Arlette había tomado nota de cuatro, aunque tres resultaron ser de Charlie Scorsoni. Arlette apoyó un codo en el mostrador mientras masticaba una especie de rosquilla rellena de algo viscoso y de color marrón oscuro.

—Palitos Dietéticos Lineaesbelta —dijo—. Seis calorías por unidad. —Parte del relleno se le pegó a los dientes como si fuera un empaste, se pasó el dedo por las encías y volvió a meterse la goma arábiga en la boca—. Fíjate en la etiqueta. Apuesto a que no hay ningún ingrediente natural en esta porquería. Leche en polvo, grasa hidrogenada, huevo deshidratado y toda una lista de productos químicos y aditivos. Pero ¿sabes una cosa? La comida de verdad no sabe tan bien como la sintética. ¿No lo has notado? Es un hecho científicamente demostrado. La comida de verdad es suave, casi insípida por culpa del agua. Fíjate en los tomates de los supermercados. Saben de un modo deplorable —dijo y sufrió un estremecimiento. Yo quería leer con atención los recados, pero Arlette me lo estaba poniendo difícil—. Juraría que estos productos ni siquiera contienen harina de verdad —añadió—. La gente dice que la comida sintética contiene calorías falsas, pero no seré yo quien prefiera las auténticas. Me gustan las falsas. Así me imagino que no engordo. Ese Charlie Scorsoni no te deja en paz, ¿eh? La primera vez llamó desde Denver, la segunda desde Tucson y anoche desde Santa Teresa. A saber qué querrá. Parece un tío majo.

—Estaré en mi habitación —dije.

—Como quieras, hija, como quieras. Si piensas contestar a las llamadas, me das un toque y te pasaré la conexión.

—Gracias —dije.

—Ah, di tu número de Las Vegas a dos elementos que no quisieron dejar ningún recado. Espero no haber metido la pata. No me dijiste que no diera tu número.

—No, no, has hecho bien. ¿Tienes idea de quiénes eran?

—Macho y hembra, uno de cada —dijo con desenvoltura.

Entré en mi cuarto, me quité los zapatos de una sacudida, llamé al bufete de Charlie Scorsoni y me respondió Ruth.

—Tenía que volver anoche —dijo—. Pero no para venir al bufete. Tal vez esté en su casa.

—De acuerdo. Si no lo localizo allí, ¿querrá decirle que he vuelto a Los Angeles? El ya sabe dónde encontrarme.

—Se lo diré.

—El otro recado era una especie de paga extra. Por lo visto. Garry Steinberg, el contable de Haycraft and McNiece, había vuelto de Nueva York hacía unos días y quería hablar conmingo el viernes por la tarde. Y ya era viernes. Lo llamé, crucé cuatro palabras con él y le dije que iría a verle en menos de una hora. A continuación llamé a la señora Glass y le dije que me personaría en su domicilio poco después de cenar. Quería hacer otra llamada, pero esa precisamente me inquietaba. Estuve sentada un momento en el borde de la cama contemplando el aparato, me dije entonces que a la mierda y marqué el número de mi colega de Las Vegas.

—Hostia, Kinsey —murmuró entre dientes—. No me hace gracia lo que me has hecho. Te pongo sobre la pista de Sharon Napier y horas después me entero de que la han matado.

164

Le expliqué la situación lo más sucintamente que supe, pero no pareció tranquilizarse. Yo tampoco.

—Pudo hacerlo cualquiera —dije—. No sabemos con certeza que la mataran por mi causa.

—Claro, claro, pero tengo que protegerme de todas formas. Imagínate que alguien se acuerda de que estuve haciendo preguntas a propósito de esta mujer y se entera de que se la ha encontrado con una bala en el cuello. ¿Qué pensarías tú?

Me excusé largo y tendido y le pedí que me tuviera al corriente de cuanto averiguase. No pareció entusiasmarle la idea de seguir en contacto. Me desnudé, me puse una falda, medias y zapatos de tacón alto, me dirigí al edificio Avco Embassy y subí en el ascensor hasta la planta undécima. Volvía a sentirme mal a causa de Sharon Napier y la culpa comenzaba a revolverme los intestinos igual que unas cagaleras. ¿Por qué había dejado pasar la hora de la cita? ¿Por qué me había ocurrido precisamente a mí? Sharon Napier sabía algo y, si me hubiera reunido con ella a tiempo, puede que ya tuviera resuelto el caso y no me encontraría en el punto en que me encontraba, es decir, prácticamente en ninguna parte. Volví a recorrer el corral de imitación de Haycraft and McNiece y mientras contemplaba las mazorcas secas de la pared me endilgué otra sarta de reproches.

Garry Steinberg resultó ser un hombre simpatiquísimo. Tenía el pelo castaño oscuro y rizado, ojos de igual color, un pequeño boquete entre los dientes incisivos y le eché unos treinta y pocos años. Mediría uno con setenta y ocho, tenía una carne que parecía fofa y le circundaba la cintura un llamativo michelín.

—Está usted pensando en mi cintura, ¿verdad? —dijo.

Me encogí de hombros con alguna timidez y me pregunté si querría que le hiciese o no algún comentario. Me señaló una silla con la mano y tomó asiento detrás del escritorio.

—Quisiera enseñarle una cosa —dijo levantando un dedo. Abrió el cajón superior de la mesa, sacó una foto y me la tendió. Le eché un vistazo.

—¿Quién es éste?

—Perfecta, esa era justamente la reacción exacta —dijo—. Soy yo. Entonces pesaba ciento cincuenta kilos. Ahora peso cien.

—Dios nos asista —dije y volví a mirar la foto. Caí en la cuenta de que en sus tiempos orondos había tenido un aspecto un poco parecido al que podía tener Arlette si se decidiera a cambiar de atuendo. Me chiflan las fotos de «antes-y-después», soy una fanática incondicional de esos anuncios revisteriles en que se ven mujeres hinchadas como globos y a continuación delgadas como por arte de magia, con un pie delante del otro, como si el adelgazamiento implicara también la resurrección de los encantos y la capacidad para moverse como una modelo. Me pregunté si en California quedaría alguien que no estuviera obsesionado por la propia imagen.

—¿Cómo lo consiguió? —le pregunté al tiempo que le devolvía la foto.

—Gracias a Scarsdale —dijo—. Juro ante Dios que no hay cosa peor en este mundo, pero lo probé. Sólo hice trampa en una ocasión; bueno, en dos. La primera fue cuando cumplí los treinta y cinco. Pensé que con las velitas de cumpleaños tenía derecho a una crêpe de queso graso. Y una noche me descontrolé porque mi novia se enfadó conmigo y me mandó a la porra. Lo que quiero decirle es que cuando pesaba ciento cincuenta no ligaba ni por asomo. Ahora intenta darme la patada y armo una que no vea. Hicimos las paces y todo fue de maravilla. Aún tengo que perder diez kilos más, pero quiero darme un respiro. Mantenimiento puro. ¿Ha probado alguna vez Scarsdale?

Negué con la cabeza en son de disculpa. Comenzaba a

pensar que no había hecho nada en toda la vida. Ni Scarsdale ni terapia.

—Nada de alcohol —añadió—. Es la parte más dura. Con el régimen de mantenimiento se puede tomar un vasito de vino blanco de tarde en tarde, pero nada más. Creo que perdí los primeros veinte kilos por eso. Por renunciar a la priva. Se sorprendería si supiese cuánto engorda.

—Yo diría que le ha sentado muy bien —dije.

—Me siento perfectamente —dijo—. Eso es lo importante. Bueno. Ya basta. ¿Qué quiere saber de Libby Glass? La recepcionista dice que es el motivo de su visita.

Le expliqué en qué andaba yo metida y cómo había acabado por interesarme por las circunstancias de la muerte de Libby Glass. Me escuchó con atención y me hizo alguna que otra pregunta.

—¿Y qué puedo hacer por usted? —dijo al final.

—¿Durante cuánto tiempo estuvo encargada de las cuentas de Laurence Fife?

—Me alegro de que me lo pregunte porque cuando supe que iba a venir me puse a consultarlo. Primero llevamos sus economías personales durante un año. Del bufete de Fife y Scorsoni nos encargamos sólo durante seis meses. En realidad un poco menos. Acabábamos de instalar un ordenador y Libby se encargó de preparar todos los expedientes para informatizarlos. A propósito, era una contable excelente. Muy escrupulosa y muy lista.

—¿Eran buenos amigos usted y ella?

—Muy buenos. Yo era por entonces una ballena con patas, pero me volví loco por ella y acabamos teniendo una relación fraternal, o sea, platónica. No íbamos de marcha. Sólo comíamos juntos una vez a la semana y cosas así. A veces tomábamos una copa después del trabajo.

—¿Cuántas cuentas tenía a su cargo?

—¿En total? Unas veinticinco, tal vez treinta. Era una chica muy ambiciosa y se esforzaba de veras... a pesar de los pesares.

—No entiendo.

Se levantó y cerró la puerta del despacho al tiempo que señalaba intencionadamente hacia la pared del despacho contiguo.

—Mire usted, el viejo Haycraft era un tirano repugnante, el modelo original de todos los cerdos machistas. Libby creía que si trabajaba con ahínco conseguiría un ascenso y un aumento, pero qué va. Y estos tiparracos no son mejores. ¿Sabe cómo conseguí yo un aumento de sueldo? Les amenacé con despedirme. Libby ni siquiera hizo eso.

—¿Cuánto ganaba?

—No lo sé. Podría consultarlo. No todo lo que se merecía, eso se lo puedo asegurar. El bufete Fife y Scorsoni era una buena cuenta, no la más importante, pero sí buena. En su opinión, era una injusticia.

—Entonces trabajó más para Fife que para Scorsoni, ¿no?

—Al principio. Luego fue mitad y mitad, Cuando nos pusimos a gestionar sus asuntos económicos, nuestro cometido principal era reunir información sobre todo lo relacionado con bienes raíces. Por lo que ella contaba, era de lo que más se ocupaba el bufete. El muerto, Fife, se encargó de muchos divorcios turbios y éstos daban muchos beneficios, pero no ocupaban mucho espacio en lo relativo a la contabilidad. Además cobrábamos sus facturas, pagábamos sus gastos, les informábamos sobre los beneficios de la empresa y les hacíamos sugerencias en materia de inversiones. Bueno, no les asesorábamos demasiado entonces en punto a inversiones porque no hacía mucho que eran clientes nuestros, pero ése era nuestro objetivo final. Nos gusta retrasar las cosas hasta ver qué posición ocupan nuestros clientes. El caso es que no puedo darle detalles en este sentido, pero creo que podré responderle a cualquier otra pregunta de carácter general que quiera usted formularme.

—¿Sabe adónde fue a parar el dinero procedente de las propiedades de Fife?

—A los hijos. Se repartió equitativamente entre ellos. No vi el testamento, pero contribuí a establecer las cantidades después de la verificación oficial de aquél.

—¿Y no pasaron a representar a Scorsoni y su nuevo bufete?

—No —dijo Garry—. Lo vi un par de veces después de morir Fife. Me pareció un hombre simpático.

—¿Y hay alguna forma de echar un vistazo a los libros antiguos?

—No —dijo—. Podría usted hacerlo si yo recibiera una autorización escrita de Scorsoni, pero no sé de qué le serviría; a menos que sea usted contable. Nuestro sistema no es muy complicado, pero no creo que lo entienda.

—Seguramente no —dije, mientras pensaba qué otra pregunta podía hacerle.

—¿Le apetece un café? Lo siento, debería habérselo preguntado antes.

—No, gracias. Es igual —dije—. ¿Qué puede decirme de la vida privada de Libby? ¿Sabe si se acostaba con Laurence Fife?

Se echó a reír.

—Le aseguro que no sé nada en absoluto. Había estado liada con un muerto de hambre desde la época del bachillerato, pero me enteré de que había roto con él. Por consejo mío, debiera añadir.

—¿Y eso?

—Vino a pedir trabajo. Yo era el encargado de probar a todos los solicitantes. Sólo tenía que llevar y traer material, pero por lo visto no servía ni para eso. Además era pendenciero y, si quiere que le hable con sinceridad, creo que se drogaba.

—No conservará aún su solicitud, ¿verdad? —pregunté con un ligero pinchazo de emoción.

Se me quedó mirando.

—Esta conversación no está teniendo lugar, ¿me equivoco?

—No se equivoca.

—Veré lo que puedo encontrar —dijo de súbito—. Aquí no es probable que esté. Lo lógico es que esté en los almacenes. Los archivos antiguos se encuentran allí. Los contables somos auténticas hormiguitas. Jamás tiramos nada y de todo dejamos constancia por escrito.

—Gracias, Garry —dije—. No sabe cuánto le agradezco su ayuda.

Sonrió con satisfacción.

—Bueno, mientras estoy allí, puedo buscar el antiguo expediente de Fife. Echarle un vistazo no perjudicará a nadie. Y para responder a lo que me ha preguntado sobre Libby, yo creo que no. No creo que estuviera liada con Laurence Fife. —Miró la hora—. Tengo una reunión.

Nos dimos la mano con cordialidad por encima del escritorio.

—Gracias otra vez —dije.

—Tranquila. Vuelva cuando quiera.

Regresé al motel a las tres y media. Puse una almohada en la silla de plástico, instalé la máquina de escribir en la mesa, que cojeaba, y estuve hora y media pasando mis notas en limpio. Había descuidado mucho el papeleo y había que ponerlo al día. Cuando terminé de redactar el último párrafo, me dolían los riñones y sentía un pinchazo entre las paletillas. Me quité la ropa, me puse el chándal y el calor corporal reactivó el olor del sudor acumulado y de los tubos de escape. Tendría que buscar pronto una lavandería automática. Troté hacia el sur por Wilshire, sólo para variar, y crucé hacia San Vicente a la altura de la Calle 26. Cuando alcancé el andén central de hierba, tuve que cambiar de ritmo y avanzar a pasos largos. Correr duele siempre —dígase lo que se diga—, pero tiene la virtud de hacernos conocer todas nuestras partes corporales. En esta ocasión sentía la queja de los muslos y notaba en las espinillas un ligero dolor del que hacía caso omiso con valerosas zancadas. Gracias a mi valor me gané unas observaciones groseras de dos tíos que iban en una camioneta de reparto. Me di una ducha al volver al motel, me enfundé de nuevo en los tejanos, me dejé caer por un McDonald's y me tomé una hamburguesa Super con queso, patatas fritas y medio litro de Coca-Cola. Se me habían hecho ya las siete menos cuarto. Llené el depósito del coche y puse rumbo a Sherman Oaks.

17

La señora Glass abrió la puerta nada más rozar yo el timbre con el dedo. La salita tenía esta vez un aspecto menos caótico y el taller de costura se había reducido a unas telas pulcramente dobladas sobre un brazo del sofá. No vi a Raymond por ninguna parte.

—Ha pasado un mal día —me dijo—. Lyle pasó por aquí al salir del trabajo y entre los dos lo metimos en la cama.

Hasta el televisor estaba apagado y me pregunté a qué se dedicaría aquella mujer por las noches.

—Las cosas de Elizabeth están en el sótano —murmuró—. Voy por la llave de nuestro trastero.

Regresó al cabo de unos instantes y la seguí hasta el pasillo. Giramos a la izquierda, rebasamos la escalera y nos detuvimos ante la puerta del sótano, que estaba en la pared de la derecha. La puerta estaba cerrada con llave, la abrió y accionó el interruptor situado en lo alto de las escaleras. Percibí el olor rancio y seco de las persianas viejas y de las latas medio vacías de pintura. Bajamos por el estrecho conducto, yo a dos peldaños de la señora Glass, que daba una brusca vuelta hacia la derecha. Desde el descansillo entreví un suelo de hormigón y montones de cajas de madera que llegaban hasta el techo, que era de escasa altura. Había algo allí que no encajaba, pero eso sólo se me confirmó cuando tuvo lugar la explosión. La bombilla del descansillo saltó hecha pedazos, nos roció con una lluvia de finas partículas de vidrio y el sótano quedó sumido en tinieblas al instante. Grace dio un grito, la sujeté y tiré de ella hacia arriba.

Perdí el equilibrio y la mujer cayó sobre mí. Tenía que haber una puerta que comunicase directamente con el exterior, porque oí crujir la madera, un portazo y el rumor de quien sube peldaños de cemento de dos en dos. Me libré del peso de Grace, tiré de ella escaleras arriba, la dejé en el pasillo, salí corriendo hacia la parte delantera de la casa y bordeé el edificio. Habían dejado un cortacésped en mitad del sendero, tropecé en la oscuridad, caí de bruces y me deshice en maldiciones violentas mientras me ponía en pie. Alcancé la parte trasera, agazapada en todo momento y con los latidos del corazón atronándome los oídos. Estaba oscuro como boca de lobo y sólo en aquel momento comenzaban mis ojos a acostumbrarse a las tinieblas. Un motor se puso en marcha en una calle contigua y a continuación oí un chirrido de neumáticos y un rápido cambio de velocidad. Retrocedí con cautela, pegada al edificio ya, y sin oír otra cosa que el menguante rugido de un coche que se le alejaba velozmente. Tenía la boca seca. Estaba empapada en sudor y sentí un escalofrío de efecto retardado recorriéndome todo el cuerpo. Me dolían las palmas pues la grava me había perforado la piel. Fui a buen paso hasta mi coche, cogí la linterna y me guardé la pequeña automática en el bolsillo de la cazadora de nailon. No creía que se hubiese quedado nadie por allí, pero ya estaba harta de sorpresas.

Grace se había sentado en el umbral de la puerta con la cabeza apoyada en las rodillas. Temblaba de pies a cabeza y empezaba a gimotear. La ayudé a incorporarse y le abrí la puerta de la casa para que entrara.

—Lyle sabía a qué tenía que venir yo hoy, ¿verdad? —le espeté. Me dirigió una mirada de dolor y súplica.

—No puede haber sido él. No me haría una cosa así —gimoteó.

—Su fe me conmueve, señora —dije—. Siéntese. Volveré en seguida.

Volví a las escaleras del sótano. El haz luminoso de la linterna rasgó la oscuridad. Al pie de las escaleras había otra bombilla y tiré del cordón. La luz pobre y raquítica de la bombilla oscilante trazó un arco amarillento que fue acortándose hasta reducirse a un punto. Apagué la linterna. Identifiqué el cuarto trastero de la señora Glass: lo habían abierto a golpes y el candado pendía inútil del listón de la puerta. Las cajas de cartón estaban rotas y abiertas y el contenido formaba una revuelta alfombra que tuve que ir vadeando. En todas las cajas que se habían vaciado figuraba el nombre «Elizabeth» escrito esmeradamente con grandes trazos de rotulador. Me pregunté si el intruso habría tenido tiempo de encontrar lo que buscaba. Oí un ruido a mis espaldas y me volví empuñando la linterna a modo de porra.

Un hombre me miraba con desconcierto.

—¿Qué pasa aquí?

—Mierda. ¿Quién es usted?

Era un cuarentón de cara tímida y con las manos en los bolsillos.

—Soy Frank Isenberg, del apartamento tres —dijo en tono de disculpa—. ¿Ha entrado algún ladrón? ¿Quiere que llame a la policía?

—No, aún no. Tengo que hablar antes con Grace. Parece que su trastero es el único que han forzado. Puede que sólo hayan sido los niños —dije con el corazón todavía a cien por hora—. Me ha dado usted un susto de muerte.

—Lo siento. Pensé que a lo mejor necesitaba ayuda.

—Sí, bueno, gracias de todos modos. Si necesito algo, se lo haré saber.

Dio una ojeada al caos reinante, se encogió de hombros y se fue por donde había llegado.

Comprobé el estado de la puerta trasera del sótano. Habían roto el cristal y descorrido el pestillo metiendo la mano. Ni que decir tiene que la puerta estaba abierta de par en par. La cerré y corrí el pestillo. Al girarme vi que

Grace bajaba los peldaños con apocamiento, con la palidez pintada todavía en el rostro. Se sujetó al pasamanos.

—Las cosas de Elizabeth —murmuró—. Han destrozado todas las cajas, todo lo que guardaba.

Tomó asiento en un escalón mientras se frotaba las sienes. En sus grandes ojos oscuros había dolor y confusión, y también algo más que habría jurado era culpa.

—Creo que habría que llamar a la policía —dije, sintiéndome mezquina y preguntándome hasta qué punto ella estaba protegiendo a Lyle.

—¿Le parece necesario? —dijo. Su mirada correteaba indecisa de un punto a otro; sacó un pañuelo y lo oprimió contra su frente como para secarse el sudor—. Puede que no falte nada —dijo con voz esperanzada—. Puede que no se hayan llevado nada.

—Y puede que no lo notemos —dije.

Se puso en pie y se acercó al trastero de su propiedad, contemplando los lamentables montones de papeles, animales de peluche, cosméticos, ropa interior. Se detuvo para coger algunos papeles y ordenarlos. Las manos le temblaban aún, pero no creía que estuviera asustada. En todo caso, sorprendida, y con la cabeza carburando a toda velocidad.

—Supongo que Raymond seguirá durmiendo —dije.

Asintió. Las lágrimas comenzaron a aflorarle a medida que se percataba del alcance del destrozo ocasionado. Me compadecí de ella. Aunque lo hubiera hecho Lyle, se trataba de una canallada, de una agresión contra algo que apreciaba Grace. Ya había sufrido bastante antes de aquello. Dejé la linterna y me dispuse a meter los papeles en las cajas: bisutería, ropa interior, ejemplares antiguos de *Seventeen* y *Vogue*, patrones de vestidos que Libby, probablemente, no había confeccionado nunca.

—¿Le importa que me lleve las cajas para revisarlas esta misma noche? —le pregunté—. Se las devolveré por la mañana.

—Bueno. Es igual. No creo que eso pueda hacer ya ningún mal a nadie —murmuró sin mirarme.

Aquello se me antojó el espíritu del abandono total. Entre todo aquel revoltijo era imposible saber si faltaba algo. Tendría que revisar caja por caja y ver si encontraba algo, aunque no había muchas probabilidades. Lyle, si de él se trataba, no podía haber estado allí mucho tiempo. Sabía que yo iba a volver por los enseres de Libby y Grace le había dicho sin duda a qué hora me iba a presentar. Salvo que le trajera sin cuidado, se había arriesgado mucho. ¿Por qué no había forzado la entrada durante los tres días que yo había estado ausente? Recordé su insolencia y recelé que había querido darse el gustazo de fastidiarme; aunque se le hubiera sorprendido en el intento.

Grace me ayudó a trasladar las cajas al coche, seis en total. Me dije que habría tenido que llevarme las cosas de Libby la primera vez que había estado en la casa, aunque no me imaginaba viajando a Las Vegas con el asiento trasero lleno de cajas de cartón. Pero ahora estarían intactas. Había sido culpa mía, pensé con mal humor.

Dije a Grace que volvería a la mañana siguiente sin falta y acto seguido arranqué. Me esperaba una noche muy larga.

Compré dos termos de café solo al otro lado de la calle, cerré con llave la puerta de la habitación del motel y corrí las cortinas. Vertí el contenido de la primera caja sobre la cama y lo fui clasificando, disponiéndolo en montones. Papeles escolares. Cartas privadas. Revistas. Animales de peluche. Ropa. Cosméticos. Facturas y recibos. Grace, por lo visto, había conservado todo lo que había tocado Elizabeth desde su primer sarampión. Cartillas escolares. Ejercicios escolares. A decir verdad, seis cajas no me parecieron muchas cuando me di cuenta de la infinidad de cosas guardadas. Cuadernos de la universidad. Copias de solicitudes de trabajo. Formularios de la declaración de la renta. Restos y rastros de toda una vida, pero en última instancia nada más que un montón de basura. ¿Quién habría tenido necesidad de volver otra vez sobre aquello? Su espíritu y energía originales habían desaparecido para siempre. Sentí una especie de simpatía por ella, por aquella joven cuyos tanteos, triunfos y pequeños fracasos se encontraban ahora amontonados sobre la cama de un motel vulgar. Yo ni siquiera sabía qué buscaba. Hojeé un diario escrito en quinto curso: la caligrafía era de letra redonda y aplicada, y los actos registrados destacaban por su insignificancia. Imaginé que yo había muerto y que una persona desconocida curioseaba con indiferencia en mis enseres. ¿Qué rastro dejaría yo? Cheques anulados. Informes mecanografiados y archivados. Todo cuanto tenía algún valor, reducido a una prosa funcional. No me preocupaba mucho por mí misma y se reducía prácticamente a cero lo que guardaba o conservaba. Dos certificados de divorcio. A esto se reducía mi herencia. Yo reunía más información sobre los demás que sobre mí, como si espiando la vida ajena esperara descubrir algo sobre la propia. El misterio de mi vida, aún sin explorar ni descubrir, estaba clasificado en ficheros de etiquetación precisa, pero que en el fondo no decían gran cosa. Rebusqué en la última de las cajas de Elizabeth, pero no encontré nada de interés. Cuando terminé, eran las cuatro de la madrugada. Nada. Si alguna vez hubo algo allí, ahora había desaparecido, y volví a enfadarme conmigo misma, reprochándome mi falta de previsión. Era la segunda vez que llegaba demasiado tarde, la segunda vez que una información vital se me escapaba de las manos por un pelo.

Inicié la tarea de rellenar las cajas, repasando y clasificando otra vez los objetos mecánicamente. La ropa en una caja y en los huecos laterales los animales de peluche. Los papeles escolares, los diarios y cuadernos de universidad en la siguiente. Lo clasifiqué todo con el orden más riguroso y obsesivo, como si debiera a Elizabeth Glass algún tipo de servicio por haber hurgado en las grietas ocultas de su vida descontrolada. Sacudía las revistas, sujetaba los libros por el lomo para que las páginas bailasen a su aire. Los montones de la cama se fueron reduciendo. No había muchas cartas personales y aunque me sentía culpable por leerlas, no dejé de hacerlo. Una era de una tía de Arizona. Otra era de una chica llamada Judy, a la que Libby debió de conocer durante la segunda enseñanza. Ninguna parecía aludir a nada íntimo y llegué a la conclusión de que o no se fiaba de nadie o no tenía nada que contar. Mi desengaño rayaba en la frustración. No quedaba ya más que un montón de libros, casi todos en rústica. La chica tenía un gusto del carajo. Leon Uris, Irving Stone, Victoria Holt, Georgette Heyer y un surtido de botones más selectos que supuse procedería de algún curso universitario de literatura general. De entre las páginas de un ejemplar supermanoseado de *Orgullo y prejuicio* se deslizó una carta. Estuve en un tris de meterla en la caja, junto con las demás cosas. Estaba escrita por ambas caras con tinta azul oscuro y apretada letra cursiva. No había fecha. No había sobre. No había matasellos. La cogí por una punta y la leí, sintiendo un hormigueo frío en la base de la columna:

«Elizabeth, cariño,
»te escribo esta carta para que no estés tan sola cuando regreses. Sé que estas separaciones te resultan difíciles y me gustaría conocer algún remedio que aliviase tu dolor. Eres muchísimo más sincera que yo, muchísimo más franca respecto de tus emociones de lo que yo puedo permitirme, pero te amo y no quiero que tengas la menor duda en este sentido. Tienes razón cuando dices que soy tradicional. Soy culpable de cuanto se me imputa, Señoría, pero no soy indiferente al sufrimiento y, aunque a menudo se me ha acusado de ser egoísta, no soy tan desconsiderado como piensas. Me gustaría dedicar algún tiempo a lo nuestro y así estar seguro de que es algo que queremos los dos. Lo que nos

está ocurriendo ahora me parece maravilloso, pero no quiero decir con esto —créeme, por favor— que cambiaría mi vida por ti si llegase el caso. Por otra parte, creo que ambos deberíamos estar convencidos de que somos capaces de superar los engorros y absurdidades cotidianas que plantea la convivencia. En este momento estamos deslumbrados por la intensidad de la relación y lanzarlo todo por la borda y vivir de cualquier manera nos parece muy sencillo, pero no nos conocemos ni muy profundamente ni desde hace mucho tiempo. No puedo sacrificar a mi mujer, a mis hijos, mi trabajo por la pasión del momento, aunque sabes que me tienta. No nos precipitemos, por favor. No puedo decirte con palabras cuánto te amo y no quiero perderte, aunque sé que esto suena a egoísmo. Haces bien en incitarme, pero, por favor, no te olvides de lo que está en juego por ambas partes. Perdona mi reserva si puedes. Te amo. Laurence».

No supe qué pensar. De súbito me di cuenta. No se trataba sólo de que nunca había creído en una posible relación amorosa entre Laurence y Elizabeth. Es que no había *querido* creerlo. Y aún no estaba segura de creerlo, pero entonces, ¿por qué esta resistencia? Resultaba demasiado impecable. Demasiado perfecto. Casaba a la perfección con lo que yo sabía ya del caso y sin embargo no dejaba de mirar la carta, que volvía a leer mientras la sostenía con cautela por un pico. Me recosté en la cama. ¿Qué me pasaba? Estaba muerta de cansancio, sabía que había trabajado demasiado durante los últimos días, pero algo tiraba de mí, y no estaba segura de que tuviera tanto que ver con la carta cuanto conmigo misma, con mi naturaleza: alguna vibración quisquillosa y autoesclarecedora que luchaba con denuedo por no admitir. O la carta era auténtica o no lo era, y eso podía averiguarse. Me incorporé de mala gana. Cogí un sobre grande y metí dentro la carta, cuidando de no dejar huellas y pensando ya en Con Dolan, a quien le encantaría porque venía a confirmar sus más obscenas sospechas sobre lo sucedido en la época. ¿Era aquello lo que Sharon Napier había acabado por comprender? ¿Era aquello lo que habría podido confirmarme de haber vivido lo suficiente?

Me eché en la cama sin desnudarme, con los músculos en tensión y el cerebro hecho puré. ¿A quién habría podido chantajear Sharon con aquella información, si de veras estaba en su poder? Ese chantaje tenía que formar parte de los oscuros asuntos en que andaba metida. Y ése tenía que ser el motivo por el que la habían matado. Alguien me había seguido hasta Las Vegas, alguien que sabía que le iba a ver, alguien que sabía que ella podía corroborarme lo que yo no había querido creer. No podía demostrarlo, por supuesto, pero me pregunté si estaría ya tan cerca de la verdad que corriese peligro. Me entraron ganas de irme a mi casa. Me entraron ganas de refugiarme en la seguridad de mi pequeño cubículo. Aún no veía muy claras las cosas, pero ya me faltaba poco. En ocho años no había ocurrido nada y ahora todo volvía a empezar. Si Nikki era inocente, alguien había gozado de total impunidad durante todo el tiempo transcurrido, alguien que ahora corría el peligro de quedar al descubierto.

Durante una ráfaga de segundo volví a ver la expresión de los ojos de Nikki, maldad irracional, rabia violenta. Ella había puesto todo aquello en movimiento. Había que considerar la posibilidad de que Sharon Napier estuviese chantajeándola precisamente a ella, de que Sharon supiese algo que implicase a Nikki en la muerte de Libby. Si Sharon había puesto pies en polvorosa, cabía la posibilidad de que Nikki me hubiese contratado para encontrarla y de que Nikki hubiese suprimido la amenaza de un disparo inapelable. También era posible que me hubiese seguido hasta Sherman Oaks para buscar a toda prisa entre las pertenencias de Libby cualquier cosa que pudiera relacionar a Libby con Laurence Fife. Faltaban algunas piezas aún, pero ya aparecerían; quizás entonces todo adquiriera sentido. Suponiendo, claro está, que yo viviera lo suficiente para enterarme...

18

Me levanté de la cama como pude a las seis en punto de la mañana. No había pegado ojo. La boca me sabía a demonios y me lavé los dientes. Me duché y me vestí. Tenía unas ganas locas de correr, pero me sentía demasiado frágil y vulnerable como para recorrer San Vicente a aquella hora. Hice el equipaje, guardé la máquina de escribir y metí las páginas del informe en el maletín. Coloqué otra vez en el coche las cajas de cartón, junto con mis bultos. Había luz en recepción y vi que Arlette cogía unos Donuts bañados en miel de una caja de pastelería y los disponía en una bandeja cubierta por una campana transparente. El agua del insípido y asqueroso café soluble ya se estaba calentando. Cuando entré se lamía el azúcar que se le había pegado a los dedos.

—Chica, madrugas más que las gallinas —dijo—. ¿Quieres desayunar?

Negué con la cabeza. Pese a mi inclinación por la comida sintética, no habría tocado ni un solo Donut bañado en miel.

—No, pero te lo agradezco —dije—. Quiero pagar y marcharme.

—¿Ahora mismo?

Asentí con la cabeza, demasiado cansada para abrir la boca. Tuvo que intuir al cabo que era un mal momento para estar de palique. Me preparó la cuenta y firmé la factura sin molestarme siquiera en sumar las distintas cantidades. Por lo general se equivocaba, pero a mí me traía sin cuidado.

Entré en el coche y puse rumbo a Sherman Oaks. Había luz en la cocina de Grace, a la que me acerqué por el costado del edificio. Di unos golpecitos en la ventana y después de unos instantes apareció en el porche del servicio y abrió la puerta lateral. Vestida con una falda tubo de pana y un suéter de cuello alto, de algodón y color café, parecía encogida y bien perfilada. Me habló en voz baja.

—Raymond no se ha levantado aún, pero si quiere un poco de café, tengo hecho —dijo.

—Gracias, pero he quedado para desayunar a las ocho —dije, mintiendo sin devanarme mucho los sesos. Cualquier cosa que dijera se transmitiría a Lyle y éste no tenía por qué saber mi paradero; ni ella tampoco—. Sólo quería devolverle las cajas.

—¿Encontró algo? —preguntó. Sus ojos se encontraron un instante con los míos y se puso a parpadear, mirando primero al suelo y luego a mi izquierda.

—Demasiado tarde —dije, procurando hacer caso omiso del rubor tranquilizador que le tiñó las mejillas.

—Sí que es mala suerte —murmuró mientras se llevaba una mano al cuello—. Yo, bueno, yo... estoy convencida de que no fue Lyle...

—No tiene importancia —dije. La compadecía a despecho de mí misma—. Lo volví a meter todo lo más ordenadamente que supe. Le pondré las cajas en el sótano, junto al trastero. Supongo que querrá arreglarlo en cuanto le reparen la puerta.

Asintió. Hizo ademán de cerrar la puerta y retrocedí; la vi volver a la cocina deslizándose sin producir ningún ruido con las zapatillas de suela blanda. Me dio la sensación de que había violado su intimidad, de que todo iba a terminar con un feo detalle. Me había prestado toda la ayuda que había podido y a cambio había obtenido muy poco. No pude evitar encogerme de hombros. Nada podía hacer en este sentido. Descargué las cajas del coche en varios viajes y las amontoné en la entrada misma del trastero. Sin darme demasiada cuenta, esperaba encontrarme con Lyle. De día, la luz del sótano era fría y gris, pero aparte de la puerta y la ventana rotas no quedaba el menor rastro del intruso. Al efectuar el último traslado, salí por la parte trasera y sin mucha convicción me puse a buscar colillas aplastadas, huellas ensangrentadas, alguna tarjeta de visita que por casualidad se le hubiese caído el efractor. Ascendí los peldaños de hormigón y miré hacia la derecha, hacia el camino que había tomado el intruso: el césped del patio trasero, la bamboleante cerca de alambre y una zona de matojos. Alcancé a ver la calle contigua, donde tuvo que dejar estacionado el coche. La luz de las primeras horas del día bañaba el lugar con insistencia monótona. Podía oír el tráfico denso de la autopista de Ventura, a rachas visible por entre la arboleda de la derecha. El suelo no era lo bastante dúctil para retener huellas de pisadas. Rodeé el edificio por el sendero de la izquierda y me llamó la atención el que el cortacésped hubiese sido desplazado. Aún tenía las palmas surcadas por los arañazos de varios centímetros que me había provocado la grava al caer y resbalar con las manos por delante. Ni siquiera se me había ocurrido ponerme Bactine y esperaba que no se me gangrenasen, o cogiese el tétanos o cualquier otra infección peligrosa; ya me había prevenido mi tía contra todas ellas cada vez que de niña me despellejaba las piernas.

Volví al coche y enfilé hacia Santa Teresa, deteniéndome en Thousand Oaks para desayunar. Llegué a casa a las diez de la mañana. Me envolví en el edredón, me tumbé en el sofá y pasé casi todo el día durmiendo.

A las cuatro me dirigí a la casa que Nikki tenía en la playa. La había llamado para decirle que ya estaba de regreso y me había invitado a tomar una copa. Aún no sabía cuánto iba a contarle y cuánto me iba a reservar; después de mis últimas y crecientes sospechas quería comprobar la veracidad de mis intuiciones. En todos los casos que investigo hay momentos en que las hipótesis y especulaciones enturbian lo que, guiada por la intuición, pienso que es la verdad.

La casa estaba situada en una punta rocosa frente al océano. Era una propiedad pequeña, de forma irregular y circundada de eucaliptos. El edificio, de madera de cedro que aún conservaba su color natural y cuyos aleros seguían una línea ondulada, semejante al oleaje marino, se hallaba al final de un caminillo flanqueado de geranios rojos y rosados y medio se escondía tras los tejos y laureles. En la fachada había una gran ventana ovalada con un mirador a cada lado; carecían de cortinas. El césped era de color verde claro, las hojas de los arbustos tenían un aspecto tan tierno que casi abrían el apetito, y trozos de corteza de eucalipto se amontonaban como astillas de madera. En parterres desatendidos crecían margaritas blancas y amarillas. En conjunto, el efecto provocado era el de un abandono delicado, como el de un yermo exquisito que se descuidara de forma controlada y contase con el raro atractivo del intenso aroma del océano y el apagado rugido de las olas. El aire era húmedo, olía a sal, y el viento purificaba la hierba azotándola con fuerza. Si la casa de Montebello era funcional, elemental, convencional y sin adornos, ésta era un chalet caprichoso a base de ángulos obtusos, ventanas grandes y madera natural. En la puerta principal había un alto tragaluz de vidrios emplomados, con adornos en forma de tulipán, y el timbre sonaba igual que un carillón.

Nikki apareció al instante. Vestía una túnica verde apio de mangas muy anchas y el talle adornado de espejitos del tamaño de una moneda. Llevaba el pelo recogido y sujeto con una cinta de terciopelo verde claro. Parecía relajada, tenía la ancha frente limpia de arrugas, los ojos grises le rebosaban de luz y la boca, pintada ligerísimamente de rosa, se curvaba hacia arriba como si la animase una felicidad secreta. La languidez que dominara sus modales había de-

186

saparecido y se notaba jovial y llena de energía. Llevaba conmigo el álbum de fotos que me había dado Diane y se lo alargué cuando cerró la puerta a mis espaldas.

—¿Qué es? —preguntó.

—Fotos que Diane ha reunido para Colin —dije.

—Pasa y lo conocerás —dijo—. Estábamos haciendo pan. Recorrí la casa con ella. Las habitaciones carecían de límites precisos. Las estancias se fundían entre sí, unidas por el mismo suelo de madera clara y pulimentada y las alfombras de pelo. Por todas partes había ventanas, plantas y tragaluces. La chimenea irregular de la salita parecía haberse construido con piedras de color pardo que se hubieran amontonado al azar como en la entrada de una cueva. En la pared del fondo, una escalerilla rudimentaria ascendía hasta un desván desde el que se dominaba el océano. Nikki me sonrió con alegría y al pasar dejó el álbum sobre la mesita de la sala.

La cocina, de madera y formica blanca, era semicircular, decorada con lozanas plantas de interior, y sus tres ventanas daban a una terraza: más allá comenzaba el océano, infinito y gris a la luz del atardecer. Colin amasaba pan de espaldas a mí, totalmente concentrado. Tenía el pelo del mismo tono incoloro que Nikki, y tan sedoso como el de ella en los rizos que se prolongaban hasta el cuello. Tenía brazos nervudos y fuertes, manos ágiles, dedos largos. Recogía los bordes de la masa y los apretaba hacia dentro mientras la hacía girar. Parecía hallarse en el umbral de la adolescencia, como si la estatura se le hubiese disparado sin adquirir todavía la típica torpeza de esa edad. Nikki le rozó y él se volvió al instante con una mirada que al acto posó en mí. Sufrí un sobresalto. Sus ojos eran grandes, ligeramente oblicuos, de color caqui, de pestañas oscuras y abundantes; la cara, estrecha, la barbilla afilada y las orejas remataban en una punta delicada que, en combinación con el flequillo que le caía sobre la frente, producía un efecto de picardía y malignidad. Madre e hijo, los dos parecían salidos de un cuento de hadas: frágiles, hermosos y raros. Los ojos de Colin eran apacibles, vacíos, y emitían un destello de inteligencia profunda. He visto la misma expresión en algunos gatos: ojos llenos de sabiduría, ojos distantes y serios.

Cuando me puse a hablar con Nikki, Colin se fijó en nuestros labios, con los suyos entreabiertos y jadeantes, produciendo una impresión extrañamente erótica.

—Creo que acabo de enamorarme —dije y me eché a reír. Nikki me sonrió e hizo una seña a Colin con dedos rápidos y llenos de gracia. Colin me dedicó una sonrisa mucho más adulta que él. Sentí que me ruborizaba—. Espero que no se lo hayas dicho —exclamé—. No tendríamos más alternativa que fugarnos.

—Le he dicho que eres mi primera amiga desde que estoy en libertad. Y también que quieres tomar una copa —dijo, todavía gesticulando con las manos y con los ojos fijos en la cara de Colin—. Casi nunca hablamos tanto por señas. Sólo le estoy haciendo un resumen.

Mientras Nikki abría una botella de vino, contemplé a Colin, que seguía dándole vueltas a la masa. Me dio a entender que me dejaba ayudarle, pero negué con la cabeza porque prefería observar sus manos ágiles mientras en la masa, de un modo casi mágico, se iba formando una corteza blanda. Emitía sonidos roncos e ininteligibles de vez en cuando, al parecer sin darse cuenta.

Nikki me sirvió vino blanco muy frío en una copa de astil delgadísimo y ella se sirvió Perrier.

—Por la libertad condicional —dijo.

—Pareces mucho más relajada —dije.

—Lo estoy. Me siento estupendamente. Es maravilloso estar aquí con él. Lo sigo a todas partes. Me siento igual que un perro de compañía. No me deja descansar.

Movía las manos automáticamente y comprendí que le traducía cuanto me iba diciendo a mí. Como yo no sabía hablar por señas, me sentí torpe y violenta, como si en realidad tuviese cosas que decirle, preguntas que formularle a propósito del silencio que reinaría en el interior de su cabeza. Al igual que en las charadas mudas, Nikki se servía del tórax, los brazos, la cara, de todo su ser, y Colin le respondía con la máxima serenidad. Parecía expresarse con más rapidez que ella, sin premeditación. Nikki se interrumpía en ocasiones, esforzándose por recordar un signo, riéndose de sí misma cuando comunicaba el olvido a Colin. En tales momentos, la sonrisa de éste era comprensiva y afectuosa, y les envidié aquel mundo particular de secretos y autoparodias en el que Colin era el maestro y Nikki la alumna. No podía imaginarme a Nikki con un chico distinto.

Colin puso la masa en el molde, le dio la vuelta una vez para cubrir de mantequilla la superficie blancuzca y luego la tapó con una toalla blanca y limpia. Nikki le indicó que nos acompañara a la salita y allí le enseñó el álbum de fotos. El muchacho se sentó en el borde del sofá y se inclinó hacia adelante con los codos en las rodillas y el álbum abierto ante sí, en la mesita de la sala. No movía ni un solo músculo de la cara, pero lo devoraba todo con los ojos y no tardó en enfrascarse en la contemplación de las fotografías.

Nikki y yo salimos a la terraza. Se estaba haciendo de noche, aunque aún había luz suficiente para crear la ilusión de que hacía calor. Se acercó a la barandilla y contempló el océano que rugía a nuestros pies. Podía haber cabelleras de algas en algunos puntos próximos a la superficie, mechones oscuros que serpeaban a merced de las olas de un verde más claro.

—Oye, Nikki, ¿dijiste a alguien dónde he estado y para qué?

—No, en absoluto —dijo, sobresaltada—. ¿Por qué lo preguntas?

Le conté los acontecimientos de los últimos días: la muerte de Sharon Napier, la conversación con Greg y

Diane, la carta que había encontrado entre las pertenencias de Libby Glass. Mi confianza en ella era instintiva.

—¿La caligrafía era de Laurence?

—Desde luego.

Saqué el sobre del bolso, cogí la carta con cuidado y se la abrí para que la leyera. Le echó un vistazo rápido.

—Es su caligrafía —dijo.

—Me gustaría que la leyeras —dije—. Quiero saber si refleja lo que suponías que estaba pasando.

Volvió a fijarse de mala gana en las hojas de color azul claro; parecía turbada cuando terminó de leer.

—Nunca imaginé que fuera tan serio. No fueron así sus otros líos.

—¿Qué sabes de Charlotte Mercer?

—Es una golfa. Una alcohólica. Me llamó en cierta ocasión. La detestaba. Y ella le detestaba a él. Tendrías que haber oído lo que dijo.

Guardé la carta con cuidado.

—No lo entiendo. De Charlotte Mercer a Libby Glass. Todo un abismo. Creía que era hombre de buen gusto.

Se encogió de hombros.

—Se dejaba seducir con facilidad. Era un vanidoso. Charlotte es una mujer hermosa... a su manera.

—¿Pensaba divorciarse? ¿Fue así como se conocieron?

Negó con la cabeza.

—Teníamos trato social con ellos. El juez Mercer fue en cierto momento una especie de mentor de Laurence. No creo que se enterase del asunto: probablemente habría matado a Laurence. En fin, es el único juez honrado que hemos tenido. Ya sabes cómo son todos.

—Sólo he cruzado con ella unas palabras —dije—, pero no me cabe en la cabeza que sea la persona que busco. Tuvo que ser alguien que sabía dónde me encontraba y no creo que ella pudiera hacerse con esta información. Alguien me siguió hasta Las Vegas. El asesinato de Sharon se calculó con demasiada precisión como para ser una coincidencia.

Colin se situó junto a Nikki y apoyó el álbum abierto en la barandilla. Señaló una foto y dijo algo que no alcancé a descifrar, una sucesión confusa de vocales. Era la primera vez que le oía emitir sonidos más o menos articulados. Para tener doce años, poseía una voz más profunda de lo que me había figurado.

—Es Diane cuando acabó la segunda enseñanza —le dijo Nikki. Colin la miró una instante y señaló la foto con más insistencia. Se llevó el índice a la boca y lo movió con rapidez hacia arriba y hacia abajo. Nikki arrugó el entrecejo.

—¿«Quién» qué, cariño?

Colin señaló un grupo de personas que había en la foto.

—Son Diane, Greg, la madre de Diane y Terri, un amigo de Diane —le dijo, pronunciando distintamente al tiempo que iba señalando a los aludidos.

Colin esbozó una sonrisa de desconcierto. Abrió las manos y se puso el pulgar en la frente y a continuación en la barbilla. Nikki se echó a reír con una expresión tan desconcertada como la del muchacho.

—No, Nana es ésta —dijo, señalando una foto de la página siguiente—. Esa es la madre de Diane, no la de papá. La madre de Diane y Greg. ¿Ya no te acuerdas de Nana? Dios mío, claro que no te acuerdas —se volvió a mirarme—. Murió cuando Colin tenía un año.

Colin emitió unos sonidos guturales que indicaban negación y contrariedad. Me pregunté qué sería de su carácter cuando entrase de lleno en la pubertad. Otra vez el pulgar en la frente y en la barbilla. Nikki me miró otra vez.

—No para de decir que Gwen es la «madre de papá». ¿Cómo podría explicarle que es su ex mujer? —Volvió a gesticular con paciencia.

Colin cabeceó un tanto, repentinamente inseguro. Observó a Nikki durante unos momentos como si esperase más explicaciones. Cogió el álbum y se alejó con los ojos fijos en Nikki todavía. Volvió a hacer señas, ruborizado e incómodo. Por lo visto no quería parecer tonto delante de mí.

—Las veremos todas dentro de un rato —le dijo Nikki por señas mientras me traducía.

Colin se marchó sin prisas por la puerta corredera y cerró el cancel a sus espaldas.

—Disculpa la interrupción.

—No pasa nada —dije—. De todos modos tengo que marcharme.

—Si quieres, puedes cenar con nosotros. He hecho estofado para parar un tren. Sabe de maravilla con el pan de Colin.

—Gracias, pero tengo millones de cosas que hacer —dije.

Me acompañó a la puerta poniendo punto final a nuestra charla de un modo casi inconsciente.

Me instalé ante el volante del coche y durante unos segundos me quedé pensando, desconcertada, en el desconcierto de Colin respecto de Gwen. Había sido extraño. Muy extraño.

19

Cuando volví a mi apartamento, Charlie Scorsoni esperaba sentado en el umbral de la puerta. Me sentía sucia e impresentable y me di cuenta con turbación de cuánto había estado fantaseando sobre nuestro próximo encuentro, un encuentro que en nada se parecía a aquél.

—Por favor, Millhone, no es para tanto —me dijo nada más ver la expresión de mi cara.

Saqué las llaves.

—Lo siento —dije—, pero me ha pillado en el peor momento.

—Ha quedado usted con alguien —dijo.

—No, no he quedado con nadie. Pero estoy hecha una mierda. —Abrí la puerta, encendí la lámpara del escritorio y le hice pasar.

—Menos mal que está de buen humor —dijo mientras tomaba posesión del lugar. Se dirigió a la cocina y cogió la última cerveza que quedaba. Me cabreó aquella familiaridad.

—Escuche, tengo que lavar ropa. No he ido a comprar desde hace una semana. El correo se me ha amontonado y la casa está como una pocilga. Desde que nos vimos no he tenido tiempo ni de depilarme las piernas.

—También le hace falta un buen corte de pelo —dijo.

—Seguro que no. Siempre lo llevo así.

Sonrió al tiempo que cabeceaba.

—Cámbiese. Nos iremos por ahí.

—No quiero irme por ahí. Quiero poner mis cosas en orden.

—Ya lo hará mañana. Hoy es sábado. Apuesto a que siempre pone sus cosas en orden los domingos.

Me quedé mirándole. Era verdad.

—No corra tanto. El sitio donde quiero estar es éste, mi casa. La arreglo. Hago lo que tengo que hacer, duermo toda la noche, cosa que me hace muchísima falta, le llamo mañana y quedamos para vernos por la noche.

—Mañana por la noche tengo que estar en el despacho. He de hablar con un cliente.

—¿El domingo por la noche?

—Es inevitable porque tenemos que presentarnos en el juzgado el lunes por la mañana. Yo también estoy hecho cisco, estuve fuera y volví el jueves por la noche.

Seguí mirándole. Comenzaba a titubear.

—¿Y a dónde iremos? ¿Tendré que vestirme de largo?

—Bueno, con el aspecto que tiene ahora no creo que podamos ir a ninguna parte —dijo.

Me miré la ropa. Llevaba aún los tejanos y la camisa con la que había dormido, pero no estaba dispuesta a ceder tan pronto.

—¿Qué le pasa a mi aspecto? —le pregunté con malicia.

—Dúchese y cámbiese de ropa. Iré a la tienda y, si me hace una lista, le compraré lo que sea. Para cuando vuelva ya estará preparada, ¿no?

—Me gusta comprar personalmente mi propia comida. Bueno, sólo necesito leche y cerveza.

—Entonces la llevaré a un supermercado después de cenar —dijo, subrayando cada palabra.

Fuimos al Ranch House de Ojai, uno de esos restaurantes de buen tono donde el camarero se planta junto a la mesa y recita la carta como si fuera un poema épico.

—¿Pido yo o eso ofenderá a su sensibilidad femenina?

—Adelante —dije, sintiéndome extrañamente aliviada—, prefiero que pida usted. —Mientras conferenciaba con el ca-

194

marero, le observé las facciones a hurtadillas. Tenía la cara enérgica y cuadrada, la línea de las mandíbulas era agradable, la boca carnosa y tenía un hoyuelo en la barbilla. La nariz parecía como si se le hubiese roto y se la hubieran recompuesto con pericia, no dejándole más que una pequeña señal debajo del puente. Las gafas eran de cristales grandes, de un color gris azulado, y tras ellos destacaban unos ojos claros y celestes. Tenía pestañas rojizas, cejas rojizas y un pelo rojizo sin apenas entradas. Las manos eran grandes, grandes los huesos de la muñeca, donde despuntaba un mínimo vello rojizo. Pero aquel hombre respiraba algo más, algo reprimido y oscuro, un efluvio erótico que afloraba a la superficie de vez en cuando y que ya había advertido anteriormente. En ocasiones parecía emitir un zumbido casi audible, como un cable de alta tensión que atravesara con espíritu inexorable la falda de una colina, amenazador y con señales de peligro. Aquel hombre me daba miedo.

El camarero asintió y se alejó. Charlie se volvió hacia mí, con una expresión divertida cuya causa no supe desentrañar. El gato, por lo visto, se me había comido la lengua, pero él simuló no notarlo y se lo agradecí por dentro, ruborizándome ligeramente. Sentía la misma inseguridad que cierta vez en una fiesta de cumpleaños; estaba entonces en sexto curso y de pronto me di cuenta de que todas las demás chicas llevaban medias de nailon mientras yo todavía iba con calcetines blancos.

Volvió el camarero con una botella de vino y Charlie interpretó el ritual de costumbre. Cuando estuvieron llenas las dos copas, rozó el borde de la mía con el borde de la suya sin dejar de mirarme con fijeza. Tomé un sorbo; me sorprendió la exquisitez del licor, frío y claro.

—Bueno, bueno ¿qué tal marcha la investigación? —me preguntó cuando se hubo alejado el camarero.

Negué con la cabeza, tratando de orientarme.

—No quiero hablar de eso —le dije con una sequedad

de la que no tardé en arrepentirme—. No quiero ser brusca —añadí en un tono más dulce—. Lo que pasa es que no creo que sirva de nada hablar de ello. No va muy bien.

—Lo lamento —dijo—. Habrá que esforzarse más.

Me encogí de hombros y le observé mientras encendía un cigarrillo y cerraba el mechero de un manotazo.

—No sabía que fumara —dije.

—De vez en cuando —dijo. Me ofreció la cajetilla y volví a decir que no con la cabeza. Parecía tranquilo, con un total dominio de sí, un hombre elegante y experimentado. Me sentí idiota e incapaz de decir nada, aunque como hablaba de trivialidades tampoco parecía esperar nada de mí. Por lo visto había puesto sus turbinas a una velocidad prudente y moderada y se lo tomaba todo con calma. Eso me hacía tomar conciencia de la tensión con que vivo habitualmente, de ese estado de crispación y nerviosismo puro que me hace rechinar los dientes mientras duermo. A veces me siento tan harta que hasta me olvido de comer y sólo me acuerdo de ello por la noche, y aun así no se trata de hambre sino de una voracidad animal, como si la cantidad y la velocidad pudiesen compensar el desequilibrio. Con Charlie me sentía como si me hubiesen puesto el reloj en hora, reduciendo mi ritmo para estar a tono con el suyo. Cuando apuré la segunda copa de vino di un suspiro y sólo entonces me di cuenta de que me había estado conteniendo, como una serpiente de juguete que está a punto de saltar de una caja.

—¿Se siente mejor? —dijo.

—Sí.

—Estupendo. Comamos pues.

La comida que siguió fue una de las más sensuales que recuerdo: pan natural y tierno, con corteza crujiente de capas múltiples y untado con paté, lechuga aliñada con un vinagre exquisito y lenguado rehogado con mantequilla y guarnecido con uvas verdes muy gruesas. De postre tomamos frambuesas al natural con un pedazo de tarta, y durante todo el tiempo la cara de Charlie, enfrente de la mía, estuvo ensombrecida por aquella especie de cautela, por aquel no sé qué rígido y temible que parecía reprimir y que tiraba de mí a pesar de estar en guardia.

—¿Por qué estudiaste derecho? —le pregunté cuando nos sirvieron el café.

—Por casualidad, creo. Mi padre era un borracho y un inútil, un auténtico cretino. Me pegaba mucho. Aunque no en serio. Más bien como se golpea un mueble con el que se tropieza. A mi madre le pegaba también.

—¿Afectó al concepto que tenías de ti mismo? —tanteé.

Se encogió de hombros.

—Yo creo que me fue útil. Me templó. Gracias a ello supe que no se podía depender de nadie, salvo de uno mismo, una lección que puede aprenderse perfectamente a los diez años. Y me ocupé de mí mismo.

—¿Trabajaste para poder estudiar?

—Continuamente. Conseguía dinero escribiendo en periódicos cosas que otros firmaban, sustituyendo a otros en los exámenes y respondiendo por debajo de la media para que no sospechase nadie. Te sorprendería saber lo difícil que resulta responder equivocadamente para dar el pego. También tuve empleos normales, pero después de ver que media clase conseguía ingresar en la facultad de derecho gracias a mí, me dije que yo también podía hacerlo.

—¿Qué hacía tu padre cuando estaba sobrio?

—Trabajó en la construcción hasta que cayó enfermo. Murió de cáncer después de seis años de sufrimientos. Lo pasó muy mal. Yo era como si no existiese y él lo sabía. ¿Y todo para qué? —dijo mientras cabeceaba—. Mi madre murió cuatro meses después. Creí que se sentiría libre y resultó que echaba de menos los malos tratos.

—¿Por qué derecho administrativo? No parece casar con tu historia. Te imagino más bien haciendo derecho penal o algo parecido.

—Mi padre se fundió todo lo que tenía. Cuando murió

yo no tenía nada, menos que nada. Me costó años pagar las facturas del hospital y todas sus demás deudas. También tuve que cargar con los gastos por la muerte de mi madre, que por lo menos fue rápida, aunque no barata, Dios la bendiga. Y yo me dedico ahora a enseñar a los demás a torear a la administración incluso en la muerte. Muchos clientes míos están muertos, por eso nos llevamos muy bien y me encargo de que sus avaros herederos obtengan más de lo que se merecen. Además, cuando uno es albacea de un tercero, cobra cuando ha de cobrar y nadie le regatea los emolumentos.

—No parece mal negocio —dije.

—No lo es en absoluto —admitió.

—¿Has estado casado?

—No. Nunca he tenido tiempo para esas cosas. Trabajo. Es lo único que me interesa. No me gusta la idea de conceder a otra persona el derecho de exigirme nada. ¿Qué ganaría a cambio?

No pude evitar reírme. Yo pensaba exactamente igual. Se expresaba con ironía y la mirada que me dirigió en aquel momento fue extrañamente erótica, llena de pasión masculina y subyugante, como si dinero, poder y sexualidad estuviesen íntimamente relacionados para él y se estimulasen unos a otros. Por sincero que pudiera parecer, no había en él nada espontáneo, libre o abierto, aunque no se me escapaba que era justamente su no transparencia lo que me atraía. ¿Estaba él al tanto de esta atracción? No era muy claro a la hora de expresar sus sentimientos en un sentido u otro.

Acabado el café, hizo una seña al camarero y pagó la cuenta sin decir palabra. La charla se fue apagando y dejé que feneciera porque volvía a sentirme alerta, reservada, incluso recelosa de él. Recorrimos el recinto del restaurante muy juntos pero sin perder la compostura ni la seriedad. Abrió a puerta y me cedió el paso. Salí. No me hizo ninguna indicación, ni verbal ni de otra naturaleza, y de pronto me sentí desconcertada, temerosa de que la atracción que ejercía sobre mí fuera algo forjado por mi cabeza y no un juego recíproco. Me cogió el brazo para subir un escalón, pero me soltó en cuanto estuvimos en la acera. Me acompañó hasta la portezuela del coche por la que yo iba a entrar, la abrió y me introduje en el vehículo. No se me había escapado ni una palabra de coquetería y me alegraba por ello, aunque seguía sintiendo curiosidad a propósito de sus intenciones. Era un hombre tan práctico, tan distante.

Regresamos a Santa Teresa sin apenas abrir la boca. Me sentía reservada otra vez, no incómoda pero sí desanimada. Al avistar la periferia de la ciudad me cogió la mano como quien no quiere la cosa. Sentí que una corriente de voltaje no muy elevado me hacía vibrar el costado izquierdo. Mantuvo la izquierda en el volante. Con la derecha, sin delicadeza excesiva, me iba rozando los dedos. No había ternura en su actitud. Yo procuraba comportarme con la misma indiferencia que él, me esforzaba por fingir que había otras formas de interpretar aquellos provocativos mensajes eróticos que condensaban el aire y me secaban la boca. ¿Y si me equivocaba? ¿Y si me echaba encima de él como un perro sobre un hueso y resultaba que su gesto había sido solamente amistoso, distraído o impersonal? No podía pensar en nada porque no nos decíamos nada, nada a lo que pudiera reaccionar o aferrarme, nada que me permitiese salirme por peteneras. La respiración se me estaba haciendo jadeante por su culpa. Me sentía como una varilla de vidrio que se frota con un trozo de seda. Me pareció ver por el rabillo del ojo que volvía la cara hacia mí. Le miré abiertamente.

—Oye —dijo con suavidad—, ¿sabes qué vamos a hacer?

Se removió un poco en el asiento y puso mi mano entre sus piernas. Una descarga me traspasó de parte a parte y lancé un gemido sin querer. Se echó a reír sin estridencia, lleno de excitación y volvió a posar los ojos en lo que tenía delante.

Hacer el amor con Charlie fue como envolverme en una máquina cálida e inmensa. No hizo falta que yo hiciera nada. Todo se desarrolló con gran fluidez y naturalidad. No hubo ningún momento de torpeza. Ningún retraimiento repentino, ninguna timidez, ninguna vacilación, ninguna observación previa. Fue como si entre ambos se hubiera abierto un canal de comunicación y la energía sexual fluyera en ambos sentidos sin la menor traba. Hicimos el amor varias veces. Al principio hubo demasiada voracidad, demasiada pasión. Nos abrazamos con ansia, con una intensidad que no admitía la ternura. Nos pegamos el uno al otro como la ola al rompiente y las descargas de placer subían hasta lo más alto para descender a continuación. Todas las emociones y sensaciones eran de acometida, de asalto, de invasión arrolladora, hasta que me penetró con fuerza y se estuvo moviendo hasta que todas mis murallas quedaron reducidas a cenizas y escombros. Se incorporó entonces, apoyado en los codos, me dio un beso largo y dulce y todo volvió a comenzar, sólo que esta vez a su ritmo, a velocidad prudencial, con la lentitud sofocante y paulatina del melocotón que madura en el árbol. Y yo sentí que me convertía en nube, que me transformaba en miel y aceite, y que una serenidad dulcísima se apoderaba de mí igual que un sedante. Nos quedamos inmóviles después, riendo, sudando, jadeando, hasta que me indujo a dormir clavándome a la cama con la fuerza de sus brazos robustos. Lejos sin embargo de sentirme prisionera, me sentí cómoda y segura, como si nada pudiera ocurrirme mientras estuviera junto a aquel hombre, aquel refugio de carne al que estuve abrazada hasta que amaneció sin que me despertara una sola vez.

A las siete noté que me besaba en la frente y luego oí que la puerta se cerraba con suavidad. Cuando desperté, comprobé que se había marchado.

20

Me levanté a las nueve y dediqué el domingo a mis asuntos particulares. Limpié la casa, lavé la ropa, fui al supermercado y por la tarde fui a ver a mi casero, que tomaba el sol en el patio de atrás. Para sus ochenta y un años, Henry Pitts tiene unas piernas asombrosas. También tiene una nariz ganchuda que es una maravilla, una cara aristocráticamente delgada, un pelo blanco de cine y unos ojos azules como las flores de vinca pervinca. El efecto de conjunto es muy sexy, muy electrizante y las fotos en que le he visto de joven no tienen ni punto de comparación. A los veinte, a los treinta, a los cuarenta, la cara de Henry parece demasiado llena, demasiado sin formar. A medida que las décadas pasan, las fotos comienzan a revelar la imagen de un hombre que se hace esbelto, explosivo, y en la actualidad se diría que está totalmente concentrado, como esas sustancias elementales que se hierven para producir un elixir potente.

—Henry —le dije, sentándome en la hierba, junto a su tumbona—, vive usted totalmente dedicado a no hacer nada.

—Pecado y degradación —dijo con complacencia sin molestarse siquiera en abrir los ojos—. Anoche tuvo usted compañía.

—Un ligue de una noche. De esos que tanto preocupaban a nuestras madres.

—¿Y qué tal?

—No pienso decírselo. ¿Cómo es el crucigrama que se ha inventado esta semana?

—Fácil. Palabras compuestas. Prefijos: bi, di, bis, dis. Remo. Ramo. Binario. Cosas así: A ver si sabe ésta: «borrón de imprenta», diez letras.

—No sé, me rindo.

—«Maculatura». Lo dicen los impresores. Un poco fácil, pero encajaba perfectamente. Inténtelo con otra: «equívoco», diez letras.

—Henry, ¿le importaría cambiar de tema?

—«Ambigüedad». Se lo dejaré en la puerta.

—No, ni pensarlo. Esas cosas se le meten a una en la cabeza y luego no hay quien se las saque.

Sonrió.

—¿Ha hecho ya su carrerita?

—No, estaba a punto —dije, poniéndome en pie de un salto. Crucé el patio, me giré para mirarle y le sonreí. Se estaba untando crema bronceadora en las rodillas, teñidas ya de un fabuloso color caramelo. Me pregunté hasta qué punto importaba que nos llevásemos cincuenta años. Pero de pronto me acordé de Charlie Scorsoni. Me cambié de ropa y me puse a correr. Y a pensar en aquel hombre.

El lunes por la mañana fui a Homicidios para ver a Con Dolan. Estaba hablando por teléfono cuando llegué y me senté en su mesa. Había echado la silla hacia atrás, apoyaba los pies en el borde del escritorio y sostenía el auricular entre la oreja y el hombro. Decía «ajá, ajá, ajá», con aire aburrido. Me observó con atención, escrutando cada detalle de mi cara, como si se la estuviera aprendiendo de memoria para cotejarla con un banco de datos atiborrado de fichas de sinvergüenzas. Le devolví la mirada. Había momentos en que distinguía la juventud pretérita en aquella cara, abolsada y curtida ya, con ojeras hinchadas, el pelo aplastado con brillantina y las mejillas fofas a la altura de la mandíbula, como si la carne comenzara a calentársele y a derretírsele. La piel del cuello colgaba en una serie de pliegues rojizos, el último ocultando el borde superior del almidonado cuello de la camisa. Me siento un poco identificada con él en un sentido vulgar que no acabo de definir. Es un hombre duro, impasible, retraído, calculador, cortante. He oído decir además que es un mezquino, pero lo que veo en él es a un hombre muy competente. Conoce su trabajo y no se anda con rodeos y, a pesar de que me las hace pasar canutas siempre que puede, me cae bien, aunque eso no lo admito de buenas a primeras. Advertí que se le aguzaba la atención. Se concentró en lo que le estaban diciendo y el genio comenzó a despertársele.

—Está bien, está bien, y ahora escúchame tú, Mitch, porque yo ya he dicho todo lo que tenía que decir. Ya estamos haciendo el ridículo y no quiero que me jorobes el caso. Sí, lo sé. Sí, es lo que dijiste. Sólo quiero que te quede esto muy claro. Yo di a tu hombre todas las oportunidades que juzgué convenientes, o sea que o colabora o lo devolvemos a su lugar. ¡Sí, diantre, habla con él otra vez!

Dejó caer el auricular desde cierta altura, no exactamente con violencia, sino para subrayar lo que acababa de decir. Se le notaba cansado. Me miró por entre una bruma de irritación. Yo puse el sobre encima de la mesa. El puso los pies en el suelo.

—¿Qué es eso? —dijo con brusquedad. Levantó la solapa, miró el interior y extrajo la carta que había encontrado entre los efectos personales de Libby Glass. Aunque no sabía lo que era, la sostuvo por el borde, sus ojos recorrieron el texto una vez y volvieron a repasarlo con más detenimiento. Acto seguido me dirigió una mirada penetrante. Devolvió la carta al sobre...

—¿De dónde la has sacado?

—La madre de Libby Glass guardaba todas sus cosas. Estaba entre las páginas de un libro de bolsillo. La encontré el viernes. ¿Podría usted comprobar si hay huellas dactilares?

Me observó con frialdad.

—¿Por qué no hablamos antes de Sharon Napier?

Sentí un pinchazo de miedo, pero no titubeé.

—Ha muerto —dije, alargando la mano para recuperar el sobre. El puño de Con cayó sobre él y tuve que apartar la mano. Nos miramos a los ojos con fijeza—. Me lo dijo un amigo de Las Vegas —añadí—. Por eso lo sé.

—Mierda. Tú estabas allí.

—No es verdad.

—A mí no me mientas, maldita sea —me espetó.

Empecé a cabrearme.

—¿Quiere leerme mis derechos, teniente Dolan? ¿Quiere entregarme una notificación oficial de mis derechos constitucionales? Porque la leeré y firmaré, si usted quiere. Luego llamaré a mi abogado y cuando llegue, charlaremos un rato. ¿Qué me dice?

—Llevas dos semanas en este asunto y ya huele a cadáver. No me busques las cosquillas porque te crucifico. Y ahora cuéntamelo todo. Ya te dije que te mantuvieras al margen.

—Pare el carro. Usted me dijo que no me metiera en líos y es lo que he hecho. Me dijo que le gustaría que le echaran una mano para poder demostrar que había una conexión entre Libby Glass y Laurence Fife y ahí la tiene —dije, señalando el sobre.

Lo cogió y lo echó a la papelera. Yo sabía que era puro teatro. Probé otra táctica.

—Vamos, Con —dije—. No he tenido nada que ver con la muerte de Sharon Napier. De ningún modo, forma o manera. ¿Qué se cree? ¿Que llegué corriendo para matar a una persona que podía sernos de ayuda? ¡Usted está chalado! No he estado en Las Vegas en toda mi vida. Fui al Salton Sea para hablar con Greg Fife y si duda de mi palabra, llámele. —Cerré la boca y le miré con intensidad, para dejar que aquella inverosímil mezcolanza de verdades y mentiras atravesara la máscara morena de sus facciones.

—¿Cómo sabías dónde estaba la Napier?

—Porque me pasé día y medio investigando por mediación de un detective de Nevada que se llama Bob Dietz. Después de hablar con Greg iba a ir a Las Vegas. Pero le llamé antes y supe que le habían pegado un tiro. ¿Cómo cree que me siento? Ella podía haberme ayudado a resolver ciertas incógnitas. Ya me está costando lo suyo. Hace ocho años que empezó este caso, ¡déme un voto de confianza, mierda!

—¿Quién sabía que tenías intención de hablar con ella?

—No lo sé. Si trata de decirme que la mataron para que no hablase conmigo, creo que se equivoca, aunque no lo juraría. Por lo que sé, ya estaba metida allí en historias raras. Y no me pregunte por los detalles porque los ignoro. Sólo me dijeron que se estaba metiendo en camisa de once varas.

Se me quedó mirando con fijeza y deduje que había dado en el clavo. Los rumores que mi amigo de Las Vegas me había transmitido coincidían seguramente con lo que al parecer había descubierto la jefatura de policía de allí. Personalmente estaba convencida de que le habían matado para cerrarle la boca, de que el asesino me había seguido y la había sorprendido a tiempo, pero estaban listos si pensaban que iba a formular autoacusaciones. Carecía de objeto y sólo iba a servir para impedirme continuar con la investigación. Pese a todo, el que alguien hubiera informado a la policía de Las Vegas del asesinato no dejaba de inquietarme. Un minuto más en aquel apartamento y me habría visto en un aprieto de órdago que habría dado al traste con mis investigaciones para siempre. Pero por más que lamentara mi papel en la muerte de Sharon Napier, no iba a expiar mi responsabilidad dejándome atrapar por sus secuelas.

—¿Qué más averiguaste sobre Libby Glass? —me preguntó, cambiando el tono de voz al mismo tiempo que el tema.

—No mucho. Por ahora trato de que encajen unos cuantos hechos, pero hasta el momento no he tenido mucha suerte. Si esa carta la escribió realmente Laurence Fife, por lo menos ya tenemos algo claro. Voy a serle franca: Nikki cree que la letra es de Fife, pero yo no estoy tan segura. No las tengo todas conmigo. ¿Me hará el favor de comunicarme si las huellas coinciden?

Dio un golpe de impaciencia a un montón de expedientes que tenía en la mesa.

—Ya veremos —dijo—. No nos gusta que los aficionados metan las narices en nuestros asuntos.

—¿Sabe una cosa? Nunca seremos amigos íntimos —dije, y por un motivo misterioso se le suavizó la expresión un tanto y a punto estuvo de esbozar una sonrisa.

—Lárgate ya —dijo con voz malhumorada.

Me largué.

Cogí el coche, abandoné el centro y bajé a la playa por Anaconda. Hacía un día estupendo, soleado, fresco y con nubarrones suspendidos sobre el horizonte. Por todas partes había barcos de vela que sin duda había fletado la Cámara de Comercio para ofrecer un motivo pintoresco a los turistas que se paseaban por la acera sacando fotos de otros turistas que descansaban sobre la hierba.

Al llegar a Ludlow Beach remonté la colina y luego me desvié por la empinada travesía en que vivía Marcia Threadgill. Detuve el vehículo, saqué los prismáticos y enfoqué su terraza. Todas la macetas estaban presentes y preparadas para pasar revista y con un aspecto más saludable de lo normal. No vi el menor rastro de Marcia ni de la vecina con la que estaba peleada. Me habría gustado que estuviera de mudanza, para fotografiarla trasladando cajas de libros de veinticinco kilos cada una. Creo que hasta me habría contentado con verla salir de la tienda con un par de bolsas grandes, llenas de comida en lata y desgarrándose por la parte inferior a causa del peso. Volví a enfocar la terraza y descubrí que en realidad había cuatro ganchos atornillados en la viga salediza de la terraza superior. Aquel monstruo de planta supergigante colgaba del gancho más próximo a la esquina, pero no había nada en los restantes.

Dejé los prismáticos, entré en el edificio y me detuve en el rellano que había entre las plantas segunda y tercera. Miré por entre los barrotes de la barandilla de la escalera. Si me ponía en la posición idónea, conseguiría con la cámara fotográfica un enfoque precioso de la puerta de Marcia. Resuelto el problema geométrico, volví al coche y me dirigí al supermercado Gateway. Sopesé varias plantas de exterior metidas en macetas de plástico hasta que di con una que me venía como anillo al dedo: doce kilos de tallo robusto del que sobresalían a intervalos unas hojas con fea pinta de espada. Compré también unos metros de cinta de envolver regalos, de un rojo coche de bomberos, y una tarjeta de felicitación con unos versitos sentimentales. Estas operaciones me consumieron un tiempo precioso que yo habría preferido invertir en el caso de Nikki Fife, pero tengo un alquiler que pagar y tenía el prurito de que a La Fidelidad de California le debía por lo menos medio mes.

Recorrí de nuevo el camino hasta la casa de Marcia y me detuve ante la puerta. Preparé la máquina de fotos, abrí el paquetito de las cintas, envolví con ellas la maceta de plástico de un modo coquetón y metí dentro la tarjeta, en la que había garabateado una firma que no iba a descifrar ni su padre. Con la maceta, la máquina de fotos y este sufrido corazón ascendí los inclinados escalones de cemento, entré en el edificio y llegué a la segunda planta. Dejé la maceta junto a la puerta de Marcia y subí al descansillo de arriba, donde gradué el diafragma, comprobé el obturador y ajusté el objetivo. La foto del siglo iba a ser aquello. Una obra de arte. Bajé al rellano inferior, tomé una profunda bocanada de aire, pulsé el timbre de la señorita Threadgill y otra vez escaleras arriba a una velocidad de ensueño. Cogí la máquina y volví a comprobar el objetivo. Mi cronometraje había sido perfecto.

Marcia Threadgill abrió la puerta y se quedó mirando el suelo con sorpresa y desconcierto. Vestía pantalón corto y una de esas blusas sin mangas ni espalda que se atan por detrás; al fondo, Olivia Newton-John berreaba una canción superempalagosa. Titubeé un segundo y espié por encima del pasamanos. Marcia se había inclinado para tomar la tarjeta. La leyó, miró el dorso un instante, volviéndola de nuevo para releer el mensaje del haz mientras se encogía de hombros con perplejidad. Echó un vistazo escaleras abajo por si descubría al responsable de la entrega. Empecé a sacar fotos y más fotos; el zumbido de la cámara de treinta y cinco milímetros apenas se oía a causa del elevado volumen a que había puesto el disco. Marcia retrocedió hasta el umbral, se dobló por la cintura como si tal cosa y levantó el macetón de doce kilos sin molestarse siquiera en flexionar las rodillas, que es lo que suele hacerse en estos casos, según recomiendan todos los profesores de educación física. En cuanto hubo metido en casa la maceta, bajé las escaleras a todo correr, salí a la calle y volví a enfocarla desde la acera en el momento justo en que aparecía en la terraza y apoyaba la maceta en la barandilla. Desapareció. Retrocedí unos metros, acoplé el teleobjetivo a la máquina y me quedé a la espera conteniendo la respiración.

Volvió con lo que sin duda era una silla de cocina. Le saqué otra serie morrocotuda de fotos mientras se subía a ella y, vivir para ver, cogió la maceta por el alambre de sujeción, la alzó hasta la altura del hombro, tensando los músculos hasta que enganchó el lazo del alambre en el garfio de arriba. Fue tal el esfuerzo que la blusa se le subió y aproveché para sacar una foto tremebunda de los pechos enormes que le asomaron. Me volví en el último segundo, me temo, porque me pareció que se giraba para comprobar si alguien había sido testigo de aquella semidesnudez imprevista. Instantes más tarde eché otro vistazo con la mayor indiferencia, pero ya no estaba en la terraza.

Fui a que me revelaran el carrete, asegurándome de que lo fechaban e identificaban con precisión. Aquellas instantáneas no nos iban a servir de mucho, en particular porque no tenía ningún testigo que confirmase mis declaraciones relativas al día, la hora y el lugar, pero por lo menos convencería al director de reclamaciones de La Fidelidad de que no debía abandonar el caso, que era lo máximo que podía conseguirse por lo pronto. Con una autorización suya, volvería con una cámara de vídeo y un profesional y obtendríamos un metraje que se aceptaría como prueba en los tribunales.

Debería haber adivinado que la idea no le gustaría. Andy Motycka tiene cuarenta y tantos años y aún se muerde las uñas. Aquel día la tenía tomada con la mano derecha y hacía esfuerzos denodados por devorar lo que le quedaba en el pulgar. Sólo con mirarle me ponía nerviosa. Estuve esperando hasta que se desgarró un buen pedazo de carne en compañía de un padrastro. Noté que la cara se me contraía a causa de la repugnancia y tuve que desviar la mirada hacia la izquierda, por encima de su hombro. Aún no había llegado a la mitad de mi informe cuando se puso a cabecear en sentido negativo.

—Imposible —dijo sin más—. La tía ni siquiera tiene abogado. Según parece, la semana que viene ha de entregarnos un certificado firmado por el médico. No vale la pena. No quiero complicar más las cosas. Cuatro mil ochocientos dólares no abultan tanto. Recurrir a los tribunales nos costaría diez billetes. Lo sabes, ¿verdad?

—Sí, lo sé, pero...

—No hay peros que valgan. El riesgo es excesivo. Ni siquiera sé por qué quiso Mac que te pusieras a investigar. Mira, sé que te jode, pero ¿qué le vamos a hacer? Si le buscas las cosquillas, contratará inmediatamente a un abogado que lo primero que hará será presentar una demanda y exigir un millón de dólares. Olvídalo.

—Pero volverá a hacerlo —dije.

Andy se encogió de hombros.

—¿Y por esta estupidez me hacéis perder el tiempo? —dije, elevando la voz en son de queja.

—A mí no me lo preguntes —dijo con indiferencia—. Por cierto, pásame las fotos cuando las hayan revelado. Esa tía tiene unas tetas enormes.

—Anda y que te zurzan —dije y me fui a mi despacho.

21

Me esperaban dos mensajes en mi servicio mensafónico. El primero era de Garry Steinberg. Le llamé.

—Hola, Kinsey —dijo cuando me pusieron con él.

—Hola, Garry. ¿Qué tal va todo?

—Bien. Le he conseguido un poco de información —dijo. Deduje por su tono que estaba satisfecho, pero lo que dijo a continuación me cogió por sorpresa—. Esta misma mañana he visto aquella solicitud de trabajo que presentó Lyle Abernathy. Según parece, trabajó un tiempo de aprendiz de cerrajero. Con un viejo llamado Fears.

—¿Cerrajero?

—Exacto. He llamado al viejo esta mañana. Se lo habría pasado usted bomba. Le conté que Abernathy había solicitado un empleo de guardia de seguridad y que estaba comprobando sus referencias. Al principio se anduvo con rodeos, pero al final me confesó que había despedido al chico. Recibía muchas quejas sobre desapariciones de dinero en las casas donde había trabajado Lyle y empezó a sospechar que era un ratero. No lo pudo demostrar, pero tampoco quiso seguir corriendo el riesgo y lo despidió.

—Es magnífico —dije—. O sea que Lyle pudo haber entrado en casa de los Fife en cualquier momento. Y en la de Libby también.

—Así parece. Trabajó con Fears ocho meses y probablemente acumuló información de sobra para intentarlo, a juzgar por lo que dijo Fears. Siempre que no hubiera alarmas antirrobo ni cosas por el estilo.

—El único sistema efectivo de seguridad que había en la casa era un pastor alemán enorme que fue atropellado seis semanas antes de la muerte de Laurence Fife. El, su mujer y los hijos estaban fuera cuando mataron al perro.

—Es increíble —dijo Garry—. En fin, aún no puede demostrar nada, pero por lo menos parece que ha dado con la buena pista. ¿Qué hago con la solicitud? ¿Quiere una fotocopia?

—Se lo agradecería. ¿Qué pasa con las cuentas de Fife?

—Las tengo encima de la mesa y les echaré un vistazo cuando disponga de un minuto libre. Es una montaña de papeles. Pensé que mientras querría saber lo del empleo de cerrajero.

—Le agradezco su ayuda. Coño, ese tío es un pájaro de cuidado.

—Y que lo diga. Vaya, me llaman por la otra línea. Estaremos en contacto. —Me dio el teléfono de su casa por si lo necesitaba.

—Vale usted lo que pesa. Muchas gracias.

El otro mensaje era de Gwen, la de K-9 Korners. Respondió una asistenta y en el tiempo que tardó en ponerse Gwen oí los ladridos y gemidos de los perros.

—¿Kinsey?

—Sí, soy yo. He recibido su llamada. ¿Qué ocurre?

—¿Está libre para comer?

—Un segundo, voy a consultar mi agenda —dije. Pegué la palma de la mano al auricular y consulté la hora en el reloj de pulsera. Eran las dos menos cuarto. ¿Había comido? ¿Había desayunado siquiera?—. Sí, estoy libre.

—Estupendo. Nos encontraremos en el Palm Garden dentro de quince minutos, si le viene bien.

—Sí, muy bien. Hasta ahora.

Acababan de servirme la copa de vino blanco cuando alcé los ojos y vi a Gwen que se acercaba por la terraza:

alta, esbelta y con el pelo gris echado hacia atrás y despejándole la cara. La blusa que llevaba era de seda gris, con mangas largas y anchas recogidas en los puños, y la falda de color gris oscuro realzaba su cintura y caderas envidiables. Era una mujer segura y con estilo —lo mismo que Nikki— y alcanzaba a comprender por qué Laurence Fife se había sentido atraído por las dos. Supuse que Charlotte Mercer había estado cortada por el mismo patrón en la época de Maricastaña: una mujer con categoría, una mujer de buen gusto. Me pregunté si Libby Glass habría envejecido tan bien como ellas de haber vivido. A los veinticuatro años no habría sido tan segura, aunque sí brillante, una persona cuya lozanía y ambición habían tenido que seducir sin duda a un Laurence que se acercaba a los cuarenta. Dios nos libre a todas de la menopausia masculina.

—Hola, ¿cómo estás? —dijo Gwen con animación mientras tomaba asiento. Cogió la servilleta que había junto a su plato y pidió vino cuando la camarera pasó por su lado. Vista de cerca, su imagen era menos dura, los grandes ojos castaños mitigaban la angularidad de los pómulos y el rosa claro de los labios suavizaba la línea resuelta de la boca. Y por encima de todo, sus modales: desenvueltos, inteligentes, femeninos, refinados.

—¿Qué tal los perros? —dije.

Se echó a reír.

—Una porquería. A Dios gracias. Hoy estamos hasta el cuello, pero quería hablar contigo. Has estado fuera.

—Volví el sábado. ¿Me has estado llamando?

Asintió con la cabeza.

—Te llamé al despacho el martes; creo. Tu servicio mensafónico me comunicó que estabas en Los Angeles y traté de localizarte allí. Me respondió una especie de mongólica...

—Arlette.

—Quien fuera. El caso es que anotó mal mi nombre dos veces y colgué.

Llegó la camarera con el vino de Gwen.

—¿Has pedido ya?

Negué con la cabeza.

—Te estaba esperando.

La camarera sacó el cuaderno de pedidos y se me quedó mirando.

—Yo voy a tomar la ensalada de la casa —dije.

—Que sean dos.

—¿Aliñadas?

—La mía con Roquefort —dije.

—La mía con aceite y vinagre nada más —dijo Gwen al tiempo que devolvería las dos cartas a la camarera, que se alejó. Gwen se me quedó mirando—. Creo que no he sido justa contigo.

—¿A qué te refieres?

—A mi antiguo amante —dijo. Las mejillas se le ruborizaron un tanto—. Me di cuenta de que si no te decía cómo se llamaba perderías un montón de horas tratando de averiguar su nombre y que sería como buscar una aguja en un pajar. A primera vista parece más misterioso de lo que es en realidad.

—¿En qué sentido?

—Bueno, es que murió hace unos meses de un ataque al corazón —dijo, recuperando la animación de antes—. Después de hablar contigo quise localizarlo por mi cuenta. Se llamaba David Ray. Era maestro. En realidad era profesor de Greg, así nos conocimos. Pensé que tendría que enterarse de que andabas haciendo preguntas acerca de la muerte de Laurence o, en todo caso, que la curiosidad acabaría por conducirte hasta él.

—¿Cómo lo localizaste?

—Me enteré de que se había trasladado a San Francisco con su mujer. Por lo visto vivía en Bay Area y era director de una escuela nacional de Oakland.

—¿Por qué no me lo dijiste?

Se encogió de hombros.

—Lealtad mal encaminada. Sentido de la seguridad. Fue una historia muy importante para mí y no quería implicarlo a estas alturas.

Se me quedó mirando y tuvo que leer la incredulidad que se me había pintado en la cara. El rubor de las mejillas se le intensificó de manera casi imperceptible.

—No es lo que parece —dijo—. Al principio me niego a darte su nombre y luego resulta que está muerto e ilocalizable, pero es la pura verdad. No sé si te contaría lo que te estoy contando si aún estuviera vivo.

Me dije que posiblemente me estaba contando la verdad, pero había algo que me sonaba raro y no sabía muy bien qué era. Llegó la camarera con las ensaladas y discurrieron unos minutos apacibles en que nos dedicamos a pasarnos la frambuesa. Gwen aliñó la lechuga a su gusto, aunque no comió gran cosa. Tenía curiosidad por oír lo que fuera a decirme a continuación y demasiada hambre para preocuparme por ello hasta haber engullido unos bocados.

—¿Sabías que padecía del corazón? —le pregunté al cabo de un rato.

—En absoluto, pero sospecho que su dolencia databa de años atrás.

—¿Quién rompió, él o tú?

Sonrió con amargura.

—Fue Laurence, pero ahora me pregunto si David habría sabido prolongar una historia que tuvo que complicarle la vida hasta hacérsela insoportable.

—¿Se lo contó a su mujer?

—Creo que sí. Estuvo muy amable por teléfono. Me excusé diciendo que Greg me había pedido que lo llamara y ella me siguió la corriente. Cuando me contó que David había muerto, yo... ni siquiera sé lo que le dije, aunque, como es natural, tuve que balbucir las expresiones habituales, qué pena, cuánto lo siento, como una espectadora desinteresada que emite las fórmulas de rigor. Fue espantoso. Horrible.

—¿No mencionó para nada vuestra relación?

—No, no, de ningún modo. Estuvo de lo más indiferente, aunque sabía muy bien quién era yo. En fin, el caso es que lamento no habértelo dicho desde el principio.

—No te preocupes, no pasa nada —dije.

—¿Cómo va el caso, por lo demás? —preguntó.

Titubeé un poco antes de decirle nada.

—Inconexo y fragmentario. Nada concreto aún.

—¿De verdad esperas descubrir algo después de tanto tiempo?

Sonreí.

—Nunca se sabe. La gente se vuelve descuidada cuando se cree a salvo.

—Sí, es verdad.

Hablamos por encima acerca de Greg y Diane y de la visita que les había hecho, que modifiqué cuando te vino en gana. Gwen consultó la hora a las tres menos diez.

—Tengo que volver —dijo al tiempo que buscaba la billetera en el bolso. Sacó un billete de cinco dólares—. ¿Volveremos a vernos?

—Claro —dije. Tomé un sorbo de vino mientras se levantaba—. ¿Cuándo viste a Colin por última vez?

Me miró de súbito con ojos penetrantes.

—¿A Colin?

—Lo conocí el sábado —dije como si esto lo explicara todo—. Pensé que a lo mejor a Diane le gustaría saber que ha vuelto. Le tiene mucho cariño.

—Sí, es verdad —dijo—. No recuerdo cuándo lo vi por última vez. Cuando Diane terminó los estudios, tal vez. Quiero decir la segunda enseñanza. ¿Por qué lo preguntas?

Me encogí de hombros.

—Oh, nada, por curiosidad —dije. Le dediqué la que esperaba fuera mi mirada más cordial. En el cuello se le había formado una mancha de color de rosa y me pregunté si se podría presentar en los tribunales como un invento para detectar mentiras—. Yo pagaré la cuenta —dije.

—Si averiguas algo, dame un toque —dijo, con indiferencia absoluta otra vez. Metió el billete bajo el plato y se alejó con la misma seguridad con que había entrado. La vi marcharse mientras pensaba que había algo de vital importancia que no había querido decirme. Lo de David Ray me lo había podido contar por teléfono. Y no estaba totalmente convencida de que no supiera lo de su muerte desde el primer momento. Volvió a absorberme la imagen de Colin.

Recorrí a pie las dos manzanas que me separaban del despacho de Charlie. Ruth tecleaba con un magnetófono enchufado al oído. Sus dedos aleteaban con ligereza sobre el teclado. Era muy rápida.

—¿Está?

Me sonrió y me hizo una indicación con la cabeza para no perderse palabra; tenía la mirada reconcentrada mientras vertía los sonidos al papel de un modo casi simultáneo.

Me asomé a su despacho. Estaba sentado ante el escritorio, sin chaqueta y con un libro de derecho ante sí. Camisa beige, chaleco marrón oscuro. Al verme esbozó una sonrisa lenta, se echó hacia atrás y pasó un brazo sobre el respaldo de la silla giratoria. Echó el lápiz sobre la mesa.

—¿Podemos cenar juntos? —dijo.

—¿Pasa algo?

—No pasa nada. Sólo es una proposición —dije.

—A las seis y cuarto.

—Aquí estaré —dije y cerré la puerta, sin dejar de pensar en aquella camisa clara y el chaleco marrón oscuro. Aquello era lo sexy. Un tío con bañador de nailon y con el paquete abultado no es ni la mitad de interesante que el hombre que sabe llevar un traje de buen corte. El de Charlie me hacía pensar que en una Copa Danone de chocolate a la que ya le hubieran hundido una cucharada y yo quería el resto para mí.

Me dirigí a la casa costera de Nikki.

22

Me recibió vestida con una vieja camiseta gris y unos tejanos descoloridos. Iba descalza, con el pelo suelto, una brocha en la mano y los dedos manchados de pintura de color pacana.

—Ah, hola, Kinsey. Pasa —dijo. Se dirigía ya hacia la terraza y la seguí por toda la casa. Del otro lado de las puertas de corredera distinguí a Colin vestido con un mono, sin camisa, sentado con las piernas cruzadas delante de una cómoda que por lo visto estaban pintando entre los dos. Le habían quitado al mueble todos los apliques y también los cajones, que podían verse apoyados en la barandilla. El sitio olía a aguarrás y a trementina y ambos olores se mezclaban, sin ofender demasiado el olfato, con el de los eucaliptos. En un rincón, enrollados y desechados, había varios papeles de lija con grietas blanqueadas por el serrín y que de tanto utilizarse parecían trapos. El sol había calentado los barandales del antepecho y para proteger el suelo de la terraza habían desplegado varias hojas de periódico bajo la cómoda.

Colin alzó los ojos para mirarme y me sonrió cuando salí a la terraza. Tenía la nariz y las mejillas un tanto sonrosadas a causa del sol, los ojos verdes como el mar, los brazos desnudos colorados; carecía del menor asomo de vello facial. Volvió a concentrarse en el trabajo.

—Quería hacerle una pregunta a Colin —dije a Nikki—, pero he pensado que te la voy a hacer a ti primero.

—Claro. Dispara —dijo. Me apoyé en el barandal mientras ella mojaba la punta de la brocha en una lata pequeña de pintura sintética y limpiaba en el borde lo que sobraba. Colin parecía interesarse más por la pintura que por la conversación. Supuse que seguir una charla le podía resultar fastidioso por muy bien que supiera leer en los labios; o tal vez pensaba que los adultos eran un coñazo.

—¿Recuerdas por casualidad si estuviste fuera algún tiempo durante los cuatro o seis meses que precedieron a la muerte de Laurence?

Nikki me miró con sorpresa y parpadeó, al parecer porque no se esperaba aquello.

—Espera, estuve fuera una semana en una ocasión —dijo—. Mi padre sufrió un ataque cardíaco en junio de aquel año y tuve que ir a Connecticut. —Hizo una pausa y cabeceó—. Creo que fue la única vez que me ausenté. ¿Adónde quieres ir a parar?

—No estoy segura. A lo mejor te parece muy forzado, pero el que Colin llamase «madre de papá» a Gwen no deja de darme vueltas en la cabeza. ¿Ha vuelto a decir algo así desde entonces?

—No. Para nada.

—De lo que se trata es de saber si pudo ver a Gwen mientras tú no estabas. Es demasiado listo para confundirla con su abuela; a no ser que alguien le dijese que lo era.

Nikki me lanzó una mirada de escepticismo.

—Chica, eso es coger el rábano por las hojas. No tendría más de tres años y medio entonces.

—Sí, ya lo sé, pero hace nada he preguntado a Gwen que cuándo le había visto por última vez y me ha dicho que cuando Diane terminó la segunda enseñanza.

—Y probablemente es verdad —dijo Nikki.

—Pero Colin tendría entonces unos catorce meses. He visto las fotos. Aún era casi un niño de teta.

—¿Y?

—¿Cómo es posible entonces que se acuerde de ella?

Trazó una franja de pintura y pareció meditar mientras tanto.

—Tal vez le viese en un supermercado o estando con Diane. Ella pudo verle a él o él a ella sin que la circunstancia tuviera ningún significado particular.

—Es posible. Pero creo que Gwen me mintió cuando se lo pregunté. Si fue una casualidad, nada le habría costado decirlo. No tenía por qué ocultarlo.

Me miró durante unos segundos sin pestañear.

—A lo mejor no se acuerda.

—¿Te importa que se lo pregunte a él?

—No, adelante.

—¿Dónde está el álbum de fotos?

Me indicó el interior con la cabeza y volví a la salita. El álbum estaba en la mesita y pasé las hojas hasta que encontré la foto de Gwen. La solté de las cuatro pestañas de las esquinas y volví con ella a la terraza. Se la alargué a Colin.

—Pregúntale si recuerda lo que pasó la última vez que la vio —dije.

Nikki se acercó al muchacho y le dio un golpecito. El joven miró a su madre, luego miró la foto y sus ojos se encontraron con los míos con destello interrogador. Nikki le formuló la pregunta por señas. La cara del muchacho se concentró y contrajo como esos lirios que sólo duran un día cuando el sol se pone.

—¿Colin?

El chico se puso a pintar otra vez, con la cara vuelta.

—Será tonto —dijo Nikki sin perder el buen humor. Le dio un empujoncito y se lo preguntó otra vez.

Colin se desentendió de ella con un encogimiento de hombros. Observé con interés sus reacciones.

—Pregúntale si ha estado aquí.

—¿Gwen? ¿Por qué tendría que venir aquí?

—No lo sé. Por eso se lo estamos preguntando.

La mirada que me dirigió Nikki estuvo entre la duda y

el escepticismo. Volvió a fijarse en el pequeño de mala gana. Le tradujo por señas mi pregunta. A Nikki no pareció gustarle.

—¿Ha estado Gwen aquí, o en la otra casa, alguna vez?

Colin la observó y su cara fue como un espejo que reflejase desconcierto y algo más: inquietud, misterio, desaliento.

—No lo sé —dijo el muchacho en voz alta, fundiendo y confundiendo las consonantes como tinta en una página húmeda y manifestando con la entonación una especie de desconfianza recalcitrante. A continuación posó los ojos en mí. De pronto recordé aquella ocasión en que, en sexto curso, oí por vez primera la palabra «joder». Me la soltó un compañero de clase y le pregunté a mi tía qué significaba. Alcanzaba a intuir la trampa, pero ignoraba cómo era.

—Dile que es igual —dije a Nikki—. Dile que en realidad no te afecta.

—Es que sí me afecta —dijo Nikki.

—Vamos, vamos. Es importante, pero después del tiempo que ha pasado tendría que darte lo mismo.

Se enzarzó entonces en una breve disputa con el muchacho, los dos solos, gesticulando como dementes en una discusión por señas.

—No quiere hablar de ello —dijo Nikki con circunspección—. Se confundió.

Yo pensaba lo contrario y sentí un escalofrío. Colin se había puesto a observarnos y trataba de hacer una lectura emocional de las palabras que cruzábamos.

—Sé que te parecerá raro —dije a Nikki con algún titubeo—, pero me pregunto si no sería Laurence quien se lo dijera; que ella era su madre.

—¿Y por qué tenía que decirle una cosa así?

Le miré con fijeza.

—A lo mejor los sorprendió abrazándose o algo por el estilo.

La cara de Nikki estuvo sin expresión durante unos segundos y frunció el entrecejo. Colin aguardaba desconcertado y sus ojos iban de una a otra. Nikki volvió a hablarle por señas. Colin pareció turbarse y bajó la cabeza. Nikki volvió a hablarle por señas con más seriedad. El muchacho negó con la cabeza, pero el origen del ademán no fue al parecer la ignorancia, sino la prevención. La expresión de Nikki experimentó un cambio.

—Acabo de acordarme de una cosa —dijo. Parpadeaba con rapidez mientras se le acumulaba el rubor en las mejillas—. Laurence estuvo aquí. Me dijo que se llevó de paseo a Colin el fin de semana que yo estuve en el este. Greg y Diane se quedaron en casa con la señora Voss. Tenían planes sociales o algo parecido, pero Laurence me contó que los dos, él y Colin, fueron a la playa para corretear un rato.

—Genial —dije con ironía—. A los tres años y medio todo le parecería exactamente igual, querida. Pero supongamos que es verdad. Supongamos que ella estuvo aquí...

—Mira, esto empieza a importarme un rábano.

—Un momento, un momento —dije—. Pregúntale sencillamente por qué la llamó «madre de papá». Pregúntale por qué lo de «madre de papá».

Transmitió la pregunta a Colin sin muchas ganas, pero la cara del muchacho adoptó una expresión de alivio. Respondió en el acto, tocándose la cabeza.

—Dice que tenía el pelo gris —me tradujo Nikki—. *Parecía* una abuela cuando estuvo aquí.

Capté un dejo de irritación en la voz de Nikki, aunque recuperó la compostura inmediatamente; por Colin, al parecer. Acarició el pelo del muchacho con afecto.

—Te quiero —le dijo—. No pasa nada. Todo está bien.

Colin pareció relajarse, pero la tensión había dado a los ojos de Nikki un tono gris pizarra.

—Laurence la detestaba —dijo—. El no habría podido...

—Yo me limito a hacer una suposición formal —dije—.

Puede que fuera del todo inocente. Tal vez se vieron para tomar una copa y charlar del colegio de los niños. En realidad no sabemos nada de cierto.

—Y una mierda —murmuró. Se le había agriado el buen humor.

—No la tomes conmigo —dije—. Yo me limito a ordenar los detalles para ver si tienen sentido.

—Pues no me creo ni una palabra —dijo de modo terminante.

—¿Quieres decir que era demasiado caballero para hacer una cosa así?

Dejó la brocha encima de un trozo de periódico y se limpió las manos con un trapo.

—A lo mejor es que quiero conservar unas cuantas ilusiones.

—Y no te lo reprocho —le dije—. Pero no entiendo por qué te ofende. Fue Charlotte Mercer quien me hizo pensar en ello. Me dijo que Laurence era como un gato viejo, siempre olisqueando la misma puerta de servicio.

—Vale, Kinsey. Ya te has salido con la tuya.

—No, me parece que no. Me diste cinco billetes para que averiguara lo que había sucedido. No te gustan las respuestas, así que te puedo devolver el dinero.

—Déjalo, no importa. Olvídalo. Tienes razón —dijo.

—¿Quieres que siga o no?

—Sí —dijo con llaneza, aunque no volvió a mirarme a la cara. Me excusé y me fui al poco rato, sintiéndome al borde de la depresión. Aún le importaba aquel sujeto y yo no sabía qué pensar. Solamente que nada es definitivo; en particular lo que afecta a las relaciones entre hombres y mujeres. ¿Por qué me sentía culpable entonces por cumplir con mi obligación?

Entré en el edificio donde trabajaba Charlie. Me estaba esperando en lo alto de las escaleras, la chaqueta colgada del hombro, aflojado el nudo de la corbata.

—¿Qué te ha pasado? —dijo cuando me vio la cara.

—No me preguntes —dije—. Voy a hacerme secretaria. Quiero un empleo sencillo y llevadero. Con horario fijo.

Subí hasta el escalón en que se encontraba y alcé la cara un poco para mirarle. Fue como si de pronto hubiera entrado en un campo magnético igual que los que formaba de niña con dos imanes pequeños, el uno negro, el otro blanco. Si ponía los polos positivos a un centímetro de distancia, se atraían y juntaban de golpe con un chasquido. Charlie había adoptado una expresión de seriedad y me observaba la boca como si fuera a absorberme. Quedamos como prisioneros durante diez largos segundos y me aparté un poco porque no estaba preparada para tanta intensidad.

—Joder —dijo, con sorpresa casi, y rió entre dientes, sonido que yo conocía bien.

—Necesito un trago —dije.

—No es lo único que necesitas —dijo con zalamería.

Sonreí sin hacerle mucho caso.

—Espero que sepas cocinar porque yo no sé ni freír un zapato.

—Lo que pasa es que hay un pequeño fallo —dijo—. Estoy de amo de llaves. Mi socio está fuera de la ciudad y tengo que dar de comer a sus perros. Podemos comprar algo y nos lo comemos allí.

—Nada que objetar —dije.

Cerró con llave el despacho y bajamos por las escaleras de atrás hasta el pequeño parking adjunto al edificio. Abrió la portezuela del coche, pero yo ya había echado a andar hacia el mío, que estaba estacionado en la calle.

—¿No te fías de mi habilidad con el volante?

—Es que me pondrán una multa si lo dejo donde está. Iré detrás de ti. Quiero morir con la cafetera puesta.

—¿Cafetera? ¿Llamas cafetera al coche, como en los años sesenta?

—Sí, lo leí en un libro —dije con sequedad.

Hizo bailotear los ojos y sonrió con comprensión, en

apariencia resignado. Entró en su vehículo y esperó adrede a que llegara yo al mío. Arrancó entonces y condujo despacio para que pudiera seguirle sin perderme. De vez en cuando veía sus ojos que me observaban por el espejo retrovisor.

—So cabrón, si no estuvieras tan macizo... —murmuré entre dientes y me estremecí de manera involuntaria. El era la causa.

Pusimos rumbo a la casa costera de John Powers, Charlie en vanguardia a velocidad cómoda. Como siempre, hacía las cosas a ritmo moderado. La carretera comenzó a serpentear, redujo la marcha al cabo de un rato y giró a la izquierda para acceder a un camino empinado y, si no me fallaba mi sentido de orientación, no muy alejado de la casa que Nikki tenía en la playa. Aparqué junto a su coche con el morro hacia abajo y con la esperanza de que el freno de mano no me fallara. La casa de Powers estaba empotrada en la parte superior de la colina derecha, detrás de un garaje vacío y un espacio suficiente para estacionar dos coches. El garaje estaba resguardado por una valla de listones en punta cuyas dos mitades formaban una puerta, cerrada con pestillo, tras la que estaba aparcado el que supuse era el coche del dueño.

Salió Charlie y esperó a que me reuniera con él. Al igual que la propiedad de Nikki, aquella daba al acantilado, a unos veinte o veinticinco metros de la playa, probablemente. Al otro lado del garaje vi un terreno herboso y desigual, un patio en forma de media luna. Anduvimos por un sendero estrecho que conducía a la parte trasera de la casa y Charlie abrió la puerta de la cocina. Los dos perros de John Powers pertenecían a la categoría que más detesto: saltarines, ladradores, babosos y con unas garras que parecían colmillos de tiburón. Y echaban un aliento humeante que apestaba a ciénaga. El uno era negro, el otro del color de las ballenas que encallan en la playa y se quedan allí pudriéndose durante un mes. Los dos eran grandes e insistían en alzarse sobre los cuartos traseros para mirarme a la cara. Yo mantenía la cabeza hacia atrás y la boca cerrada para evitar sus besos asquerosos y húmedos.

—Charlie, ¿te importaría echarme una mano? —gruñí por entre los dientes apretados. Uno me soltó un lengüetazo justo en la boca mientras hablaba.

—¡Tootsie! ¡Moe! ¡Largo de aquí! —exclamó Charlie.

Me sequé la boca.

—¿Tootsie y Moe?

Se echó a reír y se los llevó cogidos por el collar hasta el cuarto trastero, donde los encerró. Uno se puso a aullar y el otro a ladrar.

—¡Maldita sea, déjalos salir! —dije. Abrió la puerta y salieron de estampía con la lengua colgando igual que filetes en salmuera. Uno se coló en la habitación contigua con movimientos de elefante y volvió con una correa entre los dientes. Se suponía que era una de sus gracias. Les enganchó la correa a los dos y se pusieron a hacer cabriolas y a dejar manchas húmedas en el suelo.

—Se calmarán si les saco de paseo —observó Charlie—. Un poco como tú.

Le hice una mueca, pero por lo visto no había más alternativa que seguirle hasta la parte delantera. Vi cagarrutas caninas en la hierba. Una estrecha escalera de madera se hundía en dirección a la playa entre descansillos de suelo desnudo y roca. Fue un descenso lleno de peligros, sobre todo porque aquellos monstruos de cuarenta kilos saltaban y hacían piruetas en cada recodo.

—John suele venir a la hora de comer para darles un paseo —me dijo Charlie por encima del hombro.

—Dios se lo pague —dije al llegar a la parte más vertical y mirando bien dónde ponía cada pie. Por suerte llevaba las bambas, carecían de puntos de sujeción en las suelas pero también de tacones susceptibles de engancharse en los peldaños carcomidos y de lanzarme de cabeza al océano.

La playa que se extendía a nuestros pies era alargada y

estrecha, y la protegían rocas cortadas en pico. Los perros se pusieron a saltar y corretear de un extremo a otro y el negro se detuvo en cierto momento para depositar una cagada gorda y humeante con el lomo arqueado y los ojos fijos en el suelo con humildad. Hay que joderse, me dije, ¿esto es lo único que saben hacer los perros? Aparté la mirada. Daba asco tanta grosería. Me senté en una piedra y traté de ventilarme las ideas. Necesitaba un descanso, unas vacaciones largas durante las que no tuviera que preocuparme más que de mí misma. Charlie arrojaba ramas a los perros que éstos no cogían ni a la de tres.

Acabado finalmente el asueto perruno, subimos las escaleras todos juntos. En cuanto entramos en la casa, las bestezuelas se apoltronaron encima de una alfombra ovalada que había en la salita y, llenos de alegría, se pusieron a destrozarla a mordiscos. Charlie se dirigió a la cocina y oí el crujido de la bandeja de los cubitos de hielo.

—¿Qué quieres tomar? —preguntó en voz alta.

Me dirigí a la puerta de la cocina.

—Vino, si hay.

—Estupendo. Queda un poco en la nevera.

—¿Haces esto a menudo? —le pregunté con una seña hacia los perros.

Se encogió de hombros mientras rellenaba con agua la bandeja de los cubitos.

—Cada tres o cuatro semanas. Depende —dijo y me sonrió—. ¿Lo ves? Soy más amable de lo que pensabas.

Le enseñé el dedo corazón y lo doblé para que comprobase lo impresionada que estaba, aunque en realidad pensaba que cuidar de aquellos perros era un detalle rebosante de amabilidad. No me imaginaba a Powers buscándoles una guardería. Powers los habría llevado al zoológico. Charlie me pasó el vaso de vino y se sirvió un bourbon con hielo. Me apoyé en la jamba de la puerta.

—¿Sabías que Laurence estuvo liado con la madre de Sharon Napier?

Me miró con sorpresa.

—¿Es una broma?

—No. Según parece, fue antes de que Sharon trabajara para él. Por lo que sé, el «empleo» de Sharon fue una mezcla de extorsión y venganza. Lo cual tal vez explique el modo que tenía ella de tratarle.

—¿Quién te lo ha contado?

—¿Importa mucho?

—Es que me suena a bulo —dijo—. Jamás había oído el apellido Napier y eso que conocía a Laurence desde hacía años.

Me encogí de hombros.

—Lo mismo dijiste de Libby Glass —repliqué.

La cara empezó a ponérsele blanca.

—No perdonas una, ¿eh, tía? —Se trasladó a la sala de estar y fui tras él. Tomó asiento en una butaca de mimbre, que crujió bajo sus kilos—. ¿Por eso estás aquí? ¿Para seguir trabajando?

—En realidad, no. En realidad, es por todo lo contrario.

—¿Y eso qué significa?

—Que he venido para olvidarme del trabajo.

—¿Por qué me haces preguntas, entonces? ¿Por qué ese tercer grado? Sabes lo que pienso de Laurence y no me gusta que me utilicen.

Noté que se me desvanecía la sonrisa y que ponía cara de circunstancias.

—¿De verdad piensas eso?

Se quedó mirando su vaso y dijo, midiendo las palabras:

—Yo comprendo que tienes que hacer tu trabajo. Me parece magnífico y no me quejo. Te ayudaré hasta donde pueda, pero puedo ayudarte sin necesidad de que me interrogues cada dos por tres. Creo que no sabes la impresión que produce. Deberías verte cuando te pones a hablar de homicidios.

—Lo siento —dije con frialdad—. No quiero ser así contigo. Obtengo información y necesito comprobarla. No puedo valorar las cosas por su apariencia.

—¿A mí tampoco?

—¿Por qué me haces esto? —dije y la voz pareció debilitárseme hasta convertirse en susurro.

—No quiero que haya malentendidos entre tú y yo.

—Oye, oye. Fuiste tú quien me buscó. ¿Lo recuerdas?

—Sí. El sábado. Y hoy me has buscado tú. Y ahora me estás presionando y no me gusta.

Me quedé mirando el suelo, sintiéndome frágil y dolida. No me gusta que me den con la puerta en las narices y me sentía como la mierda. Mucho, además. Me puse a cabecear.

—He tenido un día muy ajetreado —dije—. Podríamos ahorrarnos todo esto.

—Yo también he tenido un día muy ajetreado —dijo—. ¿Y qué?

Dejé el vaso de vino en la mesa y cogí el bolso.

—Vete a cagar —dije a media voz—. Y que te den por el culo.

Me dirigí a la cocina. Los perros alzaron la testa y me observaron al pasar. Estaba furiosa y bajaron los ojos con mansedumbre como si les hubiera transmitido mis sentimientos. Charlie no se movió. Cerré la puerta trasera de un golpe, subí al coche, arranqué con violencia y reculé por el camino de entrada con chirrido de neumáticos. Al acceder a la calzada vi a Charlie de refilón junto al garaje. Metí la primera y me alejé.

23

No soporto que me den en la cara, en particular si es un hombre quien lo hace. Cuando me calmé hacía ya una hora que estaba en casa. Las ocho y aún no había probado bocado. Me serví un buen vaso de vino y me senté ante la mesa. Cogí algunas fichas en blanco y me puse a trabajar. A las diez me detuve para cenar un bocadillo de pan blanco relleno de huevo duro con mucha sal y mahonesa, una Pepsi y una bolsa de fritos de maíz. Toda la información de que disponía se encontraba ahora en las fichas, que había clavado con chinchetas en mi tablón de anuncios.

Intenté resumir la historia, especulando a propósito de algunos detalles del caso, aunque en conjunto me parecía un callejón sin salida. Parecía lógico suponer que alguien había entrado en casa de los Fife el fin de semana que habían atropellado al pastor alemán, mientras Nikki y Laurence estaban en Salton Sea con Colin y Greg. También parecía lógico suponer que Sharon Napier había averiguado algo después de la muerte de Laurence, motivo (al parecer) por el que la habían matado. Me puse a elaborar listas para sistematizar la información con que contaba, a tenor de las ideas a medio formar que me bullían en la cabeza. Lo pasé todo a máquina y lo ordené alfabéticamente, poniendo a Lyle Abernathy y a Gwen en primer lugar.

No desechaba la posibilidad de que Diane y Greg estuvieran complicados, aunque me parecía absurdo que cualquiera de los dos hubiera matado a Laurence, por no decir que también a Libby Glass. Metí en la lista a Charlotte Mercer. Era una mujer amargada y llena de odio y me daba la sensación de que no escatimaría ningún medio para ordenar el mundo a su antojo. Si no había querido tomarse la molestia de cometer el crimen personalmente, es posible que contratara a alguien. Y si había sido ella la asesina de Laurence, ¿por qué no también la de Libby Glass? ¿Y por qué no la de Sharon Napier por añadidura, si ésta había acabado por saberlo? Me dije que habría que consultar con las compañías aéreas para ver si su nombre aparecía en las listas de pasajeros con destino Las Vegas en los días anteriores a la muerte de Sharon. Era un camino que no se me había ocurrido hasta el momento. Entonces me acordé de otra cosa. Charlie Scorsoni seguía en mi lista de sospechosos y recordarlo tuvo un efecto turbador.

Llamaron a la puerta y sufrí un sobresalto involuntario que me inundó el organismo de adrenalina. Miré el reloj: eran las doce y cuarto. El corazón me latía tan fuerte que hasta las manos me temblaban. Me acerqué a la puerta y pegué el oído.

—¿Sí?

—Soy yo —dijo Charlie—. ¿Puedo entrar?

Abrí la puerta. Charlie estaba apoyado en la jamba. Sin chaqueta. Sin corbata. Bambas sin calcetines. Había una expresión seria y sumisa en su hermoso rostro cuadrado. Me escrutó las facciones y apartó la mirada.

—Siento haberte tratado con rudeza —dijo.

Le observé con atención.

—Tenías derecho a quejarte —dije. Me di cuenta de que, a pesar de mis palabras, mi tono era tajante y vengativo. Apenas tuvo tiempo de mirarme para percatarse de mis auténticos sentimientos y sentirse un tanto frustrado.

—Mierda, ¿no podríamos hablar? —dijo.

Le eché un vistazo rápido y me aparté de la puerta. Entró y cerró a sus espaldas. Se apoyó en la puerta con las manos en los bolsillos y me observó mientras me dirigía a la mesa para poner boca abajo las fichas y quitar papeles de en medio.

—¿Qué quieres de mí? —preguntó con actitud vacilante.

—¿Qué quieres *tú* de mí? —pregunté a mi vez, aunque me contuve y alcé la mano—. Lo siento. No he querido decirlo así.

Bajó los ojos al suelo como si calculara el paso que daría a continuación. Me senté en el sillón tapizado que había junto al sofá y apoyé ambas piernas en uno de los brazos.

—¿Te apetece tomar algo? —dije.

Negó con la cabeza. Se acerco al sofá y se dejó caer pesadamente al tiempo que echaba atrás la cabeza. Parecía que se le hubieran arrugado la frente y las mejillas. Me dio la impresión de que se había mesado el pelo rojizo más de dos y tres veces.

—No sé qué hacer contigo —dijo.

—¿Hacer? —dije—. Sé que a veces soy un pendón, pero ¿por qué no voy a serlo? En serio, Charlie. Tengo demasiados años para aguantar que nadie me chille. Aunque, si te digo la verdad, en nuestro caso no sé quién es el principal responsable. ¿Has sido tú quien ha empezado la pelea o he sido yo?

Esbozó una sonrisa.

—De acuerdo, los dos somos muy quisquillosos. ¿Te parece bien así?

—Yo ya no sé qué está bien y qué no. Ya no sé nada de nada.

—¿No sabes lo que es llegar a un acuerdo?

—Sí, naturalmente —dije—. Se llega a un acuerdo cuando se cede la mitad de lo que se desea. Cuando se da al otro la mitad de lo que en justicia te pertenece. He llegado a muchos acuerdos en la vida. Y ya estoy hasta el gorro.

Cabeceó, sonriendo con cansancio. Lo miré con fijeza; me sentía intransigente y agresiva. El había cedido ya más que yo, pero yo seguía en mis trece. Me observó con escepticismo.

—¿En qué piensas cuando me miras así? —preguntó. No supe qué responder y mantuve la boca cerrada. Se adelantó y me sacudió el pie descalzo como para llamar mi atención—. ¿Te das cuenta de que me tratas con mucha frialdad?

—¿De veras te trato con frialdad? ¿Crees que el sábado por la noche te traté del mismo modo?

—Kinsey, la única forma de acercarme a ti ha sido la sexualidad. ¿Qué quieres que haga? ¿Que te persiga con la polla fuera?

Me sonreí por dentro, esperando que no se me notase en la cara. Me lo vio en los ojos de todos modos.

—¿Y por qué no? —dije.

—Creo que no estás acostumbrada a estar con hombres —dijo sin mirarme a los ojos y se corrigió acto seguido—: Con un hombre. Creo que te has acostumbrado a que no haya nadie en tu vida. Pienso que te has acostumbrado a la independencia. Y me parece fenómeno. A mí me pasa lo mismo en el fondo, pero esto es distinto. Pienso que deberíamos ser prudentes.

—¿Con qué?

—Con nuestra relación —dijo—. No quiero que me excluyas de tu vida. No eres tan difícil de conocer. A veces te esfumas sin avisar y no puedo soportarlo. Quisiera ser más comprensivo, y dejaré de hacer el canelo, te lo prometo. Pero no huyas. No te eches atrás. No te cierres igual que una almeja... —en aquel punto se le quebró la voz.

Me ablandé porque me preguntaba si no le habría juzgado mal. Era demasiado dura, demasiado precipitada. Soy persona difícil y me doy cuenta.

—Lo siento —dije. Tuve que carraspear—. Lo siento. Sé que soy como dices. No sé de quién ha sido la culpa, pero me tocaste las narices y estallé.

Le tendí la mano y me la cogió apretándome los dedos.

Me miró durante un buen rato. Me besó la punta de los dedos con suavidad, como a la ligera, sin dejar de mirarme en ningún momento. Noté que en la base de la columna se me accionaba un interruptor. Dio la vuelta a la mano y pegó la boca a la palma. No quería que lo hiciera, pero yo tampoco aparté la mano. Lo contemplé como hipnotizada, con los sentidos embotados por el calor que iba abriéndose camino hasta lo más profundo. Era como si un montón de trapos comenzase a arder y un oscuro aspecto mío corriese a ocultarse bajo las escaleras, como los bomberos nos habían aconsejado cuando iba a la escuela. Botes de pintura, latas de gasolina, gases comprimidos. Sólo me hacía falta una chispita y a veces ni siquiera eso. Noté que se me cerraban los ojos y se me abría la boca contra mi voluntad. Advertí que Charlie se me acercaba sin que comprendiera el significado de todo aquello y cuando recuperé la conciencia, lo vi arrodillado entre mis piernas, quitándome la camiseta y pegando la boca a mis pechos. Me pegué a él como una lapa, empecé a restregarme contra su estómago y medio me alzó en volandas cogiéndome el trasero con las dos manos abiertas. No había tenido una idea muy clara de lo que quería hasta entonces, hasta aquel segundo exacto, pero el sonido que se me escapó fue salvaje y su reacción fue instantánea y violenta, y acto seguido, a media luz y tras apartar la mesa, hicimos el amor en el suelo. Me hizo cosas que yo sólo conocía por los libros, y al acabar, con las piernas temblando y el corazón acelerado, me eché a reír y el hundió la cara en mi vientre, riéndose también.

A las dos se había marchado ya. Tenía que trabajar al día siguiente, y yo también. Aun así, le eché de menos mientras me cepillaba los dientes y hacía muecas al reflejo del espejo del lavabo. Tenía la barbilla resentida de tanto frotarme con sus patillas y parecía que el pelo se me quedaba tieso en las puntas. En esta vida no hay nada como la satisfacción que nos inunda cuando nos han jodido a gusto y en abundancia, aunque yo me sentía algo confusa. No acababa de gustarme aquello. Tengo por norma, y la sigo al pie de la letra, no relacionarme personalmente con nadie vinculado con un caso. Mi encoñamiento con Charlie era disparatado, contrario a la profesionalidad y, en teoría, peligroso incluso. En alguna parte de la cabeza me sonaba un timbre de alarma, pero es que me volvía loca su forma de moverse. Si alguna vez había estado con un hombre igual de imaginativo, ni me acordaba ya. Y mis reacciones eran pura química orgánica, igual que cuando se arrojan cristales de sodio a una piscina y despiden chispas, y bailotean por el agua como centellas. Una vez me dijo un amigo: «Si la sexualidad funciona bien tendemos a crear una relación que esté a su altura». Me puse a pensar en ello e intuí que no tardaría en ocurrirme: pronto tendría ganas de emparejarme con él, ganas de poner alas a la fantasía, y me saldrían tentáculos sentimentales como los de las enredaderas. Pero por otra parte tenía que andarme con pies de plomo. La sexualidad funcionaba estupendamente, pero yo seguía estando en mitad de una investigación y a él no lo había tachado aún de la lista de sospechosos. No creía que nuestra relación física hubiera obnubilado mi capacidad para juzgarle, pero ¿cómo estar segura? No podía permitirme el lujo de correr el riesgo. A no ser, claro está, que me estuviese limitando a racionalizar mis emociones para no comprometerme. ¿Tan prudente era en realidad? ¿Se trataba sólo de soslayar una relación más profunda? ¿Quería relegarle al papel de «posible sospechoso» sólo para justificar mi resistencia a arriesgarme? Era un hombre de fábula: elegante, atento, responsable, atractivo, intuitivo. ¿Qué más quería yo, joder?

Apagué la luz del cuarto de baño y me hice la cama, es decir, estiré el edredón encima del sofá. Habría podido extender éste, convertirlo en cama y hacer las cosas como es debido: sábanas, fundas de almohada y el camisón de rigor.

Lejos de ello, me quité la camiseta y me envolví en el edredón. El calor corporal hacía que de entre las piernas me brotase una suerte de perfume erótico. Apagué la lámpara de la mesa y me sonreí en la oscuridad, estremeciéndome al recordar el contacto de su boca. Tal vez no fuera momento de ponerse analítica. Tal vez fuera reflexión y asimilación lo que el momento pedía. Me quedé profundamente dormida.

Me duché por la mañana y sin desayunar siquiera llegué al despacho a las nueve en punto. Nada más entrar llamé a mi sevicio mensafónico. Me había llamado Con Dolan. Marqué el número de la Jefatura de Santa Teresa y pregunté por él.

—Qué pasa —ladró, cabreado ya con el mundo.

—Soy Kinsey Millhone —dije.

—¿En serio? ¿Y qué quieres?

—Fue usted quien llamó primero, teniente. —Casi le oí parpadear.

—Ah, sí. Los del laboratorio me han mandado un informe sobre la carta aquella. No hay huellas. Sólo manchas, o sea que caca de la vaca.

—Mierda. ¿Qué hay de la caligrafía? ¿Corresponde?

—Lo suficiente para convencernos —dijo—. Hice que Jimmy la comprobara y dice que es auténtica. ¿Qué más se te ofrece?

—Por ahora, nada. Si le viene bien, me pasaré por ahí para hablar con usted dentro de un par de días.

—Llama antes —dijo.

—Confíe en mí —repliqué.

Salí al balcón y contemplé la calle. Algo iba mal. Estaba medio convencida de que la carta era falsa y ahora resultaba que no. No me gustaba aquello. Volví al interior y me senté en la silla giratoria, balanceándome con suavidad con la esperanza de que emitiera un crujido. Cabeceé. No acababa de llegar a ninguna conclusión. Miré el calendario. Hacía ya dos semanas que trabajaba para Nikki. Era como si me hubiera contratado hacía un minuto y yo llevara metida en el caso toda la vida. Cogí un taco de notas, calculé el tiempo invertido en la investigación y añadí el dinero que me había gastado. Pasé a máquina los resultados, saqué fotocopias de las facturas y lo metí todo en un sobre, que remití a su casa de la playa. Fui a las oficinas de La Fidelidad de California y me despaché con Vera, que se encarga de las reclamaciones.

Estuve haciendo cosas hasta las tres. Ni comí siquiera. Al volver a casa me desvié para recoger las fotos en color de 20 × 25 cm de Marcia Threadgill y me quedé un rato al volante contemplando los frutos de mi ingenio fotográfico. No suelo ser testigo de tan cautivadoras muestras de avaricia y espíritu fraudulento. En la mejor de las fotos (que habría podido titular «Retrato de una lagarta») se veía a Marcia encaramada en la silla y con los hombros en tensión a causa del peso de la maceta que levantaba. El tetamen, protegido por la blusa, le colgaba semivisible como un par de melones en el fondo de una bolsa de red. La imagen era tan nítida que en los párpados superiores los restos del rímel se le notaban como si fueran patas de mosca. Menuda pájara. Sonreí con resignación. Si es así como progresa el mundo, mejor tomar buena nota. Ya me había hecho a la idea de que la señorita Threadgill se iba a salir con la suya. Los tramposos ganan siempre. No era ningún notic+ón, pero más valía recordarlo. Volví a meter las fotos en el sobre marrón. Arranqué y enfilé hacia casa. Aquel día no tenía ganas de correr. Me apetecía ponerme cómoda y meditar.

24

Clavé la foto de Marcia Threadgill en el tablón de anuncios y me la quedé mirando. Me quité los zapatos de una sacudida y me puse a dar vueltas. Había estado pensando todo el día y no había llegado a ninguna parte, así que cogí el crucigrama que Henry me había dejado en el umbral de la puerta. Me tumbé en el sofá, lápiz en mano. Resolví la 6-vertical, «desleal», siete letras, cuya solución era «traidor», y la 14-horizontal, «instrumento musical de doble lengüeta», cuatro letras, «oboe». Cuánto misterio. Me trabé con una «cadena elíptica doble» de tres letras que resultó que era «ADN», una tomadura de pelo, por si le interesa a alguien mi opinión. A las siete y cinco me brotó de la sentina cerebral una idea que me produjo una pequeña descarga eléctrica.

Busqué el número telefónico de Charlotte Mercer y llamé a su casa. Se puso el ama de llaves y pregunté por Charlotte.

—El juez y la señora Mercer están cenando —respondió en tono de reconvención.

—¿Le importaría interrumpirles, por favor? Es que tengo que hacer una pregunta urgente a la señora. Estoy convencida de que a ella no le importará.

—¿Quién he de anunciar? —dijo el ama de llaves y le di mi nombre—. Espere un momento —y dejó el auricular.

La corregí mentalmente. *A quién*, tesoro, no *quién*. *A quién* he de anunciar...

Charlotte se puso al habla; parecía achispada.

—No me parece muy oportuna esta interrupción —dijo con voz silbante.

—Lo siento —dije—. Pero necesito cierta información.

—Ya le conté lo que sabía y no quiero que llame cuando el juez está en casa.

—Como quiera, como quiera. Sólo será un segundo —dije a toda velocidad para evitar que colgara—. ¿Recuerda el nombre de pila de la señora Napier?

Silencio. Casi vi como se despegaba el auricular de la oreja para mirarlo.

—Elizabeth —dijo y colgó de golpe.

Hice lo propio. La pieza que buscaba acababa de encajar en su sitio con un chasquido revelador. La destinataria de la carta no era Libby Glass, de ningún modo. Laurence Fife se la había escrito a Elizabeth Napier hacía años. Habría apostado el cuello. Así pues, la pregunta clave era cómo se la había agenciado Libby Glass y quién había querido que reapareciera.

Saqué mis fichas y volví a repasar la lista de sospechosos. Había omitido deliberadamente a Raymond y Grace Glass porque no creía que ninguno de los dos hubiera matado a su propia hija y, si mi suposición acerca de la carta se confirmaba, era muy posible que Libby y Laurence no hubieran estado liados nunca. Lo cual significaba que tenía que ser otro el motivo de su muerte. Pero ¿cuál? Supongamos, me dije, supongamos que Laurence Fife y *Lyle* habían estado metidos en algún asunto. Puede que Libby se enterase por casualidad y que Lyle matara a los dos para protegerse. Puede que Sharon se oliese algo y que también la matase a ella. No acababa de ver yo la lógica de todo aquello, pero al cabo de ocho años muchas de las pruebas tenían que haberse perdido o destruido. Algunas de las conexiones más evidentes tenían que haberse desvanecido ya. Tomé un par de notas y volví a repasar la lista.

Al llegar al nombre de Charlie Scorsoni volví a sentir la inquietud de antes. Había hecho averiguaciones sobre él hacía dos semanas, antes de que nos conociéramos, y carecía de antecedentes, pero las apariencias engañan. Aunque me sentí una guarra, me dije que convenía saber dónde había estado la noche en que mataron a Sharon. Sabía que había estado en Denver porque yo misma le había llamado allí, pero ignoraba adónde había ido a continuación. Arlette me había dicho que había vuelto a llamar desde Tucson y desde Santa Teresa, pero porque él había dicho que estaba en estos lugares. En el caso de Laurence Fife, había contado con la oportunidad. Desde el principio había sido una investigación donde los motivos y las coartadas habían estado en estrecho maridaje. Por lo común, una coartada es la descripción del paradero del sospechoso en el momento en que se comete el delito y se presenta como prueba de inocencia, pero en el presente caso importaba poco dicho paradero. Tratándose de un envenenamiento, lo fundamental era si alguien tenía motivos para desear la muerte de otro: acceso al veneno, acceso a la víctima e intención de matar. Por eso andaba yo todavía a tientas. Si por mí hubiera sido, habría tachado a Charlie de la lista inmediatamente, pero tenía que ser objetiva. ¿Creía de verdad que era inocente o quería liberarme de mis inquietudes? Me esforcé por elucidar otra solución. Quise avanzar, pero la cabeza me volvía siempre al mismo punto. Por lo visto no estaba dando yo muchas muestras de inteligencia. No estaba segura de ser sincera conmigo misma. Y de pronto, la idea de tener la cabeza llena de humo me sentó como una patada en el estómago. Me puso enferma el tinglado entero. Busqué en la guía el número telefónico de su casa. Titubeé, me decidí y llamé. Tuve que hacerlo.

Hubo cuatro timbrazos. Pensé que a lo mejor estaba en la casa costera de Powers, pero no tenía este número. Deseé que estuviese fuera de casa, fuera de la ciudad. Descolgó al quinto timbrazo y sentí un retortijón en el estómago. Ya no podía echarme atrás.

—Hola, soy Kinsey —dije.

—Ah, hola —dijo con suavidad. Advertí la satisfacción en su voz y pude imaginarme la cara que ponía—. Me moría de ganas de que llamases. ¿Estás libre?

—No, la verdad es que no. Mira, Charlie. Creo que no debemos vernos durante un tiempo. Hasta que resuelva el caso.

Hubo un silencio profundo.

—De acuerdo —dijo al cabo.

—No es nada personal —dije—. Es sólo cuestión de política.

—Pero si yo no digo nada. Haz lo que creas conveniente. Aunque pudiste haber pensado antes en la «política».

—No es eso, Charlie —dije, haciendo un esfuerzo—. Puede salir bien y no es que me resulte excesivo, pero me entorpece. Mucho. Yo no suelo hacer estas cosas. Pero es una de mis normas fundamentales. No puedo seguir viéndote mientras no solucione este asunto.

—Pero si lo entiendo, cariño —dijo—. Si crees que no hay que hacerlo, entonces no hay que hacerlo. Llámame si cambias de idea.

—Un momento —dije—. No tienes por qué hablarme así. No te estoy dando el finiquito.

—Claro que no —dijo con la entonación hueca de la incredulidad.

—Sólo quería que lo supieras.

—Bueno, pues ya lo sé. Agradezco tu sinceridad —dijo.

—Te llamaré cuando pueda.

—Que lo pases bien —dijo y en mi oído sonó un apagado chasquido metálico.

Me quedé con la mano en el teléfono, hecha un torbellino de dudas, deseando llamarle otra vez, deseando desmentir todo cuanto acababa de decirle. Había buscado tranquilidad, una manera de eludir la inquietud que sentía. Creo que incluso deseé habérmelo pasado mal con él para poder resistir la tentación y comportarme con sensatez. Estaba en juego mi integridad. ¿O no? Después de lo que habíamos experimentado juntos, el dolor que había notado en su voz me había atravesado como un cuchillo. Y es posible que tuviera razón al suponer que le estaba dando el finiquito. A lo mejor sólo quería hacerle daño, alejarle de mí porque necesitaba espacio entre el mundo y yo. El trabajo suele ser el pretexto ideal. Casi toda la gente que conozco la he conocido trabajando y si no puedo invertir sentimientos en estas vicisitudes, ¿en qué otra parte puedo hacerlo? La investigación privada llena mi vida entera. Es el motivo por el que me levanto por la mañana y me acuesto por la noche. Casi siempre estoy sola, pero ¿y qué? No me siento infeliz ni a disgusto. Tenía que sentirme libre hasta saber qué había pasado. Si Charlie no lo comprendía, que se fuese a la mierda hasta que tuviera el caso cerrado y archivado; entonces ya veríamos qué pasaba; si no era demasiado tarde. ¿Y qué, si Charlie tenía razón, si yo quería romper por una escrupulosidad excesiva, para ocultar otra cosa? No había mediado ninguna declaración, ningún compromiso. Me había acostado dos veces con él. ¿Acaso le debía algo? No sé lo que es el amor y no estoy segura de creer en él. «¿Por qué te pones entonces tan a la defensiva?» me dijo una vocecita por dentro, pero no le hice caso.

Tenía que seguir adelante. No había otra forma de salir de aquello. Descolgué el auricular y marqué el número de Gwen.

—¿Sí?

—¿Gwen? Soy Kinsey —dije, dando un tono neutral a mi voz—. Ha ocurrido algo y creo que deberíamos hablar.

—¿De qué se trata?

—Preferiría comentártelo personalmente. ¿Sabes dónde está Rosie's, el de la playa?

—Sí. Me parece que sí —dijo con alguna vacilación.

—¿Podrás estar allí dentro de media hora? Es importante.

—Desde luego. Dame tiempo para ponerme los zapatos. Llegaré lo antes que pueda.

—Gracias —dije.

Miré el reloj. Eran las ocho menos cuarto. Esta vez quería que estuviese en mi terreno.

Rosie's estaba vacío, la luces medio apagadas y el local entero olía al humo del tabaco del día anterior. De pequeña solía ir a un cine cuyo lavabo de señoras olía igual. Rosie vestía una saya estampada en que se veían muchos flamencos descansando sobre una pata. Estaba sentada en el extremo de la barra y leía un periódico a la luz de un televisor pequeño que había colocado encima del mostrador con el volumen al mínimo. Alzó la vista cuando entré y apartó el periódico.

—Ya no hay cenas. La cocina está cerrada. Es mi noche libre —me anunció desde la otra punta del establecimiento—. Si quieres comer algo, tendrá que ser en casa. Pregúntale a Henry Pitts. Sabe mucho de cocina.

—Estoy esperando a una persona, sólo tomaremos un trago —dije—. Esto está más lleno que un campo de concentración.

Miró a su alrededor como si hubiera pasado por alto a alguien. Me acerqué a la barra. Acababa de teñirse el pelo de rojo al parecer porque tenía el cuero cabelludo de un color sonrosado. Para las cejas utilizaba un lápiz Maybelline marrón oscuro y por lo visto cada vez se las pintaba más juntas, arqueándoselas con coquetería. No tardaría en pintarse las dos a la vez con un solo trazo ondulado.

—¿Aún tienes hombre? —preguntó.

—Seis o siete a la semana —dije—. ¿Te queda Chablis frío?

—Me queda el matarratas de siempre. Sírvete tú misma.

Rodeé el mostrador, me hice con un vaso y del frigo que había bajo la barra saqué la jarra del vino blanco. Llené el vaso y le puse hielo. Me dirigí a mi reservado favorito, tomé asiento y me preparé mentalmente igual que un actor a punto de salir a escena. Ya iba siendo hora de olvidar los buenos modales.

Gwen llegó cuarenta minutos después, pulcra, decidida y superior. Me saludó con desenvoltura, aunque me pareció percibir cierta tensión en ella, como si intuyese lo que iba a decirle. Rosie se nos acercó y le lanzó una mirada calibradora. Le tuvo que parecer del todo legal porque la honró con una pregunta directa.

—¿Le apetece tomar algo?

—Whisky escocés con hielo. Y un vaso de agua, por favor.

Rosie se encogió de hombros. Le traía sin cuidado lo que bebieran los demás.

—¿Te lo pongo en la cuenta? —me dijo.

Negué con la cabeza.

—Esta vez pagaré —dije. Rosie se alejó hacia la barra. La mirada que cruzamos Gwen y yo de manera imprevista nos dio a entender que las dos nos acordábamos de la primera vez que ella había hecho alusión a tomar whisky escocés en el pasado, cuando estaba casada con Laurence Fife y jugaba a ser la esposa modelo. Me pregunté a qué estaría jugando en la actualidad.

—Vuelvo a tomar licores fuertes de vez en cuando —dijo, recogiendo el hilo de mis pensamientos.

—¿Y por qué no? —contesté.

Me observó durante unos segundos.

—¿Qué ha ocurrido?

—Fue una pregunta valiente. No creía que tuviera un interés real por saberlo, pero siempre me había parecido la clase de mujer que va derecha al grano. Puede que también se arrancase las tiritas con la misma decisión y empuje, para acabar cuanto antes.

—He hablado con Colin —dije—. Se acordaba de ti.

Hubo un ligerísimo cambio en su actitud y por los ojos le cruzó una expresión, no de miedo, sino de cautela.

—Oh, estupendo —dijo—. Hace años que no le he visto, claro. Ya te lo dije. —Metió la mano en el bolso, sacó la polvera y se miró con rapidez en el espejito mientras se pasaba la mano por el pelo. Volvió Rosie con el whisky escocés y el vaso de agua. Pagué el importe. Rosie se guardó el dinero en el bolsillo de la saya y volvió al mostrador mientras Gwen tomaba un sorbo de agua. Parecía controlarse, sin confianza suficiente para reanudar la conversación donde la habíamos abandonado. La ataqué de frente para sorprenderle.

—No me contaste que estuviste liada con Laurence.

Barbotó una carcajada.

—¿Quién? ¿Yo? ¿Con él? No hablarás en serio, ¿verdad?

Tuve que interrumpir su hilaridad.

—Colin te vio en la casa de la playa el fin de semana en que Nikki estuvo fuera de la ciudad. No conozco todos los detalles, pero puedo imaginármelos.

La observé mientras digería mis palabras y ajustaba los mandos. Era una actriz consumada, pero la astuta coartada que se había fabricado comenzaba a tambalearse a causa del desuso. Había pasado mucho tiempo desde que interpretara aquel papel y sus resortes se habían enmohecido un tanto. Se sabía de memoria el texto, pero resultaba difícil mantener el porte después de un descanso de ocho años. Al parecer no se dio cuenta de la impostura y guardé silencio. Casi veía lo que sucedía en el interior de su cabeza. La necesidad imperiosa de confesar y terminar de una vez, la urgencia por vomitarlo todo era demasiado tentadora para resistirse. Se había marcado unos cuantos faroles conmigo y me había dado el pego, pero porque yo no sabía qué teclas pulsar.

—Está bien —barbotó con agresividad—. Me acosté con él en una ocasión. ¿Y qué? En realidad me lo encontré en el Palm Garden. Estuve a punto de decírtelo el otro día. Fue él quien me dijo que Nikki estaba fuera. Me asombró que incluso me dirigiera la palabra. —Cogió el vaso de whisky y tomó un sorbo prolongado.

Se estaba inventando la película a toda la velocidad que podía, y la verdad es que no estaba mal, pero era como escuchar un disco. Decidí ahorrarme los intervalos inútiles. Volví a la carga.

—Fue más de una vez —dije—. Estabais más liados que un nudo marinero. Charlotte Mercer lo tenía por entonces cogido por el cuello y rompió con ella. Según ella, tenía un asunto «con mucho misterio» y «con pasiones de cine», por utilizar sus mismas palabras. Creo que se trataba de ti.

—¿Qué importancia tiene que nos liáramos? Él venía haciéndolo desde hacía años.

Dejé transcurrir unos momentos y cuando volví a hablar, mantuve la voz baja y me adelanté para que el efecto fuera total.

—Creo que fuiste tú quien lo mató.

Su cara quedó paralizada como si le hubieran desenchufado una clavija. Fue a decir algo, pero se interrumpió. Veía trabajar su cerebro, pero sin llegar a coordinar nada a velocidad suficiente. Se estaba debatiendo y la presioné.

—¿Quieres hablarme de ello? —dije. Yo tenía el corazón a punto de explotar y notaba en los sobacos una argolla de sudor.

Negó con la cabeza, fue incapaz de hacer otra cosa. Parecía toda ella petrificada. La cara le había cambiado y adoptado esa expresión que se adquiere durante el sueño, cuando se ha bajado la guardia totalmente. Tenía los ojos oscuros y brillantes y dos manchas de color rusa luminoso se le habían formado en la palidez de las mejillas, igual que un payaso, como el efecto que produce demasiado colorete bajo una luz artificial. Parpadeó para contener las lágrimas, apoyó la barbilla en la mano y miró detrás de mí, esforzándose por dominarse; pero se le habían resquebrajado las defensas y la culpa pugnaba por abrirse camino en aquella fachada maravillosa. Lo había visto en otras ocasiones. La gente resiste mientras puede y luego se derrumba. En el fondo era una aficionada.

—Sufriste demasiado y al final estallaste —dije, con la esperanza de no estar cargando la mano—. Esperaste a que él y Nikki se marcharan de la ciudad y utilizaste la llave de Diane para entrar en la casa. Introdujiste las cápsulas con adelfas en el frasquito de plástico y te fuiste.

—Lo odiaba —dijo con boca trémula. Parpadeó y una lágrima le cayó en la blusa, semejante a una gota de lluvia. Tomó una profunda bocanada de aire y las palabras le brotaron a borbotones—. Destrozó mi vida, se llevó a mis hijos, me robó delante de mis narices, me ofendía, me maltrataba... Dios mío, ¿qué sabes tú? Aquel hombre era el demonio...

Cogió una servilleta y se la llevó a los ojos. Rosie, cosa que me sorprendió, no pareció percatarse de la escena. Permanecía sentada junto a la barra, leyendo probablemente a Ann Landers y pensando que At Wit's End, a juzgar por las llamadas obscenas que hacía, había tenido que casarse, y todo ello mientras una clienta confesaba un crimen prácticamente en su cara. A su derecha, el pequeño televisor emitía la reposición de un episodio de Los Teleñecos.

Gwen dio un suspiro y se quedó mirando el mantel. Alargó la mano y cogió su vaso, del que tomó un largo trago de whisky, que le produjo un escalofrío.

—Salvo por los chicos, ni siquiera tuve remordimientos. Les afectó mucho y no me lo esperaba. Estaban muchísimo mejor sin él.

—¿Por qué te liaste con Laurence? —dije para sondearla.

—No lo sé —dijo, arrugando sin parar la servilleta de papel—. Supongo que por venganza. Era un egocéntrico de marca mayor. Sabía que no podría resistirse. A fin de cuentas le había puesto como un trapo por haberse liado con otro. El no aguantaba estas cosas. Yo sabía que querría recuperar su imagen. No me resultó difícil planearlo. El quería demostrarse algo a sí mismo. Quería que me diese cuenta de lo que yo misma había rechazado. Incluso nos corrimos una pequeña orgía en cierta ocasión. La hostilidad estaba tan a flor de piel que nos alimentaba con una energía enfermiza. Dios mío, lo aborrecía. Lo maté. Y voy a decirte algo —añadió con violencia—. Matarle una vez no me bastó. Ojalá hubiese podido matarlo de nuevo.

Me miró entonces a la cara y el peso de lo que me estaba contando comenzó a hacerse patente.

—¿Y qué hay de Nikki? ¿Acaso te había hecho algo?

—Pensé que la absolverían —dijo—. Jamás creí que la metieran en la cárcel y cuando se falló la sentencia no estaba yo para ocupar su puesto. Ya era demasiado tarde.

—¿Qué más? —dije, al tiempo que advertía que mi entonación se volvía hosca—. ¿También mataste al perro?

—Yo no tuve nada que ver. Lo atropellaron el domingo por la mañana. Llevé a Diane a la casa porque ella me había recordado que lo había dejado fuera y estaba preocupada. Ya estaba muerto en la calzada. Dios mío, jamás atropellaría a un perro —dijo subrayando las palabras, como si yo debiera apreciar lo delicado de sus sentimientos.

—¿Y qué hay de los demás detalles? ¿De las adelfas del jardín? ¿De las cápsulas del primer piso?

—Una cápsula. Yo adulteré *una*.

—Y un jamón, Gwen. Un jamón con chorreras.

—Te estoy contando la verdad. Te lo juro. Lo había meditado durante mucho tiempo y no encontraba la manera de que resultase. Ni siquiera estaba segura de que fuera eficaz. Diane estaba destrozada por lo del perro, así que la llevé a mi casa y la acosté. En cuanto se durmió, cogí sus llaves, volví y ya sabes el resto. —Lo contó con un dejo de desafío, como si después de haber llegado tan lejos considerase absurdo dorar la píldora.

—¿Y qué me dices de las otras dos? —le espeté—. ¿Qué hay de Sharon y de Libby Glass?

Me miró parpadeando y se echó atrás.

—No sé de qué me hablas.

—Maldita sea tu estampa —dije, poniéndome en pie—. Me has estado mintiendo desde el instante en que nos conocimos. No creo ya ni una palabra de cuanto me digas, ya lo sabes.

Pareció sorprendida por mi vehemencia.

—¿Qué vas a hacer?

—Contárselo a Nikki —dije—. Es quien me ha pagado. Dejaremos que ella decida.

Me alejé de la mesa, camino de la puerta. Gwen cogió su chaqueta y su bolso y me alcanzó. Ya en la calle, me cogió el brazo y la rechacé con una sacudida.

—Espera, Kinsey... —Se había puesto muy pálida.

—Vete a la mierda —dije—. Y será mejor que contrates a un buen abogado, querida, porque lo vas a necesitar.

Crucé la calzada y dejé a Gwen en la acera.

25

Cerré la puerta de mi casa y traté de ponerme al habla con Nikki, llamándola a la casa de la playa. El teléfono sonó ocho veces colgué y me puse a pasear por la habitación con una sensación desapacible en el pecho. Algo no encajaba. Algo marchaba mal y era incapaz de decir qué. No tenía la impresión de haber cerrado el caso. Ninguna en absoluto. La cosa tenía que haber finalizado allí mismo. La catarsis, la escena culminante. Me habían contratado para averiguar quién había matado a Laurence Fife y lo había averiguado. Fin. *The End.* Pero me quedaba medio caso por resolver y un sinfín de cabos sueltos. Gwen había matado a Laurence mitad con premeditación, mitad por impulso, pero el resto no pegaba ni con cola. ¿Y por qué diantres no estaba cada pieza en su sitio? No me imaginaba a Gwen matando a Libby Glass. Gwen llevaba odiando a Laurence Fife muchos años, tal vez había titubeado ante distintas formas de acabar con él, incluso cabía la posibilidad de que en el fondo no pensara cometer realmente el crimen, de que en el fondo no creyera en su capacidad para cometerlo. Había pensado en el método de las adelfas y de pronto había visto una manera de aplicarlo. La oportunidad perfecta se había presentado por sí sola y había puesto manos a la obra. La muerte de Libby Glass no había podido planearse tan fácilmente, ni por el forro. ¿Cómo se había enterado Gwen de su existencia? ¿Cómo había sabido su paradero? ¿Cómo había entrado en aquel apartamento? ¿Y cómo había podido confiar en que la víctima se estuviese medicando? Tampoco me imaginaba a Gwen trasladándose a Las Vegas. No me la imaginaba matando a Sharon a sangre fría. ¿Por qué? ¿Con qué objeto? La muerte de Laurence había saldado la vieja deuda, había liquidado el odio y resentimiento que había entre los dos, pero ¿por qué eliminar las otras? ¿Chantaje? ¿Miedo a que la descubriesen? Tal vez en el caso de Sharon, pero ¿y en el de Libby Glass? La perplejidad de Gwen me había parecido totalmente sincera. Como el haber negado toda responsabilidad en la muerte del perro. No olvidaba el extraño dejo de dignidad ofendida que había vibrado en su voz. No tenía sentido.

A menos que hubiera otra persona por medio. Otra persona con las manos ensangrentadas.

Sufrí un escalofrío.

Santo Dios. ¿Lyle? ¿Charlie? Tomé asiento sin dejar de parpadear y con la mano en la boca. Me había hecho a la idea de que una sola persona era responsable de las tres muertes, pero quizás estaba equivocada. Tal vez fuera otra la solución. Me puse a meditar. Gwen había matado a Laurence Fife. ¿Y si otra persona había descubierto el primer asesinato y lo había aprovechado? La ocasión era parecida, el método era idéntico. Tenía que parecer, desde luego, que todo formaba parte de un plan único.

Pensé en Lyle. Pensé en su cara, en sus ojos extraños e imperceptiblemente desparejos: taciturnos, vigilantes, agresivos. Había dicho que había estado con Libby tres días antes de que ésta muriera. Yo sabía que había estado al corriente de la muerte de Laurence. No era hombre inteligente, pero podía haberlo hecho imitando el ardid de otro; incluso emporrado.

Llamé a mi servicio mensafónico.

—Me voy a Los Angeles —dije—. Si llama Nikki Fife, quiero que le den el número de teléfono del motel La Hacienda de esta ciudad y que le digan que se ponga en contacto conmigo urgentemente. A ella sola y a nadie más. No quiero que se sepa que estoy fuera. Llamaré de vez en cuando para recoger los restantes recados, si los hay. Usted limítese a decir que estoy muy ocupada y que no sabe dónde me encuentro. ¿Entendido?

—Entendido, señorita Millhone. Así lo haré —dijo la empleada con amabilidad y colgó. La madre que la hizo. Si llego a decirle: «Hágase cargo de las llamadas, voy a rebanarme el pescuezo», me habría contestado con la misma cordialidad neutral.

Me sentó bien el viaje a Los Angeles, tranquilo y sosegador. Eran las nueve pasadas y no había mucho tráfico en la sureña carretera, sumida en las sombras del anochecer. A mi izquierda, las lomas encorvaban y ondulaban la jiba cubierta de vegetación de escasa altura; no había árboles ni rocas. A mi derecha, prácticamente al alcance de la mano, rugía el océano, negro como la pez salvo por los rizos blancos del oleaje que relumbraba aquí y allá. Dejé atrás Summerland y Carpintería, dejé atrás los pozos de petróleo y la central eléctrica, engalanada con lucecitas como un escaparate en Navidad. Había algo apaciguador en el hecho de no tener que preocuparse de nada salvo de no tener un accidente y matarse. Dejaba la cabeza libre para pensar en otras cosas.

Había cometido un error, hecho una suposición falsa y me sentía una novata. Por lo demás, mi suposición era idéntica a la de los demás: el mismo M. O. [*modus operandi*], el mismo asesino. Pero mi punto de vista había cambiado. Me parecía ahora que la única explicación plausible era que otra persona había matado a Libby Glass; y también a Sharon. Crucé Ventura, Oxnard y Camarillo, donde se encontraba el manicomio provincial. Me han dicho que hay menos inclinación a la violencia entre los locos internados que entre los ciudadanos que andan sueltos y me lo creo. Pensé en Gwen sin sobresaltos ni desilusiones, dejando que la mente diera saltos aleatorios hacia delante y hacia atrás. En cierto modo me sulfuraban más los delitos menores de una Marcia Threadgill, que los perpetraba por una miseria, sin otra motivación que la avaricia pura. Me pregunté si no sería Marcia Threadgill el nuevo modelo de moralidad en relación con el cual tendría que juzgar los pecados restantes en lo sucesivo. El odio podía entenderlo: la necesidad de venganza, la satisfacción de deudas antiguas. Al fin y al cabo, la idea de «justicia» giraba alrededor del ajuste de cuentas.

Remonté la gran colina por la que se accede a Thousand Oaks y comprobé que el tráfico aumentaba. A ambos lados de la carretera había parcelas con casas y, más allá, avenidas comerciales de bote en bote. El aire de la noche era húmedo y dejé las ventanillas bajadas. Busqué el maletín en el asiento trasero y manipulé el cierre. Me guardé la pequeña automática en el bolsillo de la cazadora, donde advertí que guardaba un montón de papeles. Los saqué para mirarlos. Eran las facturas de Sharon Napier. Al salir de su casa me las había metido en el bolsillo y ni se me había ocurrido pensar en ellas desde entonces. Tendría que revisarlas. Las dejé en el otro asiento delantero y miré la hora bajo la lluvia helada de las luces de la autopista. Eran las diez y diez; me quedaban aún cuarenta y cinco minutos de volante, tal vez más habida cuenta del tráfico que encontraría en las carreteras secundarias cuando dejase la autopista. Pensé en Charlie y me pregunté si no habría reventado una relación maravillosa. No me parecía hombre de los que perdona y olvida, aunque eso nunca se sabe. Era mucho más flexible que yo, eso estaba claro. Los pensamientos se sucedían sin orden ni concierto. Lyle había tenido conocimiento de mi viaje a Las Vegas. No tenía muy claro el papel que jugaba Sharon en todo aquello, pero ya lo averiguaría. El chantaje seguía antojándoseme lo más probable. En cuanto a la carta, ni idea. ¿Cómo la habría obtenido Libby? ¿O era ella la destinataria? A lo mejor eran compinches Lyle y Sharon. Tal vez la consiguiera Lyle a través de ella. A lo mejor estaba poniéndola entre los efectos personales de

Libby y no tratando de llevársela. Si se corroboraba la idea de que había habido un vínculo romántico entre Libby y Laurence Fife, era él quien salía ganando. El sabía que yo iba a volver para llevarme las cajas. Había tenido tiempo de sobra para llevársela porque para ver a Diane yo había tenido que hacer noche en la carretera. A lo mejor había cronometrado al segundo la operación para estimular mi curiosidad a propósito de algo que habría podido pasarse por alto. Dejé de centrarme en aquello y pensé en el teniente Dolan con una ligera sonrisa. Estaba convencidísimo de que Nikki había matado a su marido, satisfecho incluso. Tendría que llamarle cuando volviera. Pensé en Lyle otra vez. No quería verle aquella noche. No era tan listo como Gwen, pero podía resultar peligroso. Si es que se trataba de él. Por cierto, no quería precipitarme una vez más a la hora de sacar conclusiones.

Me inscribí en La Hacienda a las once y cinco, fui directamente a la habitación número 2 y me metí en la cama. A cargo de la recepción estaba la madre de Arlette. Está el doble de gorda que la hija.

Por la mañana me duché y me puse la ropa de la víspera y fui tambaleándome hasta el coche para recoger el neceser que llevo en el atestado asiento de atrás. Volví al cuarto, me cepillé los dientes —oh, bendito descanso— y me pasé el peine por el pelo. Fui a una cafetería que hay en el cruce entre Wislhire y Bundy y pedí huevos revueltos, salchichas, una tostada con queso, café y zumo de naranja natural. Quien inventó el desayuno se apuntó un buen tanto para la posteridad.

Volví a La Hacienda y vi que Arlette sacaba por la puerta un brazo descomunal que me hizo una seña. Tenía la caraza enrojecida, la boina de rizos rubios en desorden y los ojos encogidos hasta la invisibilidad por culpa de los hinchados mofletes. Me pregunté cuánto tiempo habría pasado desde la última vez que le viera el cuello. Pero me caía bien, aunque tenía el genio cagado a veces.

—Te llama una mujer por teléfono y parece muy alterada. Le he dicho que estabas fuera, pero me ha contestado
que te busque. Menos mal que has vuelto —dijo, sin aliento casi y respirando con dificultad.

No la había visto tan nerviosa desde que descubrió que
todos los pantis que había en el mercado eran de talla única.
Entré en recepción con una Arlette jadeante y pegada a mis
talones. El auricular descansaba sobre el mostrador y lo cogí.

—Diga.

—¿Kinsey? Soy Nikki.

Está muerta de miedo, pensé automáticamente.

—Te llamé anoche, pero no estabas —dije—. ¿Ocurre algo?
¿Estás bien?

—Gwen ha muerto.

—Pero si estuve hablando con ella anoche —dije sin comprender. Suicidio. Se había suicidado. Mierda, mierda, me
dije.

—Ha sido esta mañana. Un coche que se largó. Lo han
dicho en las noticias. Estaba haciendo footing por Cabana
Boulevard, la atropellaron y el conductor se dio a la fuga.

—No me lo creo. ¿Estás segura?

—Totalmente. Te llamé y en tu servicio mensafónico me
dijeron que estabas fuera. ¿Qué haces en Los Angeles?

—Tengo que comprobar algo aquí, pero estaré de vuelta
esta misma noche —dije, pensando a toda velocidad—. Escucha, ¿por qué no tratas de enterarte de los detalles?

—Lo intentaré.

—Llama al teniente Dolan de Homicidios. Dile que vas
de parte mía.

—Homicidios —dijo, sobresaltada.

—Nikki, es policía. Está al tanto de lo que pasa. Y es
posible que no haya sido un accidente, así que toma nota
de lo que él te diga, yo te llamaré en cuanto llegue.

—Está bien, como quieras —dijo en tono dubitativo—.
Veré qué puedo hacer.

—Gracias —y colgué.

—¿Ha muerto alguien? —preguntó Arlette—. ¿Alguien que conocías?

La miré a los ojos sin reconocerla. ¿Por qué Gwen? ¿Qué había sucedido?

Me siguió al exterior y hasta la puerta de mi cuarto.

—¿Puedo hacer alguna cosa? ¿Necesitas algo? Tienes un aspecto horrible, pareces un fantasma.

Cerré la puerta nada más entrar. Recordé la última imagen de Gwen, de pie en la calle, con la cara pálida. ¿Había sido un accidente? ¿Una casualidad? Los acontecimientos se sucedían muy aprisa. Alguien comenzaba a tener miedo y por motivos que yo no acababa de comprender.

Una solución posible se encendió y apagó en mi cabeza. Me quedé inmóvil mientras la revisaba otra vez, como en esas películas donde se repite una escena del principio. Podría ser que sí. Podría ser que no. No tardaría en reunir todas las piezas. Todo tenía que encajar.

Lo puse todo en el asiento trasero del coche sin molestarme siquiera en pagar la cuenta. Ya enviaría un giro a Arlette por los malditos doce dólares.

Fui hasta Valley como en una pesadilla, con el coche avanzando automáticamente, ya que no presté atención ni a la carretera ni al sol ni al tráfico ni al smog. Cuando llegué a la casa de Sherman Oaks donde Lyle trabajaba de paleta, vi su destartalada camioneta aparcada delante. No tenía tiempo que perder y estaba harta de rodeos. Cerré con llave el coche, recorrí el camino de entrada y rodeé el edificio para acceder a la parte trasera. Lo vi antes de que él me viera a mí. Estaba inclinado sobre un montón de ladrillos, tejanos descoloridos, chirucas, sin camisa, un cigarrillo en la comisura.

—Lyle.

Se volvió. Había sacado la pistola y le apuntaba sosteniéndola con las dos manos, las piernas separadas, dispuesta a todo. Se quedó inmóvil y sin decir ni pío.

Sentía frío y me notaba la voz tensa, pero no desvié la pistola ni un milímetro.

—Quiero respuestas y las quiero ya —dije. Lo vi mirar hacia la derecha. Había un martillo en el suelo, pero no hizo el menor movimiento.

—Atrás —dije, avanzando despacio, hasta que me situé entre él y el martillo. Hizo lo que le había dicho y sus ojos azul claro volvieron a clavarse en los míos al tiempo que levantaba las manos.

—No quiero matarte, Lyle, pero no dudaré en hacerlo.

Por una vez no me pareció taciturno, tímido o arrogante. Me miraba con fijeza y con la primera muestra de respeto que advertía en él.

—Tú mandas —dijo.

—No te hagas el listo conmigo —le solté—. No estoy de humor. Siéntate en la hierba. Allí. Y no muevas un músculo hasta que te lo diga.

Se acercó con sumisión a un pequeño espacio cubierto de hierba y tomó asiento, con los ojos clavados en los míos todo el rato. Reinaba el silencio y alcanzaba a oír el piar imbécil de los pájaros; estábamos solos al parecer y lo prefería así. Sostenía la pistola con el cañón apuntándole al pecho y rezaba porque las manos no me temblasen. El sol pegaba fuerte y le hacía entornar los ojos.

—Háblame de Libby Glass —dije.

—Yo no la maté —replicó con nerviosismo.

—Eso no me interesa. Quiero saber qué pasó. Quiero saber qué me has ocultado. ¿Cuándo la viste por última vez?

No respondió.

—*¡Contesta!*

No tenía ni el aplomo ni la inteligencia de Gwen. La pistola le ayudó a refrescarse las ideas.

—El sábado.

—El día que murió, ¿no?

—Exacto, pero yo no fui. Fui a verla, tuvimos una pelea fuerte y se puso muy nerviosa.

—Vale, vale. Ahórrame la ambientación. ¿Qué más?

Guardó silencio.

—Lyle —dije en son de amenaza. Los músculos de la cara parecieron contraérsele como una bolsa de plástico y se echó a llorar. Se cubrió la cara con las manos con dramatismo. Estuvo así un buen rato. Si al presentarme allí había metido la pata, la había metido en todo lo demás. No podía dejarle escapar.

—Cuéntamelo —dije con entonación neutral—. Tengo que saberlo.

Me pareció que tosía, pero me di cuenta de que se trataba de sollozos. Encogido, débil y pequeño, habría podido pasar por un niño de nueve años.

—Le di un tranquilizante —dijo con congoja—. Fue ella quien me lo pidió, encontré un frasco en el botiquín y se lo di. Incluso fui por un vaso de agua. La quería mucho.

Remitió el brote inicial y se limpió las lágrimas con una mano sucia que le dejó manchas de tierra en las mejillas. Se rodeó con ambos brazos y comenzó a balancearse, lleno de dolor, con un reguero de lágrimas corriéndole otra vez por los pómulos.

—Sigue —dije.

—Me fui, pero me sentía mal y volví más tarde, y fue entonces cuando la encontré muerta en el suelo del cuarto de baño. Tuve miedo de que encontraran mis huellas y pensaran que era yo el responsable, así que limpié el piso de arriba abajo.

—¿Y te llevaste los tranquilizantes cuando te fuiste?

Asintió, apretándose los dedos contra las cuencas como para impedir que las lágrimas siguieran fluyendo.

—Los tiré al water al llegar a casa. Rompí el frasco y me deshice de él.

—¿Cómo supiste lo que era?

—No lo sé. Caí en la cuenta y ya está. Me acordé de aquel tipo, el del norte, porque sabía que había muerto de la misma manera. Ella no se habría tomado la pastilla de no ser por mí, pero tuvimos que pelearnos, maldita sea, y se puso muy mal, le entraron tiriteras. Ni siquiera sabía que tuviera tranquilizantes hasta que me pidió una pastilla y yo no sospeché nada. Volví para pedirle perdón. —Parecía haber pasado ya lo peor y dio un profundo suspiro, recuperando el tono de voz normal.

—¿Qué más sucedió?

—No lo sé. La clavija del teléfono estaba desconectada. La enchufé y limpié también el aparato —siguió en un tono uniforme—. Yo no quería perjudicar a nadie, sólo protegerme. Yo jamás le habría envenenado. No lo habría hecho en mi vida, lo juro por Dios. No tuve nada que ver, ni con eso ni con lo demás; lo único que hice fue limpiar el piso. Por si había huellas. No quería que me acusaran. Y me llevé el frasco de las pastillas. Eso también lo hice.

—Pero no forzaste la puerta del sótano —dije.

Negó con la cabeza.

Bajé el arma. Ya lo sabía a medias, pero tenía que estar segura.

—¿Vas a denunciarme?

—No. A ti no.

Volví al coche y me quedé sin saber qué hacer, preguntándome de manera un tanto irreflexiva si de veras habría sido capaz de utilizar el arma. Me respondí que no. Tía dura. Soy una tía dura, de las que hacen que los niños asustados se caguen encima. Cabeceé y noté que las lágrimas me asomaban a los ojos. Puse el motor en marcha, metí la primera y di la vuelta hacia la colina, rumbo a Los Angeles Oeste. Tenía que hacer otra visita, luego volvería a Santa Teresa y lo pondría todo en orden. Ya sabía quién era el asesino.

26

Me vi reflejada en una de las paredes de espejo que había en el vestíbulo de Haycraft and McNiece. Parecía a punto de afrontar el último asalto: ojerosa, despeinada y con las mandíbulas prietas. Incluso Allison, con su camisa de piel con flecos en las mangas, pareció alarmarse al verme y su ensayada sonrisa de recepcionista pasó de los sesenta watios habituales a veinticinco.

—Tengo que hablar con Garry Steinberg —dije con una entonación que indicaba que no iba a dejar que nadie me tosiera.

—Está en su despacho —dijo con apocamiento—. ¿Sabe cuál es?

Asentí y empujé las puertas batientes. Vi a Garry que se dirigía a su despacho por el estrecho pasillo interior, golpeándose el muslo con un puñado de cartas sin abrir.

—¿Garry?

Se volvió, la cara se le iluminó al verme y le comenzó a titilar.

—¿De dónde viene? Parece agotada.

—He estado al volante toda la noche. ¿Podemos hablar?

—Claro. Pase.

Entró en el despacho y cogió un montón de expedientes que había en la silla situada ante el escritorio.

—¿Le apetece un café? ¿Quiere que le traiga alguna cosa? —Puso el correo encima del archivador.

—Gracias, me encuentro bien, pero necesito verificar una corazonada.

—Adelante —dijo, tomando asiento.

—¿No me dijo usted hace un millón de años...?

—La semana pasada —dijo interrumpiéndome.

—Sí, creo que fue entonces. Usted dijo que se estaban informatizando las cuentas de Fife.

—Sí, lo informatizamos todo. Nos facilita muchísimo las cosas y también para el cliente es mejor. Sobre todo a la hora de pagar los impuestos.

—¿Y si se había metido mano a los libros?

—¿Quiere decir si se habían manipulado?

—Me lo ha quitado usted de la boca —dije con ironía—. ¿No se habría notado inmediatamente?

—Por supuesto. ¿Cree que Fife falseaba su contabilidad?

—No —dije con parsimonia—. Creo que era Charlie Scorsoni quien lo hacía. Forma parte de lo que le quería preguntar. ¿Habría podido quedarse con algún dinero de las propiedades a las que representaba?

—Desde luego. Es algo que puede hacerse y no cuesta mucho —dijo Garry con cara de quien cae en la cuenta—, aunque demostrarlo es un lío espantoso. En realidad depende de cómo lo hiciera. —Meditó unos instantes, al parecer dándole vueltas a la idea. Se encogió de hombros—. Por ejemplo, pudo abrir una cuenta especial o una cuenta con beneficiario doble para todas las propiedades; tal vez dos o tres cuentas falsas dentro de la general. Se recibe una importante cantidad en concepto de beneficios, se separa una parte y se ingresa en una cuenta falsa.

—¿Pudo haber advertido Libby alguna anomalía?

—Naturalmente. Tenía talento para estas cosas. Habría tenido que buscar el origen de los beneficios en el Moody's Dividend Book, que detalla el valor de los dividendos de cada compañía. Luego, si algo no casaba, pudo haber solicitado información, saldos bancarios, listas de cheques cancelados, cosas por el estilo.

—Entiendo. Lyle me dijo la semana pasada que por entonces hubo muchas llamadas telefónicas y que un abogado se presentaba para cenar. Hasta que se me ocurrió que Charlie pudo haber ideado un asuntillo con ella para que le tapase los agujeros...

—A lo mejor le ofreció una parte —dijo Garry.

—Dios mío. ¿Habría hecho eso Libby?

Garry se encogió de hombros.

—¿Quién sabe? ¿Lo hacía él?

Me quedé mirando la superficie de la mesa.

—Yo creo que sí —dije—. Mire, todos dijeron que estaba liada con un abogado de Santa Teresa y todos supusimos que se trataba de Fife porque los dos murieron del mismo modo. Pero si lo de las cuentas falsas es cierto, necesito pruebas. ¿Tiene todavía los expedientes en casa?

—No, volví a traerlos. Pensé que podría echarles un vistazo durante la comida. He estado picoteando un poco de queso fresco, pero eso no es comer para mí, así que pensaba comer fuera. Los traje ayer, pero no he parado desde entonces. Ahora que lo dice, creo que Libby estaba ocupada con esa cuenta cuanto murió porque la policía encontró su maletín en casa. —Me dirigió una mirada inquisitiva—. ¿Por qué sospecha usted de él?

Cabeceé.

—Lo ignoro. Se me ocurrió de pronto y vi que encajaba. Charlie me dijo que Fife se marchó a Los Angeles la semana antes de morir, pero creo que no es verdad. Creo que fue Charlie quien hizo el viaje y que tuvo que ser un par de días antes de la muerte de Laurence. Libby tenía en casa un frasquito con tranquilizantes y creo que él cambió algunas píldoras, todas quizá, no sé. Nunca lo sabremos.

—Qué barbaridad. ¿También mató a Fife?

Negué con la cabeza.

—No, ya sé quién mató a Fife. Lo que pienso es que Charlie descubrió una manera de salir bien librado. Es posible que Libby no aceptara el juego o que le amenazara con denunciarle. Aunque no tengo ninguna prueba, ni de lo uno ni de lo otro.

—Bueno, ya aparecerán —dijo con talante tranquilizador—. Si existen, las encontraremos. Empezaré a revisar los expedientes esta misma tarde.

—Estupendo —dije—. Y muchas gracias.

—Pierda cuidado.

Nos dimos la mano por encima de la mesa.

En el camino de vuelta a Santa Teresa me negué en redondo a pensar en Gwen. Pensar en Charlie Scorsoni ya era bastante deprimente de por sí. Tendría que comprobar dónde había estado en el momento de la muerte de Sharon, aunque no le habría costado mucho registrarse en el hotel de Denver, tomar un vuelo directo a Las Vegas, averiguar mi paradero por mi servicio mensafónico, dar con mi motel y seguirme hasta el Fremont. Pensé en Sharon, en aquel momento, en la cafetería, en que me pareció que había visto a alguien que conocía. Según ella, había sido el encargado que le decía por señas que se le había terminado el descanso, pero yo estaba convencida de que mentía. Charlie pudo haberse presentado en aquel instante y haber retrocedido al verme. Puede que ella pensara que él se había dejado caer por allí para entregarle el dinero. Yo estaba hasta cierto punto convencida de que ella le había estado sonsacando la guita, pero una vez más tenía que comprobarlo. Sharon tenía que saber que Fife nunca había estado liado con Libby Glass. Era Charlie el que había estado viajando a Los Angeles para arreglar la contabilidad. Sharon tuvo que tener la boca cerrada durante el proceso, escuchó un montón de mentiras, esperó la ocasión propicia y al final sacó partido de toda la información de que disponía. También cabía la posibilidad de que Charlie Scorsoni no supiera dónde estaba ella y de que hubiera sido yo quien le hubiera conducido hasta su misma puerta. Yo era consciente, como lo había sido mientras se desarrollaban los acontecimientos, de que buena parte del caso parecía una acumulación de hipótesis descabelladas, pero intuía que estaba en el buen camino y todo era cuestión ya de hacer ciertas averiguaciones para corroborar esas hipótesis.

Si Charlie había matado a Gwen en el accidente de tráfico, por fuerza tenía que haber más de una manera de demostrarlo: pelo y fibras en el parachoques del vehículo, que sin duda habría sufrido algún desperfecto susceptible de repararse; manchas de pintura y fragmentos de vidrio en las ropas de Gwen. Incluso era posible que alguien hubiese presenciado el accidente. Mucho más inteligente habría sido que Charlie no hubiese hecho movimiento alguno, que se hubiese quedado quieto y con la boca cerrada, sin llamar la atención. Después de los años transcurridos, no hay duda de que habría sido imposible reconstruir el caso. Había cierta arrogancia en su conducta, indicios de que se consideraba demasiado astuto, demasiado rápido para que lo atraparan. Nadie era *tan* eficaz. Sobre todo a la velocidad a que se había estado moviendo en los últimos días. Por fuerza tenía que cometer errores.

¿Y por qué no remontarse al fraude del comienzo? Tuvo que tratar a toda costa de que Laurence Fife no lo descubriera. Pero aunque lo hubiera descubierto, aun en el caso de que le hubieran cogido con las manos en la masa, no creía yo que Laurence lo hubiera entregado a la justicia. Por muy mezquino que fuera en su vida privada, yo sabía que en punto al trabajo había sido honrado a carta cabal. No obstante, Charlie era su mejor amigo y los dos tenían un largo pasado en común. Tal vez lo advirtiese seriamente o le diera un pescozón, puede que incluso disolviera la sociedad. Pero no creía yo que Charlie hubiese estado en peligro de ir a la cárcel o de perder la licencia para ejercer su oficio. No cabe duda de que no se habría visto con el agua al cuello ni habría perdido lo que había obtenido con tanto esfuerzo. Habría perdido el buen concepto en que le tenía Laurence Fife y es posible que también su confianza, pero eso tenía que haberlo sabido desde el instante en que abriera el saco de la avaricia. Lo cojonudo del caso es que, en nuestros días, un delincuente de cuello blanco se puede convertir en una celebridad, en un héroe, puede aparecer en las entrevistas de la televisión y escribir libros que se venderán como churros. ¿Por qué apurarse, pues? La sociedad perdona todo salvo el homicidio. Es difícil encogerse de hombros ante un homicidio y cuesta mucho aceptar explicaciones y justificaciones, y así como Charlie, antes de cometer el primero, habría podido salir manchado pero incólume, ahora se encontraba en un apuro de mil demonios y las cosas se le ponían cada vez peor.

Ni siquiera intenté justificar su relación conmigo. Me había tratado como a una imbécil, tal como había hecho con Libby Glass, pero ésta era inocente y ello la disculpaba, mientras que yo había tropezado y caído. Hacía mucho tiempo que no me interesaba por nadie, mucho tiempo que no corría un riesgo así y ya había invertido demasiado. Ahora tenía que cerrar de golpe la puerta de los sentimientos y seguir adelante, aunque no me va esta clase de proceder.

Al llegar a Santa Teresa me fui directamente al despacho con el puñado de facturas que había cogido de casa de Sharon Napier. Por vez primera comenzaba a creer que podían tener importancia. Las revisé con una fría curiosidad que pese a todo se me antojó un tanto necrófila. La joven estaba muerta y me parecía obsceno comprobar ahora que había comprado ropa interior que no había pagado, y cosméticos, y zapatos. Se había retrasado un mes en el pago de los servicios básicos y había reclamaciones varias de empresas pequeñas, por ejemplo de su gestoría, de un especialista en la columna y de un balneario del que era asidua. Visa y Mastercard se habían puesto insoportables y American Express exigía la devolución de la tarjeta sin apelación posible, pero lo que más me llamó la atención fue la factura del teléfono. Con el prefijo de Santa Teresa se habían efectuado tres llamadas en marzo, cantidad no excesiva pero reveladora. Dos se habían hecho al despacho de Charlie Scorsoni, ambas el mismo día, con diez minutos de diferencia. No identifiqué en el acto el tercer número al que había llamado, pero vi que constaba la misma centralita de Santa Teresa. Cogí la guía clasificada: el número correspondía a la casa que John Powers tenía en la playa.

Llamé a Ruth sin darme tiempo para titubear. Lo más probable era que Charlie no le hubiese contado que habíamos roto. No me lo imaginaba confiando sus asuntos privados a nadie. Si estaba en el trabajo, tendría que pensar aprisa y no tenía muy claro lo que me proponía decir. La información que necesitaba la tenía Ruth.

—Scorsoni and Powers —canturreó la secretaria.

—Hola, Ruth. Soy Kinsey Millhone —dije con un nudo en la garganta—. ¿Está Charlie?

—Ah, hola, Kinsey. Pues no, no está —dijo con entonación de quien lo lamentaba un poco por mí—. Está en Santa María, asistiendo a un juicio que le tendrá un par de días ocupado.

Gracias a Dios, me dije, y tomé una profunda bocanada de aire.

—Bueno, a lo mejor me puede ayudar usted —dije—. Estaba revisando las facturas de una cliente y todo parece indicar que llamó a Charlie en cierto momento. ¿Recuerda por casualidad si le llamó alguien un par de veces hace seis semanas, ocho tal vez? Fueron dos conferencias y el nombre de quien llamó es Sharon Napier.

—Ah, la que trabajó con él. Sí, lo recuerdo. ¿Qué quiere saber exactamente?

—Bueno, las facturas no me indican si efectivamente habló con él o no. Parece que llamó un viernes, el veintiuno de marzo. ¿Le suena?

—Sí, desde luego —dijo Ruth con sentido de la eficacia—. Preguntó por él, pero él se encontraba en la casa del señor Powers. Ella insistió y la puse con su despacho, pero no me pareció oportuno darle el otro número sin consultarlo con él, así que le dije que volviera a llamar más tarde, lo llamé entonces a la playa para consultárselo y él me dijo que no había inconveniente. No pasa nada, ¿verdad? Espero que no la haya contratado esa mujer para fastidiarle o algo parecido.

Me eché a reír.

—Por el amor de Dios, Ruth, ¿le haría yo una cosa así a Charlie? Es que en la factura he visto el número de John Powers y pensé que a lo mejor había hablado con él y no con Charlie.

—No, no. El señor Powers estuvo fuera de la ciudad aquel fin de semana. Alrededor del veintiuno se suele marchar un par de días. Lo tengo bien apuntado en la agenda. El señor Scorsoni estuvo ocupándose de los perros.

—Claro que sí, eso lo explica todo —dije con indiferencia—. Me ha prestado usted un gran servicio, de verdad. Lo único que me falta comprobar ahora es aquel viaje a Tucson.

—¿A Tucson? —dijo Ruth. En su voz acababa de aparecer la duda, ese tono protector que las secretarias suelen adoptar cuando de pronto se les ocurre que la otra persona les está haciendo preguntas a las que no hay que responder—. ¿De qué se trata, Kinsey? Le podría prestar otro gran servicio si me explicase usted qué tiene que ver esto con su cliente. El señor Scorsoni es muy estricto con estas cosas.

—No, por favor, se trata de un asunto distinto. Y lo puedo comprobar por otros medios, así que no se preocupe. Siempre doy un toque a Charlie cuando vuelve y le hago preguntas.

—En ese caso, puedo darle el número de su motel de Santa María si quiere hablar con él personalmente —dijo. Trataba de estar en los dos frentes, serme de ayuda si mis preguntas eran inocentes y ayudar a Charlie si no lo eran, pero arrimando el ascua a su sardina en cualquier caso. Era muy hábil pese a ser una señora mayor.

Anoté el número sin tenerlas todas conmigo, ya que

sabía que no iba a llamarle, aunque contenta por tenerlo bajo control. Quise decir a Ruth que no hiciera comentarios sobre mi llamada, pero sin pillarme los dedos se me antojaba imposible. Mi única esperanza era que Charlie no llamase a Ruth demasiado pronto. Si ésta le contaba lo que yo había preguntado sabría inmediatamente que andaba tras él y no le gustaría ni un pelo.

Llamé a Dolan, a Homicidios. No estaba, pero dejé recado, subrayando que era «importante», de que me llamase cuando volviera. Llamé a Nikki, a su casa de la playa, y contestó al tercer timbrazo.

—Hola, Nikki, soy yo —dije—. ¿Va todo bien?

—Sí, sí, estamos bien. Aún no me he recuperado del todo de la impresión que me causó la muerte de Gwen, aunque sé que ya no tiene remedio. Jamás tuve trato con esta mujer y todavía me avergüenzo de ello.

—¿Te dio Dolan algún detalle? Acabo de llamarle, pero no está.

—No muchos —dijo—. Estuvo muy grosero. No creí que fuera tan animal. Lo único que me dijo fue que el coche que la atropelló era negro.

—¿Negro? —dije con incredulidad. Había pensado en el Mercedes azul claro de Charlie y esperaba algún detalle que lo confirmara—. ¿Estás segura?

—Es lo que me dijo ese hombre. Supongo que habrán investigado en las casas de coches usados y en los garajes, pero hasta ahora no han encontrado nada.

—Qué raro —dije.

—¿Te apetece salir y echar un trago? Me gustaría saber lo que pasa.

—Más tarde quizás. Estoy tratando de aclarar un par de cabos sueltos. Ya te contaré. Aunque a lo mejor me puedes ayudar en una cosa. ¿Recuerdas la carta que te enseñé y que había escrito Laurence...?

—Sí, la que envió a Libby Glass —dijo en el acto, interrumpiéndome.

—Esa misma. Pues estoy casi convencida de que no la envió a Libby Glass, sino a Elizabeth Napier.

—¿A quién?

—Ya te contaré. Sospecho que era con Elizabeth Napier con quien estaba liado cuando se casó con Gwen. Era la madre de Sharon Napier.

—El muy sinvergüenza —dijo, comprendiendo por fin—. Y tanto, desde luego que sí. Nunca me contó la aventura con detalles. Todo muy complicado. Lo sé porque me lo contó Charlotte Mercer, pero nunca supe el nombre de ella. Mierda, tuvo que ser allá en Denver, a poco de abandonar la facultad de derecho.

Vacilé.

—¿Crees que alguien más pudo saber lo de la carta? ¿Que alguien más pudo tener acceso a ella? En otras palabras, ¿pudo haber sido Gwen?

—Supongo —dijo—. Charlie también, sin duda. Charlie trabajaba de pasante en el bufete que representaba al marido en aquel divorcio y por lo que me contaron escamoteó la carta.

—¿Qué?

—Que la robó. Estoy convencida de que fue esa carta. ¿No te he contado cómo acabó? Charlie escamoteó la carta, eliminó todas las pruebas, por eso terminó en acuerdo privado. No jugó muy limpio que digamos, pero sacó a Laurence del aprieto.

—¿Y qué fue de la carta? ¿Se la quedó Charlie?

—No lo sé. Siempre he pensado que se destruyó, pero imagino que, si se la quiso quedar, no encontraría ningún problema. El pastel no se descubrió nunca y no creo que el abogado del marido le pasara por la cabeza. Ya sabes cuántas cosas desaparecen en los despachos. Es probable que se despidiera a alguna secretaria.

—¿Habría podido Gwen prestar declaración en este sentido?

—Pero ¿quién te figuras que soy? ¿El fiscal del distrito? —dijo riéndose—. ¿Cómo quieres que sepa lo que Gwen sabía?

—Bien, el caso es que ahora tiene la boca cerrada —dije.

—Ya —dijo y adiviné que se le había desvanecido la sonrisa inmediatamente—. No me gusta lo que dices. Es una idea espantosa.

—Te contaré el resto cuando nos veamos. Si estoy en situación de visitarte, te llamaré antes para ver si estás en casa.

—Aquí estaré. Intuyo que estás haciendo progresos.

—A toda velocidad —dije.

Su despedida me sonó confusa y la mía fue muy breve.

Saqué de la funda la máquina de escribir y confié al papel todo lo que sabía hasta confeccionar un informe largo y detallado. Acababa de ensamblar otra pieza en el caso. La noche en que se forzó la puerta del sótano era Charlie y no Lyle quien estaba poniendo la carta entre las pertenencias de Libby, con la esperanza de que yo la encontrara, con la esperanza de apuntalar su versión sobre el «lío» de Laurence Fife con Libby Glass. Lo cual explicaba también sin duda el que la llave de la casa de la joven se hubiese encontrado en el llavero que Laurence Fife tenía en el despacho. Tampoco le habría resultado difícil a Charlie ponerla allí. Seguí tecleando, agotada pero decidida a vomitarlo todo. En el fondo pensaba que se trataba de una garantía, de una póliza de seguros, aunque no tenía muy claro qué clase de protección necesitaba. Tal vez ninguna. Tal vez no necesitaba ninguna protección, me dije. Según comprobé más tarde, estaba equivocada.

27

Acabado el informe, lo guardé bajo llave en el cajón de la mesa. Fui al parking, cogí el coche y puse rumbo al norte, hacia la casa que tenía Charlie en Missile Avenue. Dos casas más allá había una mansión que por motivos que ignoro recibía el nombre de Tranquilidad. Estacioné el vehículo delante de la misma y recorrí el resto a pie. La casa de Charlie constaba de dos pisos, de un revestimiento exterior a base de listones amarillos, de una techumbre a base de oscuras tejas cuadradas, y contaba con un mirador en la fachada y con un camino de acceso largo y angosto a la izquierda. Era la típica casa que aparecería con enfoque edificante en cualquier programa familiar de televisión, un programa que pudiera verse a las ocho de la noche y donde todo pareciera normal, saludable y apto para los niños. No había rastro de su coche en el camino de acceso ni indicios de que hubiera nadie. Avancé hacia el garaje por el camino sin dejar de mirar por encima del hombro. Por no haber no había ni vecinos curiosos espiándome. Cuando llegué al garaje monoplaza, doblé la esquina y me pegué a la pared lateral para mirar por la ventana con las manos en las sienes. Estaba vacío: un banco de carpintero pegado a la pared del fondo, muebles viejos tapizados en linón, suciedad. Miré en derredor mientras me preguntaba de quién sería el coche negro y por qué la pasma no le había encontrado aún la pista. Si era capaz de llenar ese hueco, tendría cosas que contar a Con Dolan. Por lo menos tendría algo concreto.

Retrocedí hasta mi coche y me senté, que es una de mis

ocupaciones favoritas. Estaba oscureciendo. Consulté la hora. Eran las siete menos cuarto y di un respingo al comprobarlo. Tenía unas ganas locas de tomar un vaso de vino y resolví dirigirme a casa de Nikki. Me había dicho que estaría en casa. Di la vuelta con el coche, tracé una U infractora del código, volví a Missile Avenue y de aquí pasé a la autopista, rumbo al norte. Me desvié en La Cuesta, donde enfilé hacia la playa por Horton Ravine, territorio feo donde los haya y que se denomina «zona residencial de lujo». Horton Ravine fue antaño de una sola familia, pero en la actualidad se ha fragmentado en parcelas de un millón de dólares donde se alzan las casas de los nuevos ricos. En Santa Teresa, Montebello representa el dinero «antiguo» y Horton Ravine el «nuevo», aunque nadie se toma muy en serio la distinción. Los ricos son ricos y todos sabemos lo que eso significa. Las carreteras que cruzan Horton Ravine son angostas y serpenteantes, sobrecargadas de árboles, y la única diferencia que yo apreciaba era que allí había casas visibles desde la carretera, mientras que en Montebello no. Accedí a Ocean Way y giré a la izquierda; la carretera discurría ahora en sentido paralelo a la costa y entre ella y los acantilados se alzaban propiedades de aspecto elegante.

Pasé ante la casa de John Powers sin advertirla casi, puesto que al visitarla había llegado desde otra dirección. Entreví un fragmento de techumbre casi al mismo nivel que la carretera. De pronto se me ocurrió algo, pisé el freno a fondo y me detuve en el arcén. Me quedé inmóvil un momento con el corazón acelerado a causa de la excitación. Apagué el motor, me guardé la automática en el bolsillo de los tejanos y cogí la linterna de la guantera. La encendí. La pila tenía aún para rato. Había poquísimas farolas en el lugar y las que alcanzaba a ver eran de adorno, tan apagadas como una litografía y arrojando ineficaces círculos de luz que apenas traspasaban la oscuridad. Salí del coche y lo cerré con llave.

No había aceras, sólo hiedra enmarañada a lo largo del

arcén. Las casas estaban separadas entre sí por amplios espacios cubiertos de árboles y arbustos, orquestadas en aquel momento por grillos y otros insectos de canto nocturno. Fui andando por el arcén hasta la casa de Powers. No había ninguna edificación enfrente de ella. Tampoco circulaba ningún vehículo, en ninguna dirección. Me detuve. No veía luz en la casa. Anduve por el caminillo con la linterna encendida ante mí. Me pregunté si Powers estaría aún fuera de la ciudad y, de ser así, dónde estaban los perros. Si Charlie iba a estar dos días en Santa María, no los iba a dejar abandonados.

La noche era tranquila y el océano resonaba con tronidos reiterados, como una tormenta a punto de estallar. En el brumoso cielo nocturno sólo brillaba una tenue rebanada de luna. Hacía frío además y el aire olía a vegetación exuberante y a humedad. La luz de la linterna enfocó unas huellas de neumáticos y con un fogonazo repentino iluminó la valla blanca que hacía de puerta del garaje. Al otro lado vi el coche de John Powers, con el morro hacia el interior, y desde donde me encontraba comprobé que era de color negro. No me sorprendió. La valla blanca que hacía de puerta estaba cerrada con candado y me deslicé por el costado izquierdo del garaje, en dirección a la parte delantera de la casa. Enfoqué el coche con la linterna. Era un Lincoln. No supe decir de qué año, pero no parecía viejo. Comprobé el guardabarros izquierdo y vi que estaba intacto. Advertí que el corazón me comenzaba a galopar de miedo. El guardabarros derecho estaba abollado, el faro roto, el borde metálico se había doblado y separado y en el parachoques se apreciaba una ligera concavidad. Hice un esfuerzo por no pensar en Gwen en el momento del impacto. Imaginaba cómo debió de ser.

Oí un brusco chirriar de frenos en la carretera, el gemido agudo de un vehículo que reculaba a toda velocidad. En el momento de entrar el vehículo en el sendero de acceso, la escena quedó bañada por un diluvio de luz. Me

275

encogí automáticamente al tiempo que apagaba la linterna. Si era Charlie, estaba perdida. Capté un reflejo azul. Mierda. Había llamado a Ruth. Había vuelto. Lo sabía. Los faros del Mercedes enfocaban de lleno el garaje y el coche de Powers era lo único que impedía que se me viese. Oí abrir y cerrar la portezuela del Mercedes y eché a correr.

Crucé el patio rozando apenas la hierba mal cortada. A mis espaldas oía el rumor casi imperceptible de los perros lanzados al galope. Empecé a bajar los estrechos peldaños de madera que conducían a la playa con los ojos deslumbrados todavía por el súbito resplandor de los faros. Me resbalé al poner el pie en un escalón y a punto estuve de caer al vacío. Sobre mi cabeza, a unos metros de distancia nada más, el perro negro inició el descenso entre gruñidos y jadeos, arañando los peldaños con las patas. Miré hacia atrás. Tenía al perro justo encima mismo de la cabeza. Sin pensármelo dos veces, di un salto, así una de sus huesudas patas delanteras y le propiné un fuerte tirón. El perro lanzó un aullido de sorpresa y le di un empujón, tirándolo a medias por el empinado terraplén rocoso. El otro perro se había puesto a gemir, maricona de cuarenta kilos, y siguió bajando las escaleras con estrépito. A punto estuve de perder el equilibrio, pero me enderecé agarrándome a la tierra que se desprendió en la oscuridad ante mí. Oía al perro negro arremeter contra la pared del acantilado, pero no encontraba punto de apoyo, por lo visto, y repetía la operación de manera incesante. Yo estaba prácticamente echada de costado, recorrí los últimos metros deslizándome y aterricé sobre la arena blanda. La pistola se me escapó de las manos y tanteé con desesperación hasta que mis dedos volvieron a cerrarse en torno de la culata. Hacía rato que había perdido la linterna. Ni siquiera recordaba cuándo se me había caído de la mano. El perro negro corría hacia mí otra vez. Aguardé hasta que de nuevo lo tuve prácticamente encima y entonces levanté un pie, le di una patada violentísima y descargué la pistola sobre su cabeza. Lanzó un grito agudo.

Estaba claro que no le habían enseñado a atacar. Yo contaba con la ventaja de saber que era un peligro para mí, mientras que él empezaba a hacerse una idea de lo traicionera que podía ser yo. Retrocedió ladrando. Calculé mis alternativas a toda velocidad. Hacia el norte, playa arriba, había kilómetros y kilómetros de acantilados, interrumpidos sólo por Harley's Beach, lugar excesivamente aislado para buscar refugio. Y al norte tenía al perro, que me cortaba el paso. A mi derecha, la playa acabaría por fundirse con la ciudad y el punto no podía estar a más de tres kilómetros. Empecé a retroceder, alejándome del perro. Este permanecía inmóvil, con la cabeza gacha y ladrando furiosamente. Las olas me bañaban los zapatos y me puse en movimiento levantando mucho los pies, retrocediendo hacia donde las olas rompían. El agua me subía ya por las piernas y me volví sin bajar el arma. El perro se removía con inquietud, aunque ahora ladraba sólo de vez en cuando. La siguiente sucesión de olas se estrelló contra mis rodillas, inundándome hasta la cintura. Abrí la boca para recuperarme de la súbita sensación de frío y miré atrás con un rescoldo de miedo al tiempo que divisaba a Charlie en lo alto del acantilado. Las luces exteriores de la casa estaban ya encendidas y su cuerpo musculoso aparecía perfilado por las sombras con la cara exenta de rasgos. Me miraba directamente. Me impulsé hacia delante, medio arrojándome al agua que me llegaba ya por la cintura, para acercarme a las rocas del límite meridional de la playa. Alcancé las rocas en cuestión, resbaladizas y afiladas, masa de granito que se había desprendido del acantilado y caído al mar. Me encaramé a ellas a pesar de los tejanos empapados y que se me pegaban a las piernas, a pesar de los zapatos saturados de agua y a pesar de la pistola, que no me atrevía a soltar. Debajo de mí se sucedían el fango y los percebes de concha mellada. Resbalé una vez y algo me perforó los tejanos y se me clavó en la rodilla izquierda. Seguí avanzando y volví a pisar arena firme en un punto en que la playa se ensanchaba un poco.

Ya no veía la casa de Powers, al otro lado del recodo. Tampoco había rastro de los perros. Estaba segura de que no me habrían podido seguir aunque lo hubieran intentado, pero no las tenía todas conmigo en lo que afectaba a Charlie. Ignoraba si había bajado por las escaleras para seguirme por la playa o si se había limitado a esperar. Miré a mis espaldas con temor, pero la prolongación de la colina me ocultaba incluso la luz. Lo único que tenía que hacer Charlie era coger el coche y seguirme. Si seguía un trayecto paralelo al mío, me atajaría con facilidad en el otro extremo. Al final desembocaríamos los dos en Ludlow Beach, pero la verdad es que ya no podía retroceder. Harley's Beach era peor, estaba demasiado alejada de las farolas y de los residentes de los alrededores. Eché a correr en serio, sin saber cuánto me faltaba todavía. La ropa húmeda, fría y viscosa, se me ceñía al cuerpo, pero mi principal preocupación era la pistola. Ya se me había caído una vez y no ignoraba que las olas saladas le habían dado más de un baño mientras avanzaba hacia las rocas. No creía que se hubieran mojado los cartuchos, pero no estaba segura. La visibilidad había mejorado un poco, aunque en cualquier caso la playa estaba alfombrada de rocas y algas. Recé porque no me torciera un tobillo. Si no podía correr, Charlie me seguiría la pista sin problemas y yo no tendría escapatoria. Miré hacia atrás: no vi ni rastro de él y el rumor del oleaje apagaba los demás ruidos. No creía que andara por allí. Una vez que llegara a Ludlow Beach, tendría que ver más gente, coches que pasaban. El ímpetu de la carrera parecía frenar el miedo y la adrenalina me neutralizaba todas las sensaciones, salvo la necesidad de huir. No hacía viento, pero sí frío y estaba calada hasta los huesos.

La playa volvió a estrecharse y me vi corriendo con los pies en el agua, abriéndome paso con esfuerzo por entre el oleaje. Traté de orientarme, pero nunca había estado en un punto tan alejado. Columbré una escalera de madera que subía zigzagueando el acantilado que se alzaba a mi izquierda, blanco el pasamanos azotado por el viento y en contraste con la negra red de la vegetación que se pegaba al muro. Reseguí con los ojos el perfil superior del acantilado. Deduje que se trataba de Sea Shore Park, que abarcaba toda la orilla del precipicio. Un aparcamiento. Casas al otro lado de la carretera. Me sujeté al pasamanos y empecé a subir con las rodillas doloridas y el pecho a punto de reventar. Llegué a la cima, oteé el paisaje antes de asomar la cabeza y el corazón volvió a darme un vuelco.

El 450 SL de Charlie estaba allí mismo y vigilaba la valla con las luces encendidas. Me agaché y emprendí el descenso con un gemido quejumbroso en la garganta que no pude dominar. El pecho me ardía y tenía ya los pulmones en la boca. Volví a pisar la arena y eché a correr otra vez, a mayor velocidad. La arena era resbaladiza, demasiado blanda, y me desvié hacia la derecha, en busca de la arena mojada y sólida. Por lo menos estaba entrando en calor, ya que la ropa mojada me frotaba la piel y el agua me goteaba de las mechas de pelo apelmazadas por la sal. La rodilla izquierda me dolía y notaba que algo tibio descendía por la pernera del pantalón. No fue el rompeolas lo que interrumpió la playa en esta ocasión, sino la pared espantosa del acantilado, que se adentraba en la negrura del mar como una cuña en forma de tarta. Me adentré en pleno oleaje, notando el arrastre de la corriente submarina mientras rodeaba la punta. Ya podía ver Ludlow Beach. Casi me eché a llorar de alegría. Haciendo un esfuerzo sobrehumano, me puse a correr otra vez, procurando conservar un ritmo soportable. Ya distinguía las luces y las manchas oscuras de las palmeras dibujadas sobre el cielo gris. Reduje la velocidad a un trote tranquilo para recuperar el aliento. Me detuve finalmente, doblándome por la cintura, con la boca seca y el sudor o el agua salada chorreándome por las mejillas. La cara me ardía y me escocían los ojos. Me sequé la boca con el dorso de la mano y reanudé la marcha, esta vez al paso, y el miedo volvió a apoderarse de mí hasta el extremo de sentir el golpeteo del corazón contra las costillas.

Aquel fragmento de playa era limpio y agradable, de un color gris claro, y se ensanchaba por la izquierda, punto por donde el acantilado se encogía y se transformaba en empinada falda montañosa y por fin en terreno llano que se fundía con la arena. Más allá divisé la alargada zona de estacionamiento y, al otro lado, la calle, muy iluminada, vacía, seductora. El parque de la playa cerraba a las ocho y supuse que el aparcamiento estaría cerrado también sin duda. No obstante, cuando vi el 450 SL de color azul claro sufrí un sobresalto: era el único coche en toda aquella extensión de asfalto vacío. Tenía las luces encendidas y éstas iluminaban las palmeras en sentido oblicuo. No podía alcanzar la calle sin que me viera. La oscuridad, que antes me había parecido que se disipaba, era ahora como un sudario. No podía ver con claridad. No podía distinguir nada en aquel neblinoso baño de negrura. A aquella distancia, las farolas callejeras me parecían absurdas, ridículas y crueles, no iluminaban nada y señalaban el camino hacia una seguridad que no estaba a mi alcance. ¿Y dónde estaba él? ¿Sentado en el coche, escrutando el parque con los ojos, esperando que apareciera ante él por ensalmo? ¿O fuera, entre los árboles más próximos a la playa?

Volví a avanzar hacia la derecha, introduciéndome otra vez en el mar. El agua helada, que congelaba la sangre, me llegaba hasta las rodillas. Allí le sería más difícil localizarme y, ya que no le podía ver, tampoco él me vería a mí. Cuando estuve lo bastante alejada de la orilla, me agaché y medio andando, medio a la deriva, avancé por sobre las onduladas profundidades que se abrían más allá de donde las olas comenzaban a encresparse. Me costó un mundo mantener en alto la pistola. Estaba obsesionada por aquel detalle, el brazo me dolía, los dedos se agarrotaban entumecidos. El pelo me flotaba alrededor de la cara igual que una gasa húmeda. Escudriñé la playa, sin ver nada apenas, atenta a la aparición de Charlie. Los faros del coche seguían encendidos. Nada. Nadie. Me había alejado unos doscientos metros del límite izquierdo del parking y ya estaba casi a la altura de la zona de servicios, pequeño oasis con palmeras y mesas para merendar, cubos de basura y cabinas telefónicas. Toqué fondo con el pie y adopté la posición erguida, sin dejar de deslizarme hacia la derecha. Charlie podía estar en cualquier sitio, oculto en cualquier sombra. Chapoteé hacia los bajíos con las olas abrazándome a la altura de las rodillas y luego descendiendo hasta dejar los zapatos al descubierto. Por fin pisé otra vez la arena húmeda y me dirigí aprisa hacia el parking, forzando la vista por si descubría a Charlie en la oscuridad. El no podía mirar a todas partes a la vez. Me agazapé y escruté el terreno que tenía a la izquierda. Forzada a la inmovilidad, el miedo reanudó su labor en el punto en que la había abandonado, el hielo siguió extendiéndoseme por los pulmones y los latidos del corazón me llegaron hasta la garganta. Me quité los tejanos y los zapatos, con rapidez, en silencio.

Tenía la zona de servicios enfrente de mí: consistía en un barracón de piedra artificial y techo bajo, con las ventanas cerradas durante la noche. Avancé hacia la derecha por la arena polvorienta, hundiéndome hasta los tobillos, y teniendo que hacer más esfuerzos en tierra firme de los que había hecho en el agua. Di un salto. Allí estaba Charlie, apenas una mancha a mi izquierda. Volví a acuclillarme y me pregunté hasta qué punto sería visible. Me tendí boca abajo y empecé a avanzar con los codos. Alcancé la zona oscura de las palmeras, que incluso a aquella hora producían una sombra clara en contraste con el gris de la noche. Miré hacia la izquierda y volví a verle. Llevaba camisa blanca y pantalones algo más oscuros. Desapareció en las sombras, entre las palmeras que protegían formando un techo las mesas del merendero. A mis espaldas murmuraba el océano, silbante telón de fondo de aquel juego del gato y el ratón. A mi derecha había un cubo metálico de basura, de un metro de altura, y con tapa provista de bisagras. Oí que arrancaba el coche de Charlie y me volví con sorpresa. Tal vez se marchaba. Tal vez había pensado que me había escabullido y corría a cortarme el paso en un punto más lejano de la playa. Mientras el coche maniobraba para dar la vuelta, me acerqué al cubo de basura, alcé la tapa de un tirón, salté el borde metálico y me hundí en un mar de vasos de plástico, sobras de merienda y basura. Forcejeé por hacerme sitio con la espalda, hundiendo las piernas desnudas en los desperdicios y frunciendo la nariz con asco. Con el pie derecho tocaba algo frío y viscoso y lo apoyé sobre algo caliente, como un montón de abono, bullente de bacterias. Me erguí un tanto y doblando el cuello espié por la rendija, ya que la tapa metálica no acababa de cerrarse a causa de la basura acumulada. El vehículo de Charlie avanzaba hacia mí con los faros apuntando directamente a mi escondrijo. Me encogí cuanto pude, el corazón me latía tan fuerte que los ojos se me salían de las órbitas.

Salió del coche sin apagar las luces. Agachada como estaba, aún veía una rendija de luz. Cerró el coche de un portazo. Oí el ruido de sus pies al arañar el cemento.

—Sé que no estás muy lejos, Kinsey —dijo.

Hice todo lo posible por no moverme. Por no respirar siquiera.

Silencio.

—No tengas miedo de mí, Kinsey. Oh, Dios mío, ¿es que aún no te has dado cuenta? —Hablaba con voz insistente, amable, persuasiva, dolida.

¿Me lo estaría imaginando todo? Parecía el mismo de siempre. Silencio. Oí que se alejaban sus pasos. Me fui incorporando con lentitud para espiar por el resquicio. Estaba de costado, a unos diez metros, inmóvil, de cara al océano. Volvió la vista y me agaché. Oí que sus pasos se aproximaban. Me encogí y alcé la pistola con manos trémulas. A lo mejor me había vuelto loca. A lo mejor tenía ganas de hacer el ridículo. Pero no me gustaba jugar al escondite. Lo hacía fatal de pequeña. Cada vez que se me acercaba alguien me delataba yo misma, porque me entraban deseos de mear por culpa de la tensión. Noté que me saltaban las lágrimas. Oh, no, Señor, *ahora,* no, me dije, presa del pánico. El miedo era como un dolor agudo. El corazón me dolía a cada latido y el eco estallaba en las sienes. Charlie tenía que oírlo. Tenía que saber ya dónde me encontraba.

Levantó la tapa. La luz de los faros del coche se reflejó en sus mejillas doradas. Me miró. Con la derecha empuñaba un cuchillo de carnicero con una hoja de veinticinco centímetros.

Le volé la tapa de los sesos.

La policía de Santa Teresa llevó a cabo una rápida investigación pero al final no se formuló ninguna acusación. En el expediente de Laurence Fife consta el informe que remití al responsable de la Dirección General de Investigaciones por haber disparado mi pistola «mientras actuaba dentro de los límites legales» de mi profesión. Consta asimismo una fotocopia del cheque que envié a Nikki por la parte intocada de los $5.000 que me había anticipado. En total cobré $2.978,25 por los servicios prestados en el curso de aquellos dieciséis días y creo que no estuvo mal. Apretar el gatillo es algo que todavía me inquieta. Me ha situado en el mismo terreno que los soldados y los maníacos. Jamás me he propuesto matar a nadie. Aunque es posible que Gwen hubiera dicho lo mismo, y Charlie también. Me recuperaré, por supuesto. Volveré al trabajo dentro de un par de semanas, aunque ya no seré la Kinsey de antes. Me esfuerzo por llevar una vida sencilla, pero el plan no resulta nunca y al final siempre me quedo sola conmigo misma.

Atentamente,
Kinsey Millhone